五个街角

CINCO ESQUINAS

〔秘鲁〕马里奥·巴尔加斯·略萨 著
侯健 译

人民文学出版社
PEOPLE'S LITERATURE PUBLISHING HOUSE

著作权合同登记号　图字 01-2017-3006

Mario Vargas Llosa
Cinco Esquinas

图书在版编目(CIP)数据

五个街角/(秘鲁)巴尔加斯·略萨著;侯健译.
—北京:人民文学出版社,2017
(略萨作品系列)
ISBN 978-7-02-013341-3

Ⅰ.①五… Ⅱ.①巴… ②侯… Ⅲ.①长篇小说-秘鲁-现代 Ⅳ.①I778.45

中国版本图书馆 CIP 数据核字(2017)第 225768 号

责任编辑　**甘　慧　陶媛媛**
封面设计　**钱　珺　张叶青**

出版发行　**人民文学出版社**
社　　址　**北京市朝内大街 166 号**
邮政编码　**100705**
网　　址　**http://www.rw-cn.com**

印　　制　**山东德州新华印务有限责任公司**
经　　销　**全国新华书店等**

字　　数　**140 千字**
开　　本　**890 毫米×1240 毫米　1/32**
印　　张　**7.5**
版　　次　**2018 年 1 月北京第 1 版**
印　　次　**2018 年 1 月第 1 次印刷**

书　　号　**978-7-02-013341-3**
定　　价　**49.00 元**

目录

1. 玛丽萨的梦

“我是醒着还是在做梦？”她右侧的小腹仍能感受到那股温热，这使她浑身的汗毛都竖了起来，也使她回想起自己并非独自一人睡在床上。杂乱的思绪涌上脑海，但她像做字谜游戏一样慢慢把它们拼凑到了一起。她想起前一天晚上自己和恰贝拉聊得很开心，饭后两人还喝了点酒，都有点醉醺醺的。她们从恐怖主义谈到电影，还聊了很多家长里短，直到恰贝拉猛然看了眼手表，一下子跳了起来，脸色苍白地叫道：“宵禁！天啊，我来不及赶回拉林科纳达了！时间怎么过得这么快啊！”玛丽萨坚持要恰贝拉睡在自己这儿。没什么不方便的，基克到阿雷基帕去了，明早要到酒厂考察，今晚家里咱俩做主。于是恰贝拉给她那善解人意的老公卢西亚诺打了电话，他回答说这样安排很好，而且他保证负责将两个女儿准时送上明早的校车，还让恰贝拉安心地住在玛丽萨这儿，说这样总比因为违犯宵禁而被巡逻队抓走要好。去他的宵禁！不过，话说回来，恐怖分子要比宵禁可怕多了。

后来恰贝拉就留了下来，而现在玛丽萨却感到恰贝拉的脚搭在了自己右侧的小腹上：压得不重，她能感觉到恰贝拉的肌肤很柔软光滑。在这张巨大的双人床上，她俩怎么会靠得这么近？她还记得恰贝拉第一眼看到这张床时开的玩笑："哟，玛丽希达[①]，快告诉我，这么大的一张床上每晚都睡几个人呀？"她也记得她们俩在刚睡下时是各自睡在床的一边，两人之间至少隔了一米半的距离。她们之中到底是谁在睡着的时候慢慢挪到了对方身旁呢？不管怎么说，恰贝拉的脚此刻可是实实在在搭在玛丽萨右腹上的。

她不敢动弹，连大气都不敢喘，生怕把恰贝拉弄醒，她说不清是不是因为怕恰贝拉把脚挪开，怕那股从腹部蔓延到了全身、使她感到既紧张又专注的奇妙感觉会消失无踪。慢慢地，她能在黑暗的卧室中看到东西了：百叶窗缝中透进的光亮、斗橱的阴影、衣帽间和浴室的门、落地灯、贝罗卡尔的雕塑、墙上挂着的方形画框，那是蒂尔萨画的荒漠中的蛇女和西斯罗的图腾画[②]。她闭上了眼睛，侧耳倾听：恰贝拉的呼吸微弱而有节奏，这说明她还在睡，说不定正在做梦。换句话说，把身子挪向对方的，恰恰是玛丽萨她自己呀！

她感到既惊讶又羞愧，不禁又开始问自己到底是醒着还是在做梦，玛丽萨最后终于察觉到了身体传递给她的那个信息：她兴奋了。恰贝拉光滑的脚温暖着她的小腹，燃烧了她的肌肤和感官，她确信自己此时如果把手伸到私处的话，那里一定已经湿透了。"你疯了吗？"她心中想道，"因为一个女人而感到兴奋？玛丽萨，你

① 对玛丽萨的昵称。本书注释除特别说明外均为译注。

② 蒂尔萨（Tilsa Tsuchiya Castillo）和西斯罗（Fernando de Szyszlo）均为秘鲁知名画家，贝罗卡尔（Miguel Ortiz Berrocal）为西班牙著名雕塑家。

是从什么时候起变成这样的？”当然，她独自一人时也曾有过许多次性幻想，还经常把枕头夹在两腿中间寻求快感，但那些时候她脑子里想的可都是男人啊！她可从来没对哪个女人生出过那种想法，一次都没有！然而此时此刻，事实就摆在眼前，她从头到脚都在颤抖着，心里还怀着更加疯狂的想法：不只是脚，她希望恰贝拉把整个身体都贴过来，这样她们就可以毫无保留地感受彼此了。

玛丽萨感到自己心跳得很快，她调整着呼吸，假装自己是在睡梦中，身体却开始缓缓地移动，虽然她还没有触碰到恰贝拉，但此刻她已经能感觉到对方的后背、臀部和双腿离自己只有几毫米的距离了。现在她听恰贝拉的呼吸听得更清楚了，她感受着从离自己近在咫尺的那具身体中呼出的气体，那股气息飘到了自己身上，把她包裹得严严实实的。她继续假装睡着，却把右手慢慢伸了出去，轻轻放在了恰贝拉的腿上。“感谢宵禁。”她心里想着。她紧张得心都提到了嗓子眼里：恰贝拉马上就要醒了，她肯定会把我的手一把推开。“离我远点儿，别碰我！你怎么了？你这是在做什么？”然而恰贝拉还是一动不动，看上去好像永远也不会醒来似的。她继续感受着恰贝拉，感受着她的吸气和呼气，玛丽萨觉得那股气体从鼻子和嘴巴钻进了自己的身体，五脏六腑都暖了起来。更可笑的是，在这股兴奋劲儿中，有那么一会儿她却想到了宵禁，想到了断电，想到了绑架，尤其是在卡奇多身上发生的那起绑架事件，她还想到了那些被恐怖分子引爆的炸药。这是一个什么样的国家呀，这是一个什么样的国家呀！

玛丽萨能感到自己手掌下面触碰到的肌肤紧实而柔软，还湿湿的，可能是因为出汗，也可能是因为恰贝拉在睡前抹了护肤品。“她抹的是我放在浴室里的护肤品吗？”玛丽萨想起自己还没有看过恰贝拉的裸体：睡前，她给恰贝拉找了一件短款睡衣，而她自己则是在衣帽间换的衣服，当她回到卧室的时候，恰贝拉已经把睡衣换好了。那是件半透明的睡衣，恰贝拉的胳膊和腿都露在了外面，甚至连臀部也隐约可见，玛丽萨记得自己当时就想："多美的身子啊。虽说已经生了两个孩子，可她还是保养得这么好，大概是因为她每周都会去健身房三次的原因吧。"她还在一毫米一毫米地向恰贝拉靠近着，同时还担心着对方随时会从梦中醒来，不过自己内心的幸福感也愈发强烈，现在，除了恰贝拉有节奏的呼吸，她还能感受到她的肌肤、她的臀部还有她交叉着的双腿。可是忽然间，那双腿分了开来。"现在她可真的要醒了，玛丽萨，你就是个疯子。"但是她并没有退缩，而是继续等待着。等什么呢？在这危急关头，她却还在想着下一次短暂的触碰。玛丽萨的右手依旧放在恰贝拉的腿上，她能感觉到自己已经紧张得冒汗了。

就在那时恰贝拉动了起来。玛丽萨感到自己的心脏好像快要停止跳动了。有那么几秒钟，她连大气也不敢出，同时紧紧地闭上了眼睛，假装自己正在熟睡。恰贝拉并没有挪开身子，而是抬起了胳膊，把手放在了玛丽萨搭在她身上的右手上面。她是要把我的手推开吗？不，恰恰相反，恰贝拉温柔地握住玛丽萨的手，轻轻地拉着它沿着自己的皮肤滑了过去。玛丽萨难以相信眼下所发生的一切。恰贝拉引导着她的手紧紧地贴在了自己上面。玛丽萨浑身颤抖着，她把自己的胸部、腹部和腿紧紧地贴到了恰贝拉的后背、臀部和双腿上，同时那五根手指在恰贝拉的引导下不断地摸索着、寻找着。她感到恰贝拉也在颤抖着，她贴向了她，和她缠到了一起，同时也融化到了一起。

玛丽萨晃动着脑袋，拨开了恰贝拉的长发，开始亲吻她的后颈和耳根，然后是舔，继而是咬。玛丽萨感到无比快活，大脑一片空白，放任自己被欲望和喜悦牵引到了空无之中。过了几秒钟，又也许是过了几分钟，恰贝拉转过身来用自己的唇寻觅着玛丽萨的唇。她们贪婪而又绝望地亲吻着，首先是嘴唇之间的接触，然后不约而同地张开了嘴巴，舌头纠缠到了一起，涎水也混为了一体。而她们的手也早已扯下了对方的睡衣，如今她们都是赤身裸体的了。她们搂抱着在床上翻云覆雨，抚摸着、亲吻着对方的胸部、腋下、腹部，感受彼此的颤动。那一刻，时间仿佛停滞了，无边无际，没有尽头。

玛丽萨既满足又茫然，她不可避免地想着自己是否已陷入到了一场难以抵挡的梦境之中，她肯定恰贝拉此刻也一定同样因为这个梦境而羞红了脸。她发现自己也好，恰贝拉也好，在这次无与伦比的体验之中都没有开口说过一句话。当她从混乱的思绪中回过神来之后，却又不自觉地想起了宵禁，她觉得自己刚刚好像听到了远处传来的爆炸声。

当玛丽萨在几个小时后醒来时，她发现床上只剩下了自己一人，熹微的晨光透过百叶窗的缝隙渗了进来，看起来灰蒙蒙的。一股羞愧感从头到脚游遍了玛丽萨的全身。那一切真的发生过吗？不，不，不可能是真的。但是那又怎么可能不是真的呢？正在她胡思乱想之际，却突然听到了从浴室传出的声响，玛丽萨心头一紧，赶紧闭上眼睛开始装睡。她慢慢把眼睛眯成一条缝，从缝隙中窥到了穿着整齐、梳妆打扮好了的恰贝拉从浴室里走了出来，好像正准备出门。

“玛丽希达，真不好意思把你吵醒了。”玛丽萨听到恰贝拉这样说道，她的声音简直再正常不过了。

“别瞎想了，”玛丽萨低声说道，在确信恰贝拉并没有听到自己说的话后才又继续说道，“你这就要走了？不先吃点儿早饭再走吗？”

“不吃了，亲爱的。”玛丽萨再次确认恰贝拉的声音中没有丝毫的颤抖和异样，就好像一切都没发生过似的。她看到恰贝拉的目光和脸色也都很正常，在她那双又大又黑的眸子中没有任何的伪装或者是不安，只有那一头长发稍显蓬乱。“我还是想赶在孩子们上学前回到家里。很感谢你的热情款待。咱们电话联系哦。给你一个吻。”

恰贝拉离开前从门边向玛丽萨抛了一个飞吻。玛丽萨感到有些不安，她伸了个懒腰，差一点儿就要从床上爬起来了，但那种不安感再次涌上了心头，于是她又用被子把自己蒙了起来。那一切肯定是发生过的，最好的证据就是她现在全身赤裸着，而她的睡衣却皱皱巴巴地团在床边。她抬起被子，看到自己借给恰贝拉的那件睡衣也同样被揉成了一团，此刻正躺在她的脚边，于是她不觉笑出了声来。这突然的笑声把她自己都吓了一跳。我的上帝呀，我的上帝呀。她后悔了吗？肯定没有，毕竟恰贝拉昨晚是那么主动。她之前做过类似的事吗？也不可能。她们认识这么久了，几乎无话不谈，如果恰贝拉有过类似经历的话肯定早就向她坦白了。难道她是因为怕失去两人间的友谊才刻意隐瞒了这些？不会的。因为恰贝拉是她最好的朋友，甚至比亲姐妹还亲近。但是她们之间的关系今后要怎样发展呢？还能像以前一样吗？现在她们共同拥有了一个惊天秘密了。我的上帝呀，我的上帝呀，我还是不能相信那事儿真的发生了。整个早上，无论是在洗澡、穿衣、吃早饭，还是在和厨娘、管家、用人交谈时，她的脑海中始终萦绕着相同的问题：“玛丽希达，你真的做了那种事情了吗?”要是基克知道了这一切又会怎样呢?他会发怒吗?他会像她和其他男人之间发生这种事那样吃醋吗?你要对他坦白吗?不,绝对不要,太丢脸了,这种事绝对不能让任何人知道。一直到中午,当基克从阿雷基帕回来,还给她带回来了“伊比利亚牌”巧克力和一袋甜椒时,她依然在想着这些问题,哪怕是在她亲吻着基克,问他酒厂之行有何收获时也是一样。“还行吧,还行吧,美国妞①,不过我们决定不再向阿亚库乔那边②发啤酒了,根本划不来,光是那些真的恐怖分子和假冒的恐怖分子向我们索取的买路钱就够让我们赔个精光了。”然而她还在心里问着自己那些问题:“但是为什么恰贝拉对昨晚的事只字不提呢?就像个没事人似的。她怎么那么……傻呢?大概因为她也羞得要死吧,她不想让我看出来,所以只好装出若无其事的样子。但事情确实发生了,玛丽希达。这种事还会再发生吗?”

整整一个星期,玛丽萨都没敢给恰贝拉打电话,同时却在焦急地等待着对方先主动联系她。这太奇怪了!她们还从来没有隔这么久既不见面也不通话。但是往好的方面想想,这也没什么可奇怪的:恰贝拉肯定和她一样别扭,说不定还想着是她先把事情挑起来的。恰贝拉生气了吗?但是为什么要生气呢?难道不是恰贝拉先迈出第一步的吗?她只不过是把手放到了恰贝拉的腿上,那可能只不过是个偶然事件,是下意识的动作,或者说压根没什么不好的念头,却是恰贝拉先拉起她的手让她摸那个地方的呀。太大胆了!玛丽萨想到这里,不禁又生出了想笑的念头。她感到自己的脸颊又泛

① 基克对玛丽萨的昵称。

② 阿亚库乔大区位于秘鲁中南部,其首府亦名阿亚库乔。“光辉道路”在此活动颇为活跃。

上了红云。

在那一周剩下的时间里，玛丽萨把自己日程表上记录的待办事宜都做了一遍：跟迪亚娜学意大利语、和玛尔戈的侄女喝茶、跟基克的合作伙伴吃了两次饭（他们的夫人也都出席了）、例行的和父母一起品茗、还和表妹玛蒂尔德看了场电影。但这些都没能阻止玛丽萨继续回想那晚发生的事情，甚至连看电影时她都还在思考那一切究竟是不是一场梦。在和基克的合作伙伴们吃饭时，他们不可避免地谈到了大约两个月前发生在可怜的卡奇多身上的那起绑架案。他们说有一位安保公司的专家专门从纽约赶来，参与从恐怖分子手中营救卡奇多的行动，而卡奇多可怜的老婆妮娜甚至已经开始借助药物来控制自己的情绪了。但即使在他们谈论这个话题时，玛丽萨也依旧很心不在焉。甚至在那几天中的某个晚上，恩里克[①]在和她做爱时突然没了兴致，抱怨道："我不知道你是怎么了，美国妞，咱俩结婚十年了，你从来都没这么冷淡过。是因为那些恐怖主义事件吗？我看咱们还是睡觉好了。"

到了周四，恰恰是那件不知道到底发生过还是没发生过的事情过去一周后的日子，恩里克从办公室回来得比平时都早。他们坐在露台上喝着威士忌，望着脚下泛着光芒的利马海水，谈论着那些日子里家家户户都在聊的话题："光辉道路"和图帕克·阿玛鲁革命运动组织犯下的绑架和其他犯罪案件、电站爆炸造成的全城大停电和恐怖分子在半夜及清晨在利马城制造的一次又一次的爆炸事件。他们回忆起几个月前的一个夜晚，就是从这个露台上，他们看到旁边的一座小山丘上有人用大量的火把组成了镰刀和锤子的图案，好

① 即基克。

像是在预示着如果“光辉道路”取得了这场战争的胜利的话会发生怎样的事情。恩里克说，对于很多公司而言，事态已经十分危急了，人们疯狂地往安保上投钱。安保公司自然是乐坏了，但如果那些土匪继续这样肆意妄为下去的话，秘鲁很快就会成为第二个哥伦比亚，那里的企业家们就是因为惧怕恐怖分子才纷纷把公司迁到巴拿马和迈阿密的。恩里克还在继续分析着复杂的局势和公司的亏空，正当他打算对玛丽萨说“亲爱的，也许我们也不得不逃到巴拿马或是迈阿密去了”之时，管家金塔尼亚走进了露台：“夫人，恰贝拉太太打来的电话。”“给我接到卧室。”她边说边站起了身子，她听到基克对她说：“美国妞，告诉恰贝拉我这几天会挑个时间给卢西亚诺打电话，咱们四个得聚聚了。”

玛丽萨坐在床边，拿起听筒，感到自己的腿又颤抖了起来。“喂，玛丽希达?”她听到了恰贝拉的声音，于是说道：“你的电话真是太及时了，我都快忙疯了，正想着明早打给你呐。”

“我这几天得了重感冒，”恰贝拉说道，“现在好多了。我可想死你了，亲爱的。”

“我也是，”玛丽萨回答道，“咱们好像从来都没有一个星期不见面，我没记错吧?”

恰贝拉继续说道：“我打电话是想请你帮我个忙，你知道我可是不会接受你说不的。我得到迈阿密呆两三天，布里克尔大道上的那套房子出了点问题，我必须亲自去解决。我想让你陪我一起去。票已经买好了，我的会员里程够了，所以没花钱。咱们周四晚上出发，周五和周六留在那边，周日回来。亲爱的，你可别说不答应，否则我可是会气死的。”

“我当然愿意陪你去啦，非常乐意，”玛丽萨这样答道，她感觉自己的心脏随时会从嗓子眼儿里蹦出来，“我这就去跟基克说，要是他敢说半个不字，我就和他离婚。太感谢啦，亲爱的。真是太棒了，说真的，我特别喜欢你这个主意。”

玛丽萨挂上电话后又在床边坐了一会儿，想让自己冷静下来。她的心中生出了一种舒缓的感觉，那是一种莫名的幸福感。那件事情算是过去啦，而她和恰贝拉下个周四就要飞到迈阿密去了，而且整整三天她都可以不去想绑架、宵禁和爆炸之类恐怖的事情了。她回到露台，恩里克冲她开了个玩笑：“只有心中有鬼的人才会在暗中偷笑。能说说是什么事让你的眼睛一直放光吗？”“基克，我可不会告诉你，”玛丽萨搂着自己丈夫的脖子，逗弄着他，“恰贝拉约我陪她去迈阿密三天，而我说你要是不答应的话，我就和你离婚。不过就算你杀了我，我也不会告诉你是什么事儿。”

2. 意外的访客

恩里克·卡尔德纳斯，他的妻子和朋友们更喜欢叫他基克，没有留意到来人是何时进到他的办公室里来的，他感到心里有点不舒坦。这位伸着手向他走来的记者身上有什么令他不快的东西呢？是他那丛林之王似的摇头晃脑的走路姿势？是他那打满发蜡的头发？是那钢盔般的头颅上挂着的猥琐的微笑？是那条紧贴着他的瘦腿的紫色灯芯绒裤子？还是那双黄色的增高鞋？总之来人浑身都让他觉得不舒服，打扮得太过了，显得很不协调。

“很高兴能见到您，卡尔德纳斯先生，”他那双又小又软的手伸了过来，恩里克觉得自己的手被对方手上的汗弄湿了，“您终于还是肯见我了，不枉我坚持了这么久。”

他的声音很刺耳，语调很奇怪，那对小小的眼睛转来转去，身子也很瘦小，像是发育不良一样。恩里克甚至觉得自己闻到了来人腋下或是脚上的味道。是因为他一进门就带来了这股味道，所以我感觉不舒服吗？

“抱歉，我知道您打过很多个电话来，”恩里克心不在焉地道了歉，“不过我没办法见所有打来电话的人，您想象不到我有多忙。请坐。”

“我能想象得到，工程师先生。”来人这样说道。他的那双增高鞋吱吱作响，身上穿的蓝色上衣却很合身，但是搭了条勒得很紧的亮色领带。他身上的一切都给人一种小家子气的感觉，就连他的声音也是如此。他有多大年纪？四十？五十？

“这里的视野真是棒啊，工程师先生！那边儿那座是圣克里斯托弗山吗？咱们是在二十层还是二十一层啊？”

“二十一层，”恩里克答道，“您很幸运，今天有太阳，所以视野很好。在这个季节，通常大雾会把整个城市都遮起来。”

“这会给您一种把整个利马城都踩在脚下的自豪感吧？”来者开着玩笑，他的小眼睛还是在不停地转动着，他说的所有的话都给基克一种这人很不实在的感觉，“工程师先生，您的办公室真是不错。请允许我欣赏一下那些画吧。”

于是来人开始挪动脚步，静静地欣赏起了装饰师莱奥诺尔西达·阿尔迪加斯为了装扮这间办公室的墙壁所画的管道、滑轮、活塞、水箱和水泵的画作。“你不觉得这也是一种抽象画作吗，基克？”莱奥诺尔西达在这些奇妙的象形图像之中还掺杂了很多秘鲁风景图，基克很喜欢这种设计。

“我还是做个自我介绍吧，”来人终于又开口说话了，“罗兰多·加洛，我当了一辈子记者，现在是《大曝光》杂志的负责人。”

他递过来一张名片，脸上依旧挂着微笑，声音仍然很尖锐，就像根尖刺一样。这就是让我觉得不舒服的地方，恩里克心想，不是他的味道，而是他的声音。

“我听说过您，加洛先生，”恩里克试着让自己表现得更和善一些，“以前我有时也会在电视上看您的节目。后来那个节目是因为政治原因被禁了，对吧？”

“他们把我的节目禁掉是因为我说了真话，但不管是今时还是往日，在秘鲁都有大堆的人不喜欢别人讲真话，”这位记者的话里似乎透着些许苦涩，脸上却依旧挂着微笑，“他们已经在电视和广播上禁过我的很多节目了，或早或晚他们肯定会出于同样的原因把《大曝光》也封掉。但是我不在乎，在秘鲁，干我这行的都要面临同样的问题。”

他那双眯着的小眼睛挑衅式地盯着恩里克，恩里克已经后悔接见这个来访者了。他为什么同意见他呢？因为加洛打过太多电话来了，恩里克的秘书忍不住问道：“先生，我要不要回复说您是永远都不会见他的？请原谅，可我实在是受不了了，从几周前开始，他每天都要打五六个电话来，整个办公室里的人都快疯掉了。”于是恩里克决定见他，因为他想记者有时候可能也会有点儿利用价值，“不过有时也会很危险。”他同时想道。而现在他觉得这次见面是一个彻头彻底的错误。

“加洛先生，您还是说说有什么我能为您效劳的吧，”他发现记者的笑容不见了，转而死死地盯着他，那眼神像是带着谄媚，又像是带着嘲讽，“不过话说在前头，要是想让我在您的杂志上打广告，恐怕我没法答应，这不是我负责的事情。我们公司和另一家公司签订了合同，由他们全权负责广告事宜。”

但是他很快就发现加洛不是为广告的事而来的，他看得出对方变得严肃了起来。加洛依然没有开口，他静静地盯着恩里克，像是在思索着该如何开口，又好像是故意用沉默来使恩里克紧张起来。

而事实上恩里克在等待对方开口说话的时候确实感到越来越不安了。这家伙手里拿着什么呢？

“工程师先生，您怎么连个保镖也没有呢？”加洛突然这样问道，“至少我没看到过。”

恩里克耸了耸肩，他感到有点吃惊。

“我是宿命论者，而且我很珍视我的自由，”他回答道，“该发生的就让它发生吧。我没法活在一群保镖之中，那会让我觉得自己像个囚犯。”

这家伙是来给他做专访的吗？要是如此，恩里克可是不会答应的，他真想一脚把这家伙踹到街上去。

“我是为了一件棘手的事情而来的，卡尔德纳斯工程师。”记者特地压低声音说了这句话，好像怕有人在偷听似的。他话说得很慢，就像电视剧里演的那样，边说边打开了随身带着的皮包，从中掏出一个用两条黄色的粗带子捆着的文件夹。他没有立刻把文件夹交给恩里克，而是把它放在了自己的膝盖上，两只小眼睛又开始转了起来，恩里克觉得此刻对方的眼神中有了一丝迟疑，同时还有些威胁的意思。为什么要同意见这么一号人物呢？应该让一位助理见他，听他唠叨，然后把他打发掉。现在想这些已经迟了，他还得继续应付对方。

“我把东西留给您，希望您能好好看看，工程师先生，”加洛这样说道，他的表情严肃得有点儿夸张，“您只要好好看看这些东西，就能理解为什么我坚持要亲自把它带给您本人，而不是留给您的秘书了。不过您放心，《大曝光》是不会刊登这些不好的东西的。”

他停了一会儿，但是没有移开自己的目光，继而用自己那难听的声音继续说着，当然声音更小了：“您别问这些东西是怎么落到我手上的，因为我没法给您答复。这是我们做记者的职业道德，我想您肯定能理解我。对，职业道德。我总是很尊重给我提供信息的人，尽管有的记者会为了钱出卖他们。我能告诉您的依然是，这些东西就是我坚持要见到您本人的原因。您自己很清楚，在这座城市里有很多人想伤害您，因为您有权有势，还很有钱。像您这样的人在秘鲁是很招人恨的。在咱们这个国家，嫉妒和不满比其他任何一个国家都更泛滥。我只能向您保证，不管是谁想玷污您的声誉或是给您造成伤害，都无法通过我或者《大曝光》做到这点。您尽可以相信我，因为我从来不做那种卑鄙龌龊的事情。简单地说，您得想清楚这些东西意味着什么，您的敌人们可能会利用它们做出很多会对您造成巨大伤害的事情。”

他停了一下，喘了口气，几秒钟后他耸了耸肩，继续说道：“当然啦，要是我同意玩这肮脏的把戏，把这些东西刊登出来，我们杂志的销量可以翻三到四番。但是工程师先生，在秘鲁还是有像我们这样有良心的记者的，您应该庆幸这一点。您知道我为什么要把这些东西带来吗？因为我觉得您是一位爱国者，卡尔德纳斯先生。您通过您的公司来建设我们的祖国。在很多人出于对恐怖主义的惧怕而把他们的钱带到海外的时候，您还是坚持留在了国内，努力工作着，还创造了很多就业机会。您用您的方式对抗着恐怖分子，来让秘鲁变得更好。我还要跟您强调一点，那就是我不求任何回报。哪怕是您自己提出来的，我也不会接受。我把它们交给您就是为了让您把这些垃圾扔到垃圾箱里去，然后您就可以高枕无忧了。工程师先生，我真的不求任何回报，因为我所做的对得起自己的良心，这就够了。那么现在我就把这些玩意儿留给您了，我知道您是个大忙人，我就不再耽误您宝贵的时间了。”

他站了起来，伸出了手，恩里克虽然有点心不在焉，还是感觉到自己的手再次被加洛那满是汗水的柔软的手弄得湿湿的。他看到加洛迈着坚定的步伐走向办公室的门，把门打开，走了出去，全程都没有回头，把恩里克一个人留在了办公室里。

恩里克感到很迷惑，同时还有点儿生气。他在打开文件夹前先给自己倒了一杯水，一口气全喝掉了。加洛留下的文件夹就在他的办公桌上，在他的眼皮子底下，他感觉自己的手在拆开文件夹上的带子时竟然在颤抖。他打开了文件夹。里面究竟是什么？不管怎样，从加洛的话里能猜到不会是什么好东西。他猜文件夹里用绸布包着的东西是照片。照片？会是什么照片呢？他一开始小心翼翼想揭开绸布，但很快他就失去了耐心，一把把包装撕了下来，扔进了垃圾桶。他抽出的第一张照片就把自己吓得心惊胆战，竟一把将它扔回到了那堆照片上去，这股力量把照片从办公桌打落到了地上，散了一地。他赶忙缩到了桌子下面，跪着把照片一张张拾了起来，边捡边看，看完一张就赶紧塞到前一张的下面。他被惊呆了，吓坏了，把照片从头到尾又看了一遍，他感到自己的心脏快要从嗓子眼里蹦出来了、马上就要窒息了。他瘫坐在地上，手里握着那二十几张照片，看了一遍又一遍，完全不相信自己看到的一切。不可能，绝对不可能。不是的，不是的。然而照片就在那儿，而照片是不会撒谎的，照片上展示出来的比他所记得的那晚在乔西卡①发生过的事情还要详细，他本以为自己已经忘记了、摆脱了那个南斯拉夫人和那次的事情了，但现在一切又浮现了出来。

他感觉很糟，很不安。他把照片放回到办公桌上，脱下了外

---

① 乔西卡是利马附近的一座小城。

衣，松了松领带，闭着眼睛瘫坐在了椅子上。他已经满头大汗了。他试着让自己冷静下来，好好想清楚这到底是怎么一回事，同时再审视一下当下的形势。但是他做不到。他甚至觉得，自己如果再不冷静下来会有犯心脏病的危险。他就这样闭着眼睛坐了好一会儿，他想到了自己可怜的母亲，也想到了玛丽萨，还想到了其他的亲朋好友，甚至还想到了自己的合伙人和社会舆论。“妈的，在这个国家连石头都认识我。”他尝试着调整自己的呼吸，用鼻子吸气，再用嘴巴把气呼出来。

毫无疑问这是一次敲诈。他很愚蠢地中了别人下的套。但是那件事已经过去两年了啊，甚至可能更久一点，而且是在乔西卡发生的，为什么之前没有人来敲诈呢？那个南斯拉夫人是叫考苏特吗？为什么到现在才有人把这些照片拿过来？而且为什么是那个让人讨厌的家伙拿来的？他刚才说自己永远不会把这些照片发布出来，而且不图任何回报，那么他的意思其实是他随时可能会做完全相反的事出来。加洛说自己是个有良心的记者，那么其实他是想说自己要用那件丑闻来恐吓他，把他榨干，拔得一根毛也不剩。恩里克又想到了自己的母亲，想到了她那端庄正直的面庞会因为惊讶和恐惧而扭曲成什么样子。他还想到了自己的兄弟姐妹们看到照片后的反应。他又开始想象玛丽萨看到照片后的反应，脸色一定是一片惨白，嘴肯定张得大大的，泪水将会从她天蓝色的眼睛里夺眶而出。想到这儿他觉得自己心跳得更快了，恨不得立刻找个地缝钻进去。他认为自己必须立刻跟卢西亚诺谈谈。我的上帝啊，但是这太丢人了。还是说应该去找另一个律师？想什么呢！这个想法太愚蠢了。他绝不会把这些照片再给其他任何人看了，卢西亚诺除外，毕竟他不仅曾经是自己的同学，还是自己一直以来最好的朋友。

这时电话响了，恩里克坐在椅子上没好气地接了起来。秘书提醒他说马上就要到十一点了，他要在矿业协会参加一场理事会议。“我知道，我知道。让司机开车到门口接我吧，我马上就下去。”

他到洗手间洗了把脸，如同自虐般，他洗脸时也在想着那件事情：要是那些照片被那种专门靠花边新闻、靠公开别人的隐私吸引眼球的报纸或杂志刊登了出来，那么全利马的人就会都知道那件事了，之后又会发生什么呢？天啊，我得尽快去找卢西亚诺。卢西亚诺不仅是他最好的朋友，还经营着全利马最负盛名的律师事务所。像卢西亚诺这样一直认为我基克·卡尔德纳斯是一个完美的人的朋友们，在得知那件事后会多么惊讶和失望呢？

3. 迈阿密的周末

玛丽萨和恰贝拉按照约定在智利航空公司飞往迈阿密的夜间航班起飞前一个半小时在登机口碰了头。两人决定在等待起飞的这段时间里一起到贵宾候机室喝点东西。所有的位子基本上都坐着人，但是她们还是找到了一张位置有点偏的空桌子，但是离吧台也不算远。玛丽萨黄色的头发散着，只别了一个卡子，没有化妆，表情很轻松。她穿了条桂皮色的裤子，脚上穿的皮质便鞋和挎着的包也是同一个颜色。恰贝拉则完全不同，一看就是精心打扮过的，她穿了条深绿色的裙子，一件低胸上衣，还套了一件小皮外套，脚上穿着凉拖鞋。像往常一样，恰贝拉把自己的黑色长发编成了一条长长的辫子，一直垂到腰际。

"基克能让你来真是太好了，你和我一起到迈阿密去真让我高兴，"恰贝拉笑眯眯的，还没坐下就开始说道，"今晚我越看你越觉得漂亮，这是为什么呢?"

"我本来也以为得花点儿功夫说服他，我都想好怎么编故事了，”玛丽萨也笑了，“很幸运，我刚一开口他就同意了，压根儿没费什么唇舌。不过话说回来我觉得我老公最近有点怪怪的，干什么都心不在焉的。你说我漂亮？你也很好看啊，瞧你那根长辫子。”

“我很清楚基克是咋啦，”恰贝拉突然严肃了起来，“就和卢西亚诺一样，也和你、和我、和所有人都一样，亲爱的。还不是因为最近发生的那些爆炸、绑架和谋杀。在这座城市里，在这个国家里，谁能好好过日子呢？不过还好这个周末咱们可以解脱啦。他们还是没把卡奇多救出来吗？”

“听说绑匪要六百万美元赎金，”玛丽萨说，“从纽约来了一位专家负责跟他们谈判。可怜的卡奇多已经失踪两个多月了，是吧？”

“我认识他老婆妮娜，”恰贝拉点了点头，“她的状态很不好，最近一直在看心理医生。玛丽萨，你知道我最担心的是什么吗？不是担心我自己，也不担心卢西亚诺，我最担心我的两个女儿。我经常梦到她们被坏人绑走了。”

恰贝拉对玛丽萨说，她和卢西亚诺一直在考虑要不要和安保公司“保家乐”签合同，让他们负责房子和家人的安全，尤其是保护好两个小孩。但价格实在太高啦！

“基克也有过那个想法，尤其是在卡奇多被人绑架之后，”玛丽萨说道，“但是后来就不了了之了，因为大家都说，那样的话实际更危险，因为说不定哪天那些保镖就变成了绑架、抢劫你的人了。恰贝拉，咱们这是生在了一个什么样的国家啊！”

“玛丽萨，人家说哥伦比亚的情况更糟。那儿的坏人不光是绑架你，还会把你的指头或是耳朵割下来吓唬你的家人，太可怕了。”

“能在迈阿密过上三天真是太好了，可以完全摆脱那些烂事。”

玛丽萨边说边摘下了眼镜，她用自己蓝色的眼睛坏坏地盯着恰贝拉看。她发现恰贝拉好像有点脸红了。好像是为了缓和气氛，恰贝拉笑着拉起了她的胳膊，轻轻拍了拍，而她则伸手摸了摸对方的头发："你知道自己的辫子很美吧，亲爱的？"

"我生怕你不接受我的邀请。"恰贝拉喃喃道。她压低了声音，又用手拉起了玛丽萨的胳膊。

"我就算疯了也不会拒绝你的。"玛丽萨抗议道，还顺道开了个玩笑，"因为我很喜欢迈阿密啊。"

她哈哈大笑了起来，恰贝拉也笑了。她们就这样笑了好一会儿，望向对方的眼神都有点儿复杂，脸也都有点红了，她们就这样用笑声来掩饰自己的尴尬。

和往常一样，智利航空公司航班的经济舱又满了，不过她们预订的是头等舱，这样就和其他乘客隔开来坐了。两个人都不想吃东西，但都喝了一杯红酒。在五个小时的航行中，她们聊了很多事情，唯一没聊的就是那晚发生的事情，不过总是有其他的话题能让她们联想到那一晚，每当这时，两人就会紧张地笑笑，换个话题继续聊。"在迈阿密会发生什么呢？"玛丽萨问自己道。她闭着眼睛，感觉有点困了。"我们还是会继续回避那个话题吗？"不会的，她肯定。但是每当想到接下来有可能发生什么、会怎样发生，她就感到有点不安。玛丽萨突然生出一种想法：一到恰贝拉的房子，她就要亲手把恰贝拉的辫子慢慢解开，感受她那柔顺、乌黑的头发在自己的指尖滑动，她会忍不住亲吻它们吧？

她们到达迈阿密的时候天刚刚放亮。她们还在利马时就在网上订了车，一出机场就坐了上去。这个点儿，路上车很少，她们很快就抵达了卢西亚诺那位于布里克尔大道的房子。戴着帽子、穿着制服的门卫操着一口古巴口音，帮她们把行李从车上搬了下来，又搬上了楼。这是一间顶层豪华公寓，视野很好，从房间里可以直接望见大海、沙滩和比斯坎岛。玛丽萨在去纽约的途中曾经到这个房子来过一次，但那已经是两年多前的事情了。她觉得墙上好像多了几幅画，其中有一幅林飞龙①的画，以前是挂在恰贝拉在利马的家里的。

“真是太美了，恰贝拉，”玛丽萨道，“从这个角度看大海真是太美了，咱们到阳台去吧。”

门卫把行李放在了门口。这个时刻从阳台向外望去，比斯坎岛上那些在树林之中的房屋都笼罩在晨光里，蓝绿色的海面被白色的海浪和泡沫轻轻地晃动着，实在是美不胜收。

“如果你同意的话，咱们可以先休息一会儿，然后到海滩上去洗个海澡。”恰贝拉说道。玛丽萨心头一震，她发现恰贝拉是贴在耳边对自己说这番话的。她听到了恰贝拉的话，也感受到了从她嘴中哈出的热气。恰贝拉摸着玛丽萨的臀部，把身子贴了上来。

她闭上了眼睛，什么也没说，把身子倾了过去，寻找着那张已经开始亲吻着自己的嘴唇，那张唇此时已经开始轻咬自己的脖子、耳朵和头发了。她抬起手，握住了恰贝拉的辫子，把自己的手指插到了对方的头发里，低声说道：“能让我把辫子解开吗？我想看你散开头发的样子，我想吻你的头发，亲爱的。”她们拥抱着离开了阳台，穿过客厅、饭厅和走廊，最后来到了恰贝拉的卧室。

窗帘是拉着的，房间里笼罩着一层朦胧的暗，墙上挂着几幅

---

① 指古巴画家林飞龙（Wifredo Lam），他的父亲是中国人，母亲有西班牙及非洲血统。

画，玛丽萨能认出西斯罗、查维斯和维克托·瓦萨雷里的画，屋子里还摆着博特罗年轻时的雕塑作品，床头两边的床头柜也精美异常，看上去是刚摆放上去的。她们静静地把对方脱了个精光，互相抚摸着、亲吻着，兴奋和欢愉的感觉涌遍全身。玛丽萨觉得时间似乎停滞了，不知何处响起了优美的乐声，更烘托了愉悦的气氛。她们相爱着，享受着，在她们做爱的时候，房屋外的街道上慢慢开始有了说话声、摩托声、喇叭声……屋外的光越来越亮了，玛丽萨觉得自己要高潮了。慢慢地，她感到自己有些乏力，好像要睡着了。恰贝拉的辫子已经被解开了，散开的头发遮在了玛丽萨的脸上、颈上、胸上。

玛丽萨醒来时天已经全亮了。她感觉到恰贝拉的身体紧紧地贴着她，而自己的头并没有在枕头上，而是靠着恰贝拉的肩膀，她的右手则放在了恰贝拉紧实而又光滑的腹部。

“早上好，睡美人，”恰贝拉亲了她额头一下，这样说道，“你睡觉时不停地在笑，是梦到小天使了吗？”

玛丽萨又向恰贝拉贴近了一点，吻着她的脖子，抚摸着她的小腹和腿。“我发誓，我这辈子从来都没感到这样快乐过。”玛丽萨低声说道。确实如此，这是她真实的想法。恰贝拉也靠向她，紧紧地抱着她，嘴巴贴在她的嘴巴上，好像是想更好地倾听玛丽萨说的话：“亲爱的，我也一样。这些天来我一直幻想着我们能再做一次，幻想着我们能像现在这样一起醒来。我每天晚上都想着你自慰。”

她们张着嘴接吻，舌头缠在了一起，口水也混到了一块儿，她们的腿也互相缠绕着，只不过两个人都很疲惫了，没办法再做一次爱了。于是她们开始聊天，但始终是抱在一起的，玛丽萨的头依然靠在恰贝拉的肩膀上，而恰贝拉则用一只手摆弄着玛丽萨，好像在玩游戏似的。

“没错，有音乐，”玛丽萨边听边道，“我刚才就听到有音乐，我还以为是自己在做梦呢。这音乐是从哪儿来的啊？”

“是来打扫房间的姑娘放的，”恰贝拉道，“她叫贝尔多拉，萨尔瓦多人，人很好的。你一会儿就能见到她。她办事很认真，是个值得信赖的人。你饿了吗？我给你准备早餐怎么样？”

“不，我还不饿，就这样很好，你别走，”玛丽萨边说着边用腿缠着恰贝拉，“我喜欢这样感受你的身体。亲爱的，你不知道我有多开心。”

“玛丽萨，我要给你说个秘密，”玛丽萨发觉恰贝拉在说这话的同时还在慢慢地轻咬着自己的耳根，“你是第一个和我做爱的女人。”

玛丽萨把头从恰贝拉的肩膀上挪开，开始盯着恰贝拉的眼睛看。恰贝拉有点儿害羞，却很严肃。她眼睛的颜色很深，性格这么大胆，皮肤完美无瑕，嘴唇厚厚的。

玛丽萨低声说道：“我也是，恰贝拉，我也是第一次，尽管你可能不会相信我。”

“真的吗？”恰贝拉有些不相信。

“我发誓，”玛丽萨又把头靠到了恰贝拉的脖子上，“还不止于此呐，我给你讲，以前每次有人说有的女人喜欢和别的女人干那种事我就会觉得难受，甚至还会觉得恶心。太蠢了，是吧？”

“我不觉得恶心，但是有点好奇，”恰贝拉道，“但确实如此，这些事发生前，一个人是永远都不会看透自己的。就像上一次，当我醒来时，我发现你的手放在了我的腿上，你的身体紧紧地靠在我的背上，我兴奋了，我从来没体会过那种感觉。那时我的两腿中间痒痒的，我湿了，我感觉自己的心脏都要跳出来了。我到现在都不知道，我怎么敢拿起你的手把它放到了……”

“放到了这儿，”玛丽萨说着，用手寻觅着，分开了恰贝拉的腿，“我能对你说我爱你吗？你会介意吗？”

“我也爱你，”恰贝拉温柔地拉起了玛丽萨的手，亲了一口，“但是饶了我吧，别让我再兴奋起来了，不然的话我就没法下床了。你想让我拉开窗帘吗？外面的海景可美啦。”

玛丽萨看到恰贝拉光着身子跳下了床，她又一次证实了自己的女友的身体是那么完美，皮肤紧实，一点儿多余的脂肪都没有，腰很细，胸部却很挺。她看着恰贝拉按了墙上的一个按钮，窗帘就慢慢地自动拉开了。室外的光涌了进来，整个房间都亮了起来。房间很大，装饰得很高雅，就像恰贝拉在利马的房子一样，恰贝拉和卢西亚诺的穿衣风格也是这样的。

“景色很美吧？”恰贝拉飞速地跳回到床上，钻进了被子里。

“很美，但是你更美，亲爱的，”玛丽萨又抱着恰贝拉了，“谢谢你给了我这辈子最美妙的一个夜晚。”

“小坏蛋，我又兴奋了，”恰贝拉用手抚摸着玛丽萨的嘴唇，“而且这次你得付出代价啦。”

她们快到中午了才起床，穿着睡衣、光着脚，边聊天边准备早饭。玛丽萨给恩里克的办公室打了电话，恩里克说他很好，让她放心，但是玛丽萨依然觉得他怪怪的，好像心情不是很好。恰贝拉没能和卢西亚诺通话，却和自己的妈妈通了电话，每当她外出旅行时，她的妈妈总会在家等待她的来电，好告诉她两个女孩都准时去学校了，她会让孩子们一放学就给恰贝拉打电话。

“玛丽萨，你不需要担心基克，”恰贝拉的语气很坚定，“我向你保证肯定没发生什么意外的事情，就是因为那些骚扰着我们所有秘鲁人的恐怖分子呗。卢西亚诺最近也经常像基克这样。就在上周，他还跟我说如果事态持续下去，那么他更倾向于我们离开秘鲁。他说他能到纽约，去他当时从哥伦比亚大学毕业后实习的那家律师事务所工作。但是我不是很同意。我妈妈马上就七十岁了，我不想让她客居他乡。而且我不是很确定想让我的两个小宝贝去接受美国人的那套教育。”

她们早饭吃得很丰盛，有果汁、酸奶、煎蛋、英式玛芬和咖啡。她们决定不吃午餐了，晚上到迈阿密沙滩旁一家很有名的餐厅吃顿晚餐就好了。

当玛丽萨问恰贝拉这套房子出了什么需要解决的问题时，恰贝拉哈哈大笑了起来：“没有任何问题。我就是找个理由请你陪我来迈阿密罢了。”

玛丽萨握住了她的手，吻了一口。两个人换上了比基尼，带上了浴巾、润肤油、太阳镜和草帽，然后就跑去沙滩晒太阳了。沙滩上人不多，虽然天很热，但是不断有温柔的海风吹拂着她们。

“要是卢西亚诺知道了咱俩的事会怎样呢？”玛丽萨问道。

“他会气死的，”恰贝拉回答道，“我丈夫大概是全世界最保守的人了。你能想象直到现在他还坚持要关灯做爱吗？那么基克会有什么反应呢？”

“我没想过，”玛丽萨答道，“但我觉得基克的反应肯定和卢西亚诺不一样。你别看他整天文质彬彬的，其实脑子里藏着各种稀奇古怪的想法呐。我给你讲个秘密好吗？他经常对我说，最让他兴奋的性幻想就是先看着我和一个女人做爱，然后再换他来和我做。”

“哎呀，那太好了，我们可以满足他这个愿望，”恰贝拉笑道，“真是应了那句老话：画虎画皮难画骨，知人知面不知心啊。”

不过后来两个人也都承认自己是很幸运的女人，因为各自的丈夫都很爱自己，自己和他们过得也很幸福。所以两人之间发生的这些事情一定要严格保密，只有这样才不会破坏自己的婚姻。就让这种关系来帮助两人保持活力吧。

她们下午结伴外出购物，还去看了场电影，最后记不清是在迈阿密海滩还是比斯坎岛上最好的餐厅吃了晚餐，还喝了法国香槟。真是一次真正意义上的难忘的周末啊。

4. 企业家和律师

卢西亚诺·卡萨斯贝拉斯律师事务所离恩里克的办公室并不远，以前两人要见面的话都是靠步行，但是如今出于对图帕克·阿马鲁革命运动和“光辉道路”的绑架行为的恐惧，他们都改成坐车来往了。司机把恩里克开到了楼前，那一整栋楼都是卢西亚诺的事务所，恩里克让司机在楼下等着。他径直上了卢西亚诺办公室所在的五楼，秘书说卢西亚诺已经在等他了，他可以直接去办公室找他。

卢西亚诺站起身来迎接，拉着他坐到了办公室里舒适的沙发上，沙发后面是一个用玻璃门隔开的图书馆，里面满是皮质封面、排列整齐的书籍。办公室的地上铺着波斯地毯，墙上挂着画，整间办公室的风格都像卢西亚诺本人那样，高雅而保守，十足像个英伦绅士。恩里克看到了恰贝拉和两个孩子的照片，还有卢西亚诺本人年轻时的照片，穿着长衫，戴着礼帽，应该是他从利马的天主教大学毕业时照的，还有另外一张，看上去是从哥伦比亚大学博士毕业时的留影。基克回忆起两人一起上中学时卢西亚诺年年都会被评为优秀学生。

“咱们好几周都没见面了，基克。”律师说着，轻轻拍了拍基克的膝盖。卢西亚诺把眼镜拿在手里，身上穿着一件熨烫整齐的条纹衬衫，和往常一样打着领带，系着男士背带，皮鞋亮得就和刚买的一样。卢西亚诺瘦而高，眼神里透着一股干练劲儿，他的头发呈灰黑色，脑门上的头发有些稀疏，有点过早谢顶的征兆。“美丽的玛丽萨最近怎么样啊？”

“很好，她很好。”恩里克回了一个微笑，随即想道，“从穿开裆裤的年纪起，眼前这人就是我最好的朋友，这件事之后我们还能做朋友吗？”他感到很羞愧、不安，“卢西亚诺，遇到麻烦的是我。我正是为了这事儿来找你的。”

他说话的声音已经有些颤抖了，而卢西亚诺也注意到了这一点，所以他也变得严肃了起来，很认真地注视着恩里克。

“基克，这个世界上除了死亡没有什么解决不了的事情，”卢西亚诺鼓励道，“来吧，就像我的小女儿卢西亚娜常说的那样：把事情原原本本地告诉我吧。”

“几天前有一次很意外的来访，”恩里克吞吞吐吐地说道，他感觉自己的手已经汗湿了，“是个叫罗兰多·加洛的家伙。”

“那个记者？”卢西亚诺吃了一惊，“肯定不是什么好事。那家伙的名声坏透了。”

恩里克解释得很详细，有时还会停下来，思索着最恰当的词汇，而卢西亚诺也很有耐心地等着他，既不开口打断，也不催着他讲完。最后，恩里克把那个被两条黄色粗带子缠着的文件夹拿了出来。把它交给卢西亚诺后，他取出自己的手帕擦了擦手上和额头上的汗。他浑身都被汗水浸透了，呼吸也有些急促。

“卢西亚诺，你根本想不到我来找你是下了多大的决心，”恩里克有些不好意思，“我很羞愧，我觉得自己很恶心。但这事实在太私密了，也太棘手了，我压根不知道该怎么办。除了你我还能信任谁呢？你就和我的亲兄弟一样啊。”

他的声音有些嘶哑，他惊讶地发现自己马上就要哭出声来了。卢西亚诺走到办公桌旁，往玻璃杯里倒了水，把它递给了恩里克。

“你先冷静冷静，基克，”卢西亚诺拍着恩里克说道，“你来找我是再正确不过的决定了。不管这事儿有多糟糕，咱们都能一起找到解决办法，相信我。”

“我希望你不要因为这件事而瞧不起我，卢西亚诺，”恩里克呜咽地说着，同时指了指文件夹，“我猜你也会被惊呆的。打开看看吧。”

“律师就和牧师一样，都善于听人忏悔，我的老朋友，”卢西亚诺戴上了眼镜，说道，“你别担心。我的职业要求我有足够的准备去应对一切好的、不好的和极度糟糕的事情。”

恩里克看着卢西亚诺小心翼翼地取下了黄色带子，打开了文件夹，又取下了包裹着照片的绸子。他发现卢西亚诺的脸上露出了惊讶的表情，后来又转成了惊恐。他仔细地翻看手中的每一张照片，有时还会把看过的照片再看一遍，他一张一张地看过去，没有作任何评论。基克觉得自己的心跳得越来越快了。时间停滞了，他仿佛回忆起了小时候两人一起复习准备考试时的情景，那时的卢西亚诺就像此刻一样，认真地翻看着课本，全身心投入到眼睛盯着的东西中去。卢西亚诺默默地把已经看完的照片从后往前又看了一遍，最后终于抬起了头，用不安的眼神看着恩里克，问道：“基克，你确定照片里的人是你吗？”

“是我，卢西亚诺。很遗憾，但确实是我。”

律师变得严肃了起来，他点了点头，好像陷入了沉思。他把眼镜摘了下来，又用手拍了拍恩里克的膝盖。为了节省时间，他一边把照片重新包好、夹进文件夹、用黄带子缠好，一边说道：“肯定是一次敲诈，这很明显。他们想问你要钱。而他们首先要做的就是让你服软，所以他们拿这些能制造出一次巨大丑闻的东西来吓唬你。你愿意把这些照片留给我吗？我想最好还是把它们存在我这里，我有很安全的保险箱。这些照片不能落到任何其他人手上，尤其是玛丽萨。”

恩里克表示同意。他又喝了一口水。他感到轻松了不少，好像已经摆脱了那些照片似的，他知道把它们放在卢西亚诺的保险柜里是再安全不过的了，这样能最大程度地减小它们带来的威胁。

“卢西亚诺，这些照片是两年前拍的，”恩里克补充道，“大约两年前，具体日期我记不太清了，也可能更久一点。是在乔西卡拍的。是一个南斯拉夫人请我去的，我记得我跟你提到过他。他具体是塞尔维亚人还是克罗地亚人我记不清了，都差不多吧。是个叫考苏特的家伙，你还记得他吗？”

“南斯拉夫人？考苏特？”卢西亚诺摇了摇头，“我一点儿印象都没有。我认识他吗？”

“我记得我向你介绍过他，我不太确定，”基克补充道，“塞尔维亚人或是克罗地亚人，至少他自己是这么说的。他想投资矿业，还带来了大通银行和伦巴第银行的介绍信。现在我记起来点儿了。考萨克，库萨克，考苏特，就是那一类的名字。我应该把他的名片放在什么地方了。那人很奇怪，神神秘秘的，后来突然就消失了。

我再也没听到过关于他的消息。你确定你不记得他吗?”

“我确定。”卢西亚诺答道。他面对着恩里克,很严肃地对后者说道:“是他组织了这场纵欲?是他拍的这些照片?”

“我不知道,”基克道,“我不知道是谁拍了这些照片。我压根没留意到有人拍照,我要是知道的话肯定不可能让他们拍啊。不过我觉得应该是他拍的。他也在现场。考萨克,库萨克,考苏特,反正就是这些中欧名字中的某一个。”

“他们给你挖了个坑,然后你就天真地跳进去了。我就不说愚蠢这个词啦,”卢西亚诺耸了耸肩,“已经过了两年了?你确定?那么为什么他们现在才把照片拿给你呢?”

“这也是我想不通的地方,”恩里克答道,“事情都过去两年多了,起码过去两年了。他在利马的喜来登酒店住了好几个月,我带他见了不少人。后来突然有一天他给我留了条信息,告诉我说他有急事要到纽约去,但是很快会再回利马的。从那之后我就再也没见过他。他说他准备投资几百万美元,所以我很尽力地帮助他,还带他去了矿业协会,在那里和协会的人进行过一次简短的交流。他的西班牙语讲得很好,你根本不会怀疑他的身份。总而言之,卢西亚诺,我不知道该怎么跟你解释这件事,都怪我不好。另外,尽管你可能不相信,但那次是我第一次也是最后一次……”

恩里克的声音又嘶哑了,他不知道该怎么把这句话说完。他脸红了,不停地眨眼。他感到无比羞愧,真想立刻从这里跑出去,永远都不再见他这位最好的朋友了。

“基克,你冷静点儿,”卢西亚诺冲他露出了微笑,“在这种时候,最重要的就是保持冷静。你想再喝杯水吗?”

“我都吓傻了,”恩里克说道,“我都没怎么正眼看那个记者,他让我觉得恶心。他长了一对老鼠眼，言辞里处处透着谄媚，总之他身上有什么东西让我感到很不舒服。他肯定想要敲诈我，毫无疑问，这一点我也想到了。”

“他把照片带给你，用这件丑闻来恐吓你，”卢西亚诺点了点头，“我看他做到了。话说在前头，最不明智的做法就是跟那种人做交易。他会一次又一次不停地问你要钱，却永远不会把照片底片交给你，这是一个永恒的恶性循环。我认为现在这时候首先要做的是去吓唬吓唬那个记者。不过我觉得那家伙可能也只是个中间人，是个工具。他的背后应该就是那个……南斯拉夫人，是吗？”

“考苏克，考索克，考苏特，”基克嘟哝道，“我应该有他的名片，而且还存着他带来的介绍信的复印件。他想投资矿业，想找个秘鲁合伙人。他请我们吃饭，不停地花钱，表现得像个很有钱的人。但是他突然说有急事要去纽约，从此就消失了。而现在，两年或者两年半之后，又突然送来了这些照片，很奇怪，让人摸不着头脑，不是吗？”

卢西亚诺陷入了思考，而恩里克也不再说话了。

“卢西亚诺，你在想什么？”

“在那次聚会上，除了那人和那些姑娘，还有其他人在吗？”卢西亚诺问道，“我是说，其他你认识的人。”

“只有他和我，”基克肯定地说道，“还有那些女孩，没有别人了。”

“还有拍照的人，”卢西亚诺纠正道，“你没有发觉有人在拍照？”

“我肯定不会允许别人拍照的呀，”基克又一次强调道，“我完全没有察觉。他把这事儿策划得滴水不漏，我从来都没想到，这会是一个陷阱。你觉得要是《大曝光》把这些照片发布出来会怎么样？我肯定你从来没翻阅过那种杂志，里面全都是些肮脏的东西，都是八卦消息，很粗俗。”

“我看过，我记得曾经有一本到了我手里，我翻了翻，”卢西亚诺说道，“我们事务所里有两个刑法专家，我会咨询一下他们，当然我会保护好你的隐私，我只把事情的过程告诉他们，看看他们有什么建议。等会儿我给你打电话，就今天下午吧。这期间你要试着冷静下来，别再和任何人提起这件事。要是有必要的话，我们甚至可以直接去找藤森①或者‘博士’②。当然，你不要再见那个加洛了，也不要接他的电话。”

卢西亚诺站了起来，陪着恩里克走到了大门口。他们站在那儿聊了聊玛丽萨和恰贝拉，看上去她们俩很享受在迈阿密度过的周末。卢西亚诺提议四个人最近要挑一天聚一聚，一起出去转转。当然了，当然了。

恩里克离开卢西亚诺办公室时的心情比来时还糟糕，他感到很沮丧。他觉得有了那次可怕的来访，他今后的人生再也不可能回到以前的样子了。

---

① 阿尔韦托·谦也·藤森，日裔秘鲁政治家，曾三次任秘鲁总统。第三次任总统期间因国内政治危机出走日本，并宣布辞职，后在智利被警方逮捕，被引渡回秘鲁接受审判。2009 年被秘鲁最高法院特别法庭判处监禁。

② 弗拉迪米罗·蒙特西诺斯的绰号，藤森总统的顾问、国家情报局主管。

5. 流言的老巢

“我让你拍的是她那干瘪的奶子、大肚腩和让人恶心的屁股！”罗兰多·加洛愤怒地吼着，手里晃动着一堆照片，好像想把它们甩到摄影师脸上似的。站在他面前的摄影师有点紧张，不自觉地退了一步。加洛继续吼道：“你给我拍的是什么？你把她拍成了一位高贵的女士！塞费里诺，你到底能不能听懂我的话？我的话就那么高深吗？为什么你的小脑袋瓜就是理解不了呢？”

“对不起，先生。”塞费里诺·阿奎略嘟囔着回答。《大曝光》的这位摄影师是一个年纪不大的乔洛人[1]，很瘦，眉毛很粗，没有光泽的头发垂到肩膀上，穿着旧牛仔裤和运动鞋。他用被吓得要死的眼神望着杂志主编：“我今晚再去重新拍几张回来，先生。”

加洛就像没听到他的话似的，继续愤怒地盯着他，声音里依然充满怒意：“我再给你解释一遍，看看这次你那榆木脑袋能不能理

① 指白人和美洲原住民的混血。

解我的意思。"《大曝光》杂志的办公室位于苏尔基略区但丁街上的一栋两层楼房内，从加洛的办公桌的位置能看到办公室里所有其他的办公桌，他发现此时屋子里其他六七个记者和撰稿人都把头埋在了电脑或是文件的后面。所有人，甚至包括好奇心最重的艾斯特莱伊妲·桑迪瓦涅斯都不敢抬眼看自己批评摄影师的一幕。早晨的这个时间，旁边市场附近已经有了卡车的声音、小贩的叫卖声和行人来往穿行的声音。

“先生，我当然已经理解您的意思了，”摄影师喃喃道，“我跟您打包票。”

“不！你什么都没懂！”罗兰多·加洛大叫着，塞费里诺又被吓得后退了一步，“我们不是要给她打广告，不是要宣传她。我们是要恶心她，是要把她搞臭！让她永远都抬不起头来！我们要让举办活动的人都觉得她很丑、很老，觉得她不会摇屁股。我们要用你的照片写一篇文章，说是她搞砸了整个秀场，说没人愿意再继续忍受她了。而且我们还要让人们觉得她既不会跳舞也不会唱歌，她已经变成了一个丑八怪，她的归宿不应该是舞台，而应该是在恐怖电影里。你懂了没有，到底懂了没有？”

“我真的明白了，先生。”摄影师重复道。他脸色铁青，说话困难，看得出他迫不及待地想离开这里了，“我以我母亲起誓。”

“那就好，”主编把手里的照片扔到了地上，指着它们继续对塞费里诺说着，“那么请顺手把这些垃圾丢进垃圾桶吧。”

他看着摄影师弯下身子把照片都捡了起来，收好，然后走远了。办公室里的气氛有些压抑，这里在变成周刊办公室之前应该是某个大家庭的饭厅，如今，由于空间有限，一张张简易的办公桌紧靠在一起，墙皮已经掉落了不少，墙上贴着不少褪了色的《大曝光》封面，上面基本都是裸体照片和吸引人眼球的大标题。罗兰多·加洛在自己的办公桌后坐了下来，坐下后他依然能看到整个办公室的情况。他试着让自己冷静下来：为什么自己看到摄影师带来的照片会这么生气呢？他对这位可怜的塞费里诺·阿奎略是不是有点过分了？毕竟他可是那个给自己带来在乔西卡照的那些照片的人啊。可能是有点儿过分了，因为自己当着所有人的面羞辱了他。稍微有点自尊心的人遇到这种情况都会辞职吧？但是他太穷了，穷得没有资格拥有自尊心。而且他还要养活自己的老婆和孩子们，所以必须得把苦往肚子里咽，然后继续为《大曝光》工作，只有拿着这里的工资他才能生存下去。他可能会更恨我吧，但是乔西卡的照片让我们成了一根绳上的蚂蚱。哎哟，加洛想到这里，自己也乐了起来。如果事情进展顺利，那么自己可要给塞费里诺准备一份大礼。有人恨自己并不会让加洛难受得睡不着觉，反而会让他觉得有些满足，因为被人憎恨就意味着被人惧怕、被人认可。秘鲁人不就喜欢做这事儿吗？去舔那些踩在自己头上的鞋子。藤森和“博士”不就是最好的例子吗？好了，还是忘掉讨厌的塞费里诺，继续认真工作吧。

实际上让他生气的并不是塞费里诺，而是那个死女人。为什么？因为她总是在诸如《麦格丽》这样有名的电视节目上大放厥词，从两个月前就开始了。她不停地说秘鲁有像《大曝光》这样的杂志是整个国家的耻辱，她说他们侵犯了艺人的隐私。她坚决否认加洛的杂志里发表的、警察撞见她在出租车里和人做爱的消息，这当然是加洛假想出来的，他想象着那女人和一个像她一样令人讨厌的男人在一辆破车里做爱的场景，太恶心了。从那女人开始批评《大曝光》开始，加洛就决定再也不让这女人过上一天安稳日子，但是要彻底摧毁那女人还是得作一番调查才行。这事也不难，“扒皮女”① 已经写好了一篇揭她老底的文章，她可真是干这行的料。天会塌到那女人头上的，整个世界都会抛弃她，为了不饿死，她只能去当妓女。加洛已经提醒过纪录频道的负责人了：“要是你们继续请那个女人在你们的节目里跳舞，你们将来肯定会冷汗直冒的，老兄。”这就是加洛对待广播和电视的编导、出版人、歌星、影星和其他一切被那女人称作“艺术家”的人的手段。

他站起身子，把胡丽叶塔·莱吉萨蒙喊了过来。“扒皮女”太矮小了，从背影看，谁都会把她当作一个小女孩的。她皮肤黝黑，一头卷发，总是穿着长裤子和满是褶皱的衬衫，脚上穿着篮球鞋，她很瘦，看上去弱不禁风，但是在她身上有一些令人印象深刻的东西：她有一双大大的眼睛，眼神中始终透着让人难以置信的智慧、冷静和勇敢，加洛觉得自己只在某些动物身上看到过这样的眼神，会让人觉得自己的一切秘密都逃脱不过这双眼睛，所以她会经常看得人很不舒服。

“文章写得怎么样了，‘扒皮女’？”

“快写好了，马上就能交稿了。”“扒皮女”边回答边用她那双好像从来都不眨的眼睛盯着加洛，那双眼睛除了看加洛之外，看谁都透着一股冷漠，因为她对加洛异常崇拜，“你不必担心，我查到了很多关于那女人的新东西。她马上就要火了，我向你保证。她曾经因为某个小罪而进过少年教养所。她说她在墨西哥曾是职业歌手、职业舞者的事也是假的，没有任何证据能证明这些是真的。她曾经在五个街角街区一个很有名的被称作林博玛娜的黑人接生婆那

---

① 胡丽叶塔·莱吉萨蒙的绰号。

里堕过两次胎，虽然用的都是假名。最重磅的是：她的一个女儿因为毒驾，直到现在还被关在监狱里呢。”

“太精彩了，‘扒皮女’，”罗兰多拍了拍他的这位王牌撰稿人的胳膊，“这些材料足够送她下地狱了。”

“我马上就写好了。”“扒皮女”冲着加洛笑了笑，回到了自己的办公桌上。

“她从没让我失望过。”罗兰多想道。他看着她坐到了自己的椅子上。她在椅子上放了一个垫子，只有这样她坐着时才够得着桌子。“扒皮女”是他的重大发现。大约两年前，她穿着蓝色牛仔裤和一双不需要系鞋带的鞋子来到这里，没有任何拐弯抹角，直接把她写的几页纸递过来说：“我想当《大曝光》的一名记者，先生。”罗兰多问她有什么优势，有没有什么相关的学习和工作经验。

“没有，”“扒皮女”坦白道，“但是我带来了我写的东西。请读一读吧，先生。”

她身上有某种让他很欣赏的特质，于是他读了她写的东西。她只用了四张纸，就把一位明星批得体无完肤，这让加洛印象深刻。于是他开始派给她一些跟踪、调查之类的小活。胡丽叶塔从来没有让他失望过，她和他有着一样的血统，天生就是个做记者的料。只要时机成熟，她甚至连自己老妈的料也敢爆。她写那女人的那篇文章实在是太棒了，她总是能喜加洛之所喜，恶加洛之所恶。

他开始就着手上的材料来设计下一期《大曝光》的版面，距离送印还有二十四小时，但最好还是趁现在就把这工作做完，以防拖到最后出什么乱子。但在最后关头添加或是替换一些东西好像总是不可避免，真没办法。

罗兰多·加洛多大年纪了？连他自己都不知道，大概这世上没人知道。在他妈妈把他遗弃在门口的那家孤儿院里，人们管他叫拉撒路，因为他被遗弃的那天刚好是圣拉撒路日，拉斯·德斯卡尔萨斯修道院的嬷嬷们在位于巴里奥斯·阿尔托斯区的胡宁和瓦努科街口发现了他，他当时还在哇哇大哭呢。后来阿尔比诺·托雷斯和路易萨·托雷斯夫妇领养了他，他们不喜欢拉撒路这个名字，于是给他改名叫罗兰多。他记得自己小时候是叫罗兰多·托雷斯，但不知道是什么时候，出于某些不为人知的原因，他们把他的姓也改了，从那之后他就叫罗兰多·加洛了。他的身份证和护照上写的也是这个名字。他很少去想为什么要给自己改姓，只有在个别特殊的时候才会想起这个问题。例如，他在自己位于乔里约斯街的家中喝下能让他连续睡上十小时的“艾默林特”药汤①时（每次醒来他都会像个僵尸一样茫然不知所措）。他试过让自己不到万不得已不去喝那种药汤，不过心理医生却说考虑到他那糟糕的心理状态，就算是在万不得已的时候，他也不建议他继续喝。然而他别无他法，他只能冒着变成疯子的危险继续喝。要是他真的失去理智了会怎么样呢？他只能在利马街头当个乞丐了吧？因为当领养他的家庭刚刚告诉他说他并不是他们的亲生孩子而是领养的这一事实时，他就从家里跑了出来，再也没回去过，从此他在这世上就一直是孤身一人了。他相信在这辈子剩下的时光里，事情也不会有什么变化，虽然他也曾经和几个女人谈过恋爱，却从来都没有办法和她们维持稳定的关系：不是他抛弃了她们，就是她们因为受不了他古怪的性格而离开了他。

他的养父母是于他在里卡多·帕尔马中学上学时、在离现在的

① Emoliente，秘鲁特有的一种药汤。

《大曝光》杂志社不远的家里告诉他说，他其实是个弃婴。当天晚上他就从家里跑了出来，并且偷走了养父藏在卧室里几块松动的砖后面放钱的皮夹子，里面大概一共有六百多索尔。他拿着那些钱在利马市中心条件简陋的小旅馆里住了几天。为了生存，他做过各种各样的工作：从在停车场洗车到在货运站卸货。直到有一天，他突然找到了自己真正喜欢干的工作，而那恰好也是他的天赋所在：做一名八卦记者。

事情发生在奥科尼亚街上的一家小旅馆里，那天他正在旅馆餐厅里吃着每天一成不变的套餐：带水果和豆子的炒饭，还有一碗汤。在餐厅里他经常遇见的一位《最新时刻》的记者对他说，他最近一直在调查桑德拉·蒙特罗和她做节目时的搭档费利佩·卡伊略玛之间可能存在通奸关系，这种说法在喜剧圈儿里已经传了很久了。你不想帮我一把吗？直觉告诉罗兰多，这活儿很适合他，于是他说“我愿意效劳”。随后他像一条忠实的看门狗那样候在那位电视节目主持人的家门口，还不到二十四小时，他就发现桑德拉出了门，然后和费利佩在玻利瓦尔广场附近的一家酒店里见了面（两个人都有各自的家庭，所以这应该算双重通奸吧）。他提供的消息使得《最新时刻》顺利地拍到了桑德拉和费利佩穿着内衣在酒店里幽会的照片。

罗兰多·加洛就这样开始了自己的记者生涯：一开始是作为劳尔·比亚兰任主编的日报《最新时刻》娱乐版的记者，专门负责搜集花边新闻，后来他自己成了八卦和丑闻消息的撰稿人。他写的稿子往往有着惊天动地的效果。他把枪口对准了歌手、演员、企业家、名流，很快他就成了专栏作家，把这些人玩弄于股掌之上，只要他觉得时机成熟，他可以毫无怜悯地迅速摧毁他们的人生。他有一大批拥趸，他们为他的爆料而着迷，他们跟着他一起喊歌手和音乐家是娘娘腔，追随他对公众人物私生活病态的跟踪，而他不但对其发现的公众人物的尴尬和丑态进行夸大，有时甚至还会进行一番胡编乱造。但是不管他写什么出来，反响都非常好。可是无论他为哪家媒体工作，时间都不长，因为他所曝光的有关公众人物的丑闻和秘密往往会使他受到起诉，毕竟有些政客或其他大人物可不是那么好惹的。他所任职的报纸、广播或是电视节目的主编在持续不断的抗议和威胁下往往都会选择把他辞退，甚至有的时候，他们本人就是加洛所爆料的事件中的当事人。那段时期他赚了很多钱，可以说是钵满盆满，然而他花的总是比赚的多，所以甚至有几次他不得不睡到大街上去。他既没有朋友，也没有志同道合的伙伴，却有很多有钱的敌人，他们常常会对他进行报复，但他从来都没有停止过自己的工作。

《大曝光》杂志已经创办三年了，目前经营情况尚可，有传言说这一切都得益于“博士”的支持，他们说“博士”才是这个杂志背后的大老板，还说是在“博士”的帮助下，杂志才从月刊变成了周刊。但不管怎么说，杂志的销量确实很好，可是几乎没有谁刊登广告，因此杂志有点入不敷出。罗兰多·加洛有时会用手里掌握的一些秘密去跟相应的名流要点钱，有时也会有些人找上门来委托他去调查、伤害另一些人，最好是把他们搞臭，而那些目标一般都是这些委托人的竞争者或是敌人。他自己也知道干这一行有很大的风险，但他同时也认为这才是真正的记者生活，尤其是像他这样的天才记者。

但是以前所有的成就感和此时此刻相比起来都算不了什么，这得感谢“扒皮女”和那位过得很不如意的塞费里诺·阿奎略交给他的东西。他能想象出恩里克·卡尔德纳斯工程师看到照片时那惊恐的表情。加洛总是想象着某一天会出现一个让他变得既出名又有钱有势的机会。他确信这一次，神灵们终于把这份大礼交到他的手上了。

“我把文章写好了，头儿，那女人完蛋了。”“扒皮女”边说边把刚打印出来的几页纸递到了加洛手上，同时用她的那双大眼睛盯着他看。她的眼神还是那样令人不寒而栗。

6. 崩坏的演艺界

胡安·佩内塔从位于瓦亚加大道第三条街区的莫高隆酒店走了出来。时间还早，利马市中心的人还不多。他看到了清洁工和卖润肤品的小贩，“他们都想把时间的印记抹掉”，他这样想着。他还看到了睡在街角的乞丐和流浪汉，早起的鸟儿在啄食着地上的垃圾。他努力地试着回忆起自己年轻时、使用现在的艺名成名前的名字，后来人们都只知道他的艺名（起码他成名后是如此），是叫罗贝托·阿雷瓦罗吗？不对，好像不是。他在莫高隆酒店的小房间里保管的一堆文件里的某张纸上应该有纪录，他记得那张纸上不仅有他的名字，还有他的出生日期，但是他不想把那张纸翻出来，也不想回忆起这些信息。最近的日子里，他的记忆力越来越差，因此他每天都花很多时间做此刻他正在做的事情：就像是在钓鱼，从脑海的记忆这一池浑浊的水中钓出某个词汇、某张面庞、某个名字或是一些模糊不清的事情。唯一他永远都不会忘记的名字是费利佩·宾格罗，那位不朽的吟唱诗人，从小就是他的偶像之一[①]，另外还有罗兰多·加洛，那个毁了他一生的人。也正因为自己的人生完全被加洛毁掉了，所以他每周都会给不同的报纸、广播或杂志写两三封信来控诉此人，然而很少有媒体会把他的信发布出来。但是胡安却因为这些信再次出名了，整个喜剧界都在嘲笑他。

他们走到了解放街的路口，塞拉芬就像往常一样，每次走到交通流量大的路口就停下脚步，等着胡安把它抱起来。他把它抱起来过了马路，然后把它放了下来。他和塞拉芬一起生活已经将近三年了，"从我堕落后开始，"他这样想着。不，他真正开始堕落的时间要更久远，至少有十年了，甚至更久，他真正的堕落是从更换了职业、背弃了自己的信仰那时开始的。那一天，他走进自己在莫高隆酒店的房间（好吧，用房间这个词有些夸张了，充其量就是个破旧的陋室），就看到一只猫趴在自己的床上，而房间里唯一的窗户是开着的，肯定是从那里钻进来的。"出去，出去！"他挥舞着双手吓唬它，而猫也确实被吓了一跳，蹦到了地上。那时胡安以为这只猫永远走不成路了，因为它是拖着自己的后腿在挪动的，好像它的后腿已经不好用了。它就那样直挺挺地躺在了地上，胡安觉得它开始哭了，猫不都是那样哭吗？轻轻地发出喵呜喵呜的声音。他有点儿可怜这只猫了，于是把它抱回到了床上，还和它分享了自己前一天晚上睡前喝剩的牛奶。第二天他带它去了市里免费的兽医诊所。医生仔细检查了一番，然后告诉他这只小猫的腿并没有断，只不过受了点轻伤，那些打狗队的人总喜欢冲利马街头的流浪猫狗扔石头取

---

① 费利佩·宾格罗（1899—1936），被称为克里奥尔音乐之父，亦名"不朽的诗人"，他是一名多产的诗人和歌曲作者。宾格罗的名字常常和秘鲁克里奥尔华尔兹联系在一起。

乐，不是吗？它很快就会痊愈的，不需要吃药，也不用什么特殊的治疗。后来他给它起名叫塞拉芬，这自然是因为胡安以前做职业朗诵家时最着迷的作家之一就是塞拉芬·阿尔瓦雷斯·金特罗[①]。从此，这只小公猫就成了他的伙伴和朋友。它真是一位特殊的伴侣，行踪不定，有时会好几天都不现身，然后突然就像没事人一样回来了。胡安总是把房间的窗户开着，好方便它出出进进。

塞拉芬，你真是只奇怪的小动物。胡安·佩内塔一直都没搞懂小猫是喜欢他还是讨厌他，大概它是用猫的方式在喜欢他吧，因为它从来没表现出亲近感。有时它会钻到他的怀里，但这也不能说明什么，因为每次只有当胡安摸它的脖子和腹部的时候，它才会钻到他的怀里。有时，他还会对着它吟诵几句他还有印象的诗句：何塞·桑托斯·乔卡诺、阿玛多·内尔沃、古斯塔沃·阿道夫·贝克尔、胡安·德迪奥斯·佩萨、胡安娜·德伊巴博鲁、加夫列拉·米斯特拉尔……他现在只能背出一点点他还没有遗忘的诗句了。而有时塞拉芬听他诵诗时的表情很专注，这一点也鼓舞了他。“专注就等同于掌声。”他这样对自己说道。不过有时塞拉芬也会转身走开，舔舔自己的毛发，然后睡去，留下胡安一个人继续诵读着自己喜爱的诗句，每当这时胡安就会想：“真是个自私、忘恩负义的小家伙。”不过不管怎样，它都是唯一一个还算是胡安朋友的活物了。好吧，除了它，还应该算上“出租车司机”威利和胖胖的克莱希尔达。其他老朋友们基本都死了，他越来越孤单了。他无数次地想道：“胡安·佩内塔，你就是人们常说的孤寡老人。”

---

① 西班牙剧作家阿尔瓦雷斯·金特罗兄弟中的哥哥，弟弟为华金·阿尔瓦雷斯·金特罗。兄弟二人合作创作剧本，作品包括滑稽剧、喜剧、正剧等。

他依旧记得很清楚的是他对费利佩·宾格罗的克里奥尔[①]歌谣的喜爱，还有他自己的年纪：七十九岁。然而他依旧在努力地对抗衰老，可能他的日子过得不好，但起码还算健康，除了他这个年纪的人都有的耳聋、视力衰退、丧失性能力、走路缓慢不稳以及冬天爱感冒之外，没有其他什么大毛病。身体上没毛病不意味着其他方面没毛病：他的记忆力在日益衰退，如果说哪天他连自己是谁、自己在哪都想不起来的话，也不会是什么怪事。他常常自嘲道："谁能想到有名的胡安·佩内塔会有这样的结局呢！"

他曾经是个名人吗？某种意义上来看，是的，尤其是他在剧场里，在一场又一场的民间歌唱和舞蹈表演中进行朗诵的那段时间里。人们听他朗读着贝克尔的"夜鸟将归"、乔卡诺的"这是一位悲伤的、爱幻想的印加人 / 有着满是睡意的双眸和辛酸的微笑"、聂鲁达的"今夜我会写下世上最悲伤的诗句"和"我喜欢你是寂静的，仿佛你消失了一样"，还有他最爱的费利佩·宾格罗的克里奥尔华尔兹歌词，然后爆发出热烈的掌声。人们纷纷索要他的签名。"诗人先生"，人们当时都是这样称呼他的。但是他每次都略带焦虑地答道："女士，我不是诗人，只是个读诗的人。"他还在广播节目中读诗，但从来没在电视上读过，因为电视和诗歌是水火不容的。有时他还会被邀请去一些私人场合表演，例如聚会、婚礼、生日会、葬礼等，在这些场合表演往往都能拿到不菲的报酬。但是对于胡安而言，赚多少钱从来都不是什么重要的事情，因为他爱朗读，他享受着把诗人的文字转换成可供感受的声音的过程，他喜欢把那

① 克里奥尔音乐是秘鲁音乐的一种类型，它受非洲音乐、欧洲音乐和安第斯音乐的影响而形成，体现了具有包容性的民族元素。

些美妙的情感传递出来，尤其是配上音乐的时候。他记得自己有时候在朗读时情绪十分激昂，有的诗甚至是含泪读完的。

他对费利佩·宾格罗的崇拜和喜爱是从他父亲那里继承下来的，他的父亲认识费利佩本人，并且是费利佩在乐团和诗会上的伙伴。费利佩于一八九九年出生，三十七岁就去世了，很年轻。他的作品将克里奥尔音乐提升到了一个前所未有的高度，这种高度，华尔兹没有达到过，波尔卡舞、马里涅拉舞和通德罗舞也没有达到过，时至今日依然如此①。胡安只是通过父亲讲的故事才知道佩德罗的，他的父亲虽然从来没当过歌者，也没弹奏过什么乐器，却经常参加巴里奥斯·阿尔托斯区里举办的名流聚会。就是因为在这些聚会中表演了很多他的作品，费利佩才变得愈发出名的。父亲对胡安说，一九三〇年，歌手阿尔西德斯·卡莱尼奥在卡亚俄的阿方索十三世剧场首次表演费利佩最有名的华尔兹作品《平民百姓》时，他就在现场。而当胡安·佩内塔和阿塔娜西亚结婚后，他们还特意跑回到胡安出生的那栋小房子附近，在被誉为“不朽的诗人”的费利佩的雕像前放了一束栀子花，就在胡宁大街的十四号街区，离五个街角街区只有几步之遥，是巴里奥斯·阿尔托斯区的核心区域。费利佩·宾格罗去世时创作了近三百首华尔兹和波尔卡。胡安·佩内塔年轻时能熟记费利佩的大部分作品，有些记不住的就被他抄写在学校发的厚笔记本上。在他的艺术生涯中，最引以为傲的事情就是亲自朗读过费利佩创作的华尔兹歌词，并且在每次表演前都会向观众们介绍费利佩不仅是一位伟大的音乐家、作曲家，更是一位伟大的

① 在克里奥尔音乐中，最流行的是马里涅拉舞，其他还有华尔兹、通德罗舞、波尔卡舞等。

诗人。事实上，胡安的朗读非常成功，好像那些作品本来就是诗歌，而不是需要配上音乐来表现的歌词，无论是《平民百姓》《埃尔梅琳达》《农民的话》还是《罗莎·露丝》《返回那个地区》或《阿梅利亚》，都是如此。最后这一首是胡安听的第一首费利佩的歌，那时他还是个小孩子呐。在朗诵之前，胡安习惯给观众们讲点儿费利佩身上发生过的奇闻异事来逗乐他们（有的是事实，有的是胡安编的），但有时也会讲费利佩那悲剧性的一生，他的疾病和贫穷，还有他遇见过的各种各样的困难，当然他也会讲费利佩给秘鲁音乐带来了北美音乐元素，而那会儿北美的音乐在秘鲁是很受欢迎的。他也会提到费利佩最早接触到的乐器是口琴。而由于是左撇子，费利佩不得不反方向去弹奏吉他，而这令他产生了许多新的音乐灵感。

胡安·佩内塔是在朗诵表演中认识阿塔娜西亚的。他不想回忆起阿塔娜西亚，因为这会使他心里难受，会让他变得悲伤而又失落，这些情绪都会对身体产生很不好的影响。但是到了现在这个时候，想彻底把阿塔娜西亚从记忆中抹去已经不可能了：那时，阿塔娜西亚总是会坐在利马的阿普里马克俱乐部的第一排，穿着灰裙子、绿衬衫和雪白的鞋子，充满热情地倾听，然后卖力地鼓掌。她的目光中似乎闪烁着火花，她笑的时候脸上还会有两个酒窝，牙齿洁白整齐。表演结束后，阿塔娜西亚告诉他，她是利马中央邮政的话务员，单身，没有订婚。阿普里马克俱乐部的聚会通常都会持续到很晚，人们一起喝酒，跳着华尔兹或是博莱罗，他们两人就是在这种环境中确立了恋爱关系，后来结了婚，共同生活了许多年。胡安·佩内塔觉得自己的眼泪已经沿着脸颊流了下来，每当他在不经意间回忆起阿塔娜西亚时，总是会控制不住流眼泪。

他来到了纳萨雷纳斯修道院，而塞拉芬由于知晓猫不能进修道院的规矩（因为那里的修女们曾经给它留下了很不好的回忆），所以径自走到入口旁的大树下趴了下来，等着胡安。弥撒还没开始，修道院里的人还很少，胡安坐到了第一排的位子上，他满怀悲伤地回忆着阿塔娜西亚，不知不觉间就睡着了。唤醒他的是钟声，人们已经开始读福音书了，他不禁心想自己从这时才开始做弥撒会不会让上帝不高兴，他也不确定上帝会不会因为自己的这一疏忽而在未来惩罚他。他从小就是个虔诚的教徒，随着年龄的增加和记忆的衰退，这种虔诚反而愈发增强了。他一直坚持每个周日都去做弥撒，而现在不仅如此，他还会参加宗教游行，做祷告，还会在每周五到教区里聆听训导。

胡安刚从修道院出来，塞拉芬就跑到了他的脚边。胡安行走的速度很慢，从修道院回到莫高隆酒店要花上大约四十五分钟，在回程的路上，他一直在回忆着《三个滑稽人》，那是他艺术生涯的分水岭。跟所有利马人一样，他早就听说过这档节目，而且阿塔娜西亚和他习惯在每周六晚上在他们位于门多西达区的小房子里观看这节目。他们从结婚开始就住到了那里，他演出的收入再加上阿塔娜西亚话务员工作的工资足够他们租下这栋小房子，阿塔娜西亚把房子装修了一下，还按照他们的喜好买了些家具。胡安的演出邀约很多，剧场、白人俱乐部、甚至有时候连舞厅都会邀请他去表演，而且在自由广播电台他还有自己的专栏，叫做“诗歌时刻”。他很热爱自己的工作，而且和阿塔娜西亚的婚姻也令他备感愉悦。每天晚上，当他在做祈祷时，他都会感谢上帝对自己的慷慨。

当他听自由广播电台的编导说美洲电视台打电话询问过关于他的情况时，他感到很惊讶。电视台留言，要他赶快给美洲电视台的负责人打电话，也就是那位在电视界鼎鼎大名的塞洛尼奥·费雷罗先生。他打去了电话，对方邀请他到电视台附近的一家咖啡馆里喝点儿东西。塞洛尼奥·费雷罗先生身材高大，衣着光鲜，穿着背心，打着领带，手上还戴着戒指和名贵的手表，指甲闪着光亮。这位电视界神一般的人物令胡安感到有点自惭形秽起来了。

“我时间有限，我亲爱的朋友胡安·佩内塔，因此我就不卖关子了，”两人刚入座、点完咖啡，塞洛尼奥就说道，“迪布尔西奥，也就是《三个滑稽人》中的一位，得了肝癌，就快不行了。可怜的伙计，太不幸了，大概是因为喝酒太多了，他还很年轻嘛。因此他只能工作到这个月末了，我们这档秘鲁电视史上最有名的节目里就空了一个位子出来。你愿意接替他吗？”

惊讶使得胡安·佩内塔张大了嘴巴。他的意思是，让我这样一位朗诵诗歌的艺术家，去接替一个尽管很有名、但很粗俗的搞笑艺人？

“把嘴巴闭起来吧，会飞进去苍蝇的，”塞洛尼奥·费雷罗笑着拍了拍胡安，“是的，我懂，我的邀请对任何人而言无疑都像中了大奖一样。但我是真心觉得您是替代迪布尔西奥的最佳人选。我的直觉一向很准。很久以前我在阿雷基帕俱乐部看过你的演出，我记得那时我笑得肚子都疼了。那时我就对自己说过：‘这伙计应该是《三个滑稽人》里的一个。’”

胡安·佩内塔觉得自己被冒犯了，他已经有了这样的想法：站起身子，告诉眼前的人说自己是个艺术家，对方的邀请是对自己职业尊严的践踏，然后结束这场对话。但是堂·塞洛尼奥·费雷罗抢先一步拉着他的手说道：“很遗憾，我的朋友，但是我真的时间不多。”他又重复了一遍这句话，还看了看自己的手表：“最开始，每个月我会给你一万索尔，如果效果不错的话，我们还可以再把报酬提高一些。如果效果不好的话，那么我们就在一个月后终止合同。我给你几天考虑的时间。很高兴认识您，也很高兴能和您握手，胡安·佩内塔先生。”

塞洛尼奥付了账，胡安呆呆地望着他起身向电视台走去的背影。一万索尔？我没听错吧？没错，他说的确实是一万索尔。胡安从来没见过那么多钱。一万索尔每个月？他有些茫然地回到了家，但其实心里却很清楚，自己不可能拒绝这份能让他赚一大笔钱的工作。

“作为艺术家的我就是从那时起开始倒霉的。”许多年以后，他开始把这句话在心里重复了一次又一次。“你是被欲望毁掉的，你不该抛弃诗歌，不应该投向低俗喜剧。你的贪婪给你的艺术生涯捅了一刀。你就是从那时起开始堕落的。”

他们准时回到了莫高隆酒店，坐在酒店门口，和门卫索塞勒斯一起开始收听可恶的罗兰多·加洛在大众电台做的节目：《一片血红：演艺界的谎言与真实》。

入睡前，胡安·佩内塔用歪歪扭扭的字给大众电台写了一封实名信，抗议“那位名唤罗兰多·加洛的先生在节目中那令人作呕的粗俗言谈”，并且纠正说应该把加洛称作“那位专门进行诽谤污蔑的八卦记者”，还说播出他的节目“使得大众电台显得粗鄙、低俗”。他在信的最后写上了自己的名字，把信塞到了信封里，他决定第二天就把信投递出去。

7. 精疲力竭的基克

“亲爱的，你肯定是碰上什么事儿了，而且是很严重的事情，”玛丽萨说道，“我很遗憾，但是你必须得告诉我到底发生了什么。”

“什么事儿也没有，美国妞，”恩里克强挤出一丝微笑，试图安抚玛丽萨，“和其他人一样，我就是在为发生在咱们国家的那些恐怖事件而担心呐，没啥别的。”

“秘鲁很久以前就有恐怖主义了，”她坚持道，“我是傻，但是还不至于像你想的那么傻，基克。你不吃东西，也不睡觉，你整个人都快垮了。昨天你妈妈还跟我说：‘基克瘦了好多啊，他去看医生了吗？’你到底是怎么了？我是你老婆啊！不管是什么事，你都得告诉我，不是吗？”

他们此时正在位于圣伊西德罗区的豪华公寓的露台上吃着早饭，玛丽萨穿着睡衣和拖鞋，而恩里克已经洗过澡，刮过胡子，穿戴整齐，准备去上班了。这天有大雾，不用说远处的海，就连楼下高尔夫球俱乐部的球场都看不清楚。管家金塔尼亚端上来的橙汁、煎蛋和抹着果酱的面包片恩里克一动也没动，只是喝了一杯咖啡。他看到玛丽萨脸上挂满了担忧，看到她蓝色的眼睛闪烁着光芒，好像就要哭出来了，他感觉很对不起自己的女人。他靠向她，在她的脸颊上亲了一口，玛丽萨则用手搂住了他的脖子。

“告诉我吧，基克，”她恳求道，“不管是什么事，都告诉我吧，亲爱的。让我为你分忧，让我帮助你。我爱你。”

“我也爱你，玛丽萨，我的心肝儿，”恩里克也抱住了她，“我不想吓到你，不过好吧，既然你这么坚持，我就告诉你吧。”

玛丽萨从基克身上移开了身子，他看到她的嘴唇在颤动，她有点儿紧张了。她机械地整理了一下自己的头发，眼睛睁得大大的，盯着他，等着他开口。恩里克看着她的这副摸样，不由得心想：“她还是和以前一样漂亮，甚至比以前更漂亮。这应该是我们结婚以来第一次连续十天都没有做爱吧。”

“目前为止，还没发生什么不好的事情，但后面会怎样，我也说不准，”他慢慢地说着，同时思索着该怎么把谎话编好，“美国妞，有人恐吓我，当然是匿名的。”

“是恐怖分子吗？”她叫道，“是‘光辉道路’还是图帕克·阿马鲁革命组织？”

“我还不能确定到底是谁。也许是恐怖分子吧，有可能。但也有可能是普通的罪犯。他们就是想从我这儿搞点儿钱。但你别害怕，我已经和卢西亚诺商量过了，我们觉得应该再等等看。亲爱的，不管你多想，都不要和任何人提起这件事情，这事儿传开了的话，也许会变得更糟。”

“他们问你要多少钱？”她追问道。

“他们还没说要多少钱，”他答道，“至少到目前为止还没有，只是恐吓。我向你保证，从现在开始，只要有最新进展我就会告诉你。当然也有可能只不过是有人恶作剧，可能有人就是想用这种方式来恶心我一下。”

“你找过警察了吗？”玛丽萨紧紧地握住了他的手，“报案了没？让警方派人保护咱们，尤其是你。基克，这事儿你不能掉以轻心，不然卡奇多那种事早晚会发生在咱们身上。”

“现在让人担心的反而是你了，”恩里克摸了摸玛丽萨的脸颊，“你现在知道为什么我一直不告诉你了吧，美国妞？”

他看了看手表：早上八点一刻。他站了起来。

“我约了卢西亚诺，准备再聊聊这件事情，”他吻了吻她的头发，说道，“我求你别太担心，玛丽萨。我发誓什么事儿都不会有的。一有新情况我就告诉你，我保证。”

他下了楼，司机已经在等他了，他坐上车，等上了主街他才发现那天的天色一片灰蒙蒙的，就像驴肚子一般，是典型的利马冬天的颜色。湿气模糊了奔驰车的玻璃，也让他觉得自己的衣服湿漉漉的，他感到寒意直往他的体内钻。接近市中心的地方，交通已经开始有些拥堵了。对玛丽萨撒谎到底是对还是错？好吧，其实也不能算是撒谎，因为那个记者可能就是“光辉道路”或者图帕克·阿马鲁革命组织指使的，这些都有可能。他的司机奥古斯丁还是和往常一样，车开得很谨慎，而恩里克脑子里想的则全都是那件事情。自从罗兰多·加洛到访之后，他每天都是这副样子。最可怕的是不确定性，只能一天天地等着。等什么呢？等着那个婊子养的或是他的同伙再现身一次告诉他他们想要多少钱吗？他肯定有同伙，这事儿肯定不是他单枪匹马就能干得出来的。到底是谁在他背后算计呢？是那个南斯拉夫人吗？这可能吗？但肯定是他设计了在乔西卡的陷阱啊。不过，为什么两年多后才把事情爆出来呢？恩里克不知道对方到底想要什么，也不知道自己未来会面临怎样的困境，这种紧张感自从那次来访之后就一直持续着。已经十天了。他已经十天没碰过玛丽萨了，这可是他们结婚以来从来没发生过的事情。“你怎么这么蠢呢？你自己的老婆多美啊！”他可能是第一百次生出这样的想法了，“玛丽萨永远不会原谅我。”每当他想起自己在乔西卡和那些浓妆艳抹得像鹦鹉一样的肥胖妓女干的事情，他就觉得恶心，“基克，你的脑子肯定是被驴踢了，只有被驴踢了脑子的人才会干出那些事情来。”

奥古斯丁稳稳地开着车，基克紧张地向四周张望着，害怕会在自己身上发生什么不好的事情。实际上他确实也想过那些人会像绑架卡奇多那样把他也绑走，凭什么说这种事不会发生呢？要是把他绑架了，可是会轰动整个利马的。他们真的向卡奇多的家人索要六百万美元吗？很明显，从纽约请来的专家很强势，不主张向绑匪妥协，但这样的话很可能卡奇多最后会变成一具尸体。这种事可能在所有企业家身上发生，包括他。从恐怖主义愈演愈烈开始，他就一直有着类似的想法，现在有了加洛和那些照片的事情，他的这种想法更强烈了。

卢西亚诺已经在办公室等他了，还准备了两杯热咖啡。

“基克，冷静点儿，”他安慰基克道，“你都有点儿不成人样了，兄弟。他们最想做到的就是把你搞成现在这样，整垮你，然后再向你开火。”

“卢西亚诺，我最近太紧张了，”基克瘫坐在沙发上，承认道，“不是紧张我自己，也不是紧张玛丽萨，更不是担心他们敲诈我很多钱。我怕那些照片一旦被登了出来，我老妈肯定会撑不住，你知道她可能算得上是这个世界上最保守的人了，还是个虔诚的天主教徒。我保证，要是她看到那些照片，她肯定会心脏病发的。好吧，咱们谈谈正事。你的那两位刑法专家是怎么说的？”

“首先，基克，你得冷静下来。我们肯定会不计代价地阻止那些照片发表出来，”律师鼓励他道，“专家也建议说最好还是先等着对方出招。搞清楚他们想要什么，或者说想要多少钱。到最后，最不济的情况也是我们和他们做笔交易，只不过，我们要作好最坏的打算。当然了，目前我们要做的还是坚持说照片里的人压根就不是你。”

“他们认识那个叫加洛的人吗？他们了解他吗？”

“他们非常了解他，”卢西亚诺承认道，“一个八卦记者，最擅长爆料花边新闻。看上去没什么影响力，但是他把这做成了一项事业。据说他经常靠敲诈或是给演员、导演、主持人一类的人打打广告赚点儿钱。他就是靠丑闻活着的。他身上背了好几宗案子，但是记者协会一直用‘媒体言论自由’这样的理由护着他，针对他的起诉最后也往往都不了了之。关于此人有许多传闻，甚至有人说他是‘博士’的御用记者，专门替‘博士’编造丑闻来抹黑那些批评政府的人。在这件事里，他肯定只是个小角色，一个传话筒，同谋犯。专家们很惊讶他竟敢只身一人跑到像你这么知名的企业家的办公室里敲诈你。我们已经请求和‘博士’进行一次会面。企业家协会和矿业协会的负责人们也会一同前往，这样效果可能更好，我们希望让他明白整个行业都感受到了威胁。基克，你觉得这样的安排怎么样？”

“很好，太好了，”基克认可道，“虽然我觉得让这么多人知道这件事并不是很合适，不过可能就像你说的，这样更能引起‘博士'的重视。'博士'自然是有能力阻止那件事情发生的，他可以吓唬一下加洛，迫使他揭发自己的同谋。"

"专家们说，这次针对你的行动一定有更大的势力在背后给加洛撑腰，说不定是国际黑手党。"

卢西亚诺冲着恩里克笑了笑，但是后者并没有回以微笑。那些专家就只能说出点儿这个来？他从一开始就想到了加洛的背后肯定隐藏着其他的同谋。

"卢西亚诺，我身上可能会出现的最坏的情况是什么？"

卢西亚诺在回答之前，脸色先变得凝重了起来："最坏最坏的情况，我的兄弟，就是加洛背后的主使是你能想到的那个人。"

"我想不到是谁，卢西亚诺，请直接明明白白地告诉我吧。"

"我是指'博士'本人，"卢西亚诺压低声音说道，"只要他觉得这样做利大于弊，他完全有能力搞这么一件事出来。"

基克大吃一惊："你是说藤森的顾问是幕后黑手？"

"他不只是藤森的顾问，他是政府里最有势力的人，一个可以翻云覆雨的人物，或者说是秘鲁真正的主人，"卢西亚诺纠正道，"我咨询过的人都认为加洛是为'博士'效力的。加洛视财如命，也曾有传闻说他敲诈过许多小企业家，不过大家都很吃惊他这次竟然敢去敲诈像你这样的重要人物。所以这次，企业家协会和矿业协会的负责人才会同意和我们一起去见'博士'，这样可能会让'博士'知道事情的严重性，尤其是考虑到'博士'本人可能也参与到了这次敲诈事件之中。另外一点，我刚才已经告诉过你了，有传闻说'博士'用来整垮政敌的工具之一就是那个叫加洛的家伙。你知道，'博士'在很多诸如《大曝光》那样的杂志上投了很多的资金，好让它们帮助自己抹黑政府的敌人。基克，你在听吗？"

事实上恩里克一想到这次事件的幕后主使有可能是国家情报局的主管就感到异常绝望，他觉得自己毫无退路了。他迷茫了。他怎么可能和那么有权有势的人作对呢？那人可是权倾朝野的总统顾问啊！他回忆起自己唯一一次和对方见面的场景，那是在一次企业家聚会晚宴上，“博士”不请自来，突然现身。他穿着一身合身的蓝色西服，挺着引人瞩目的大肚子。他很圆滑，对所有人表现得都很友善。他记得他对他们说，只要藤森还在任上，私人企业在秘鲁就是安全的。他还说政府需要至少二十年来完成改革，把秘鲁从发展中国家变成发达国家。谈到恐怖主义时，“博士”再次强调了自己的强硬态度，他甚至举了一个让人毛骨悚然的例子：“假如在杀死的两万人中，一万五千人都是无辜的，但只要另外五千人是恐怖分子，那么我们的行动就是成功的。”他走了之后，企业家们开始嘲笑他的打扮，说他故作风雅，俗气做作，还嘲笑他用黄皮鞋搭配蓝西服。

“如果他真的是幕后黑手，那我就倒霉了，卢西亚诺。”恩里克嘟囔道。

“没人说肯定就是他，你冷静点儿，”他的朋友安慰他道，“只是单纯的猜测罢了。你不要未战先怯。就算真的是他，他也没有你想象的那么大的能耐。”

“那么我现在应该怎么办？”

“他们等了两年才把照片拿出来，这中间肯定有什么阴谋，”卢西亚诺说道，“你最好试着回忆一下所有的细节，你和那个南斯拉夫人的关系如何，在乔西卡的那次聚会的情况，等等。然后回去找找你那里存着的所有和他相关的文件、信函。不管怎样，那家伙肯定是这次事件的源头。你先去做这些工作，然后我们再等等看，专家们建议我们目前不要轻举妄动。我们看看‘博士’会怎么表态。还有，你要努力不要表现得这么紧张。加洛给你那些照片的目的就是要吓唬你，让你服软。他肯定很快就会再次跳出来，到那个时候，我们就知道他到底想敲诈我们什么了，到时候我们会制定一个更详细的应对方案。”

两人又聊了一会儿，卢西亚诺建议恩里克和玛丽萨出去旅游几天，而基克说不行，他说他手头还有一堆的工作要做，尤其是现在国内局势如此紧张，要他处理的事情就更多了。离开利马不会使他更轻松，反而会让他积攒更多的工作。他们约定这周内无论如何四个人都要一起吃顿午餐。例如，周日在蓝色牧场吃一顿？卢西亚诺陪着恩里克走到了门口。

基克回到办公室时，一堆留言、信件和电子邮件在等待着他，同时在等着他的还有万卡韦利卡矿区的安保主管乌里奥拉先生。他的双手布满老茧，脸上满是皱纹、留着大胡子，却始终挂着微笑。他给基克带来的可不是什么好消息。最近这个月又发生了好几起针对雇员和工人的抢劫案件，他们怀疑有的案件还有国民卫队的参与。万幸的是没有人员伤亡。当然了，监控器什么也没有拍到。

乌里奥拉先生最后总结道：“可能您觉得我有点夸大其词，但是我还是建议您让国民卫队把他们的人从矿里撤走。我向您保证我的人能更好地应对那些抢劫犯。国民卫队的人就是靠别人的不幸来赚钱的，现在更是靠恐怖主义来玩同样的把戏，他们最擅长干的就是榨干我们，然后再把过错推给‘光辉道路’和图帕克·阿马鲁革命组织。”

乌里奥拉先生走后，恩里克又会见了另外三个人，还接了一通从纽约打来的电话，不过在这过程中他一直都有些心不在焉，他更多的是在倾听，然后简单地回答对方提出的问题。他无法让自己不去想那件事，也无法不回想起乔西卡的那次荒唐的纵欲。那个南斯拉夫人偷偷给我下药了吗？他记得自己当时很迷惑，很不舒服，还记得自己恶心想吐。终于，在十二点的时候，他送走了最后一位访客，他对秘书说不要再给他接入新的电话了，因为他有一些紧急的事情要处理，不能分心。

事实上他只是想独处一下，他不想再继续人格分裂般地做事了：一边办公，一边想着自己的事情。他在自己会见客人的椅子上坐了将近一个小时，盯着脚下的利马城，却不知道自己到底看到了什么。我能做些什么呢？这种不确定感还要持续多久呢？有一段时间他觉得自己困了，虽然他竭力想和困意作斗争，却是徒劳。“焦虑。”他想着这个词，感到自己马上就要睡着了。也许自己去学着打打高尔夫就好了，他对这项日本人很喜欢的运动从来都提不起兴趣来，不过他现在觉得也许那会是个减压的好方式。他猛然惊醒：一点一刻他还要和证券俱乐部的人一起吃午饭呐。他洗了脸，刮了胡子，拨通了秘书的电话。

她说有许多留言等待他回复，而他全都没有听进去。

“上次您见过的那位记者又打来电话了，”秘书补充道，“叫什么来着？噢，对，是那位叫罗兰多·加洛的记者。他坚持说是有一件很紧急的事情找您。他留了一个电话号码。我该怎么处理？给你们约个时间见面还是不去管他？”

8.“扒皮女”

从苏尔基略开往五个街角的公共汽车上，“扒皮女”一感觉到站在自己身后的人不怀好意地贴向自己，就把藏在身上的长针抽了出来。她手里握着针，等着车子下一次经过路上的坑，因为身后的人每次就是利用汽车经过坑时的颠簸把自己的下体贴过来的。他果然又这么做了，于是她猛地转身，用那双大眼睛紧盯着身后那年纪已经不小了的矮小男子，对方立刻移开了目光。“扒皮女”把手中的长针抵在男人的脸上，说道：“你要是再敢蹭我，我就把这东西插进你那根臭屌里去。”

公共汽车上响起了一阵笑声，那男人装出一脸迷茫、故作惊讶的样子答道：“女士，您是在说我吗？发生什么事了？”

“你很清楚我在说什么，婊子养的。”她最后说了这么一句话，然后又把身子转了回去。

男人这次学乖了，而且肯定感到很丢人，车一靠站，他就在乘客们嘲笑的眼神注视下下了车。“扒皮女”记得，自己的话并不是每次都能起到作用，有两次她甚至真的拿针扎了对方。第一次就是在这条公交线路上，她把针结结实实地扎到了那个男人的裤裆上，男人大叫一声，把所有的乘客都吓了一跳，连司机都吓得踩了急刹车。

“回去蹭你妈去吧，娘娘腔！”“扒皮女”大吼一声，而被扎的男子则利用刹车的空档跳到了街上，跑进了胡宁大街。

第二次她把针扎进男人裤裆的情况更复杂一些。对方是一个大个子穆拉托人[1]，他被扎后狂暴了起来，要打“扒皮女”。要不是其他乘客把他拦了下来，还不知道事情会演变成什么样子。最后事情还是在警察局里解决的，警察一看她的记者证就把她放了。她知道，比起土匪强盗，警察通常更惧怕当记者的。

车到了五个街角站，她才回想起自己在发现那个男人在拿下体蹭自己之前所思考的事情：现在已经没有卖“艾默林特”药汤的人了吗？每当她发现街上有推着小车子的流动小贩，就会走上前去，但几乎每次都是卖冷饮和巧克力的，很少会遇见卖“艾默林特”药汤的人。那种药汤要绝迹了吧？她想道，又是利马“进步”的表现之一。可能很快连一个药汤小贩都找不到了，将来的利马人可能连“艾默林特”药汤是什么都不知道了。

她的童年和那种传统的克里奥尔饮品是分不开的，这种药汤是用大麦、亚麻籽、洋甘菊和马尾草混合煮成的。她小时候每天都能看到她的父亲和他的助手一起熬制药汤，那位助手是一个被人们称作“独目瘸子”的人，因为他瞎了一只眼，腿也是瘸的。在那个年代，推着小车卖药汤的小贩在市中心随处可见，尤其是工厂门口和

---

① 黑白混血种人。

五月二日广场周围，整个阿根廷大道上也都是。“我最主要的顾客就是工厂的工人和那些爱闹腾的人。”她经常听到爸爸这么说。无论当她还是个小女孩的时候还是稍微长大了些，她总是跟着爸爸一起上街，帮忙推着小车，里面装着爸爸和“独目瘸子”在他们一起居住的位于阿里卡大道尽头的布雷尼娅街上的小房子里煮好的大罐药汤。他们住的地方也是利马老城的尽头，那时，从那里到卡亚俄、拉贝尔拉和比亚维斯塔中间还是一大片空地。“扒皮女”记得很清楚，他爸爸最忠实的顾客就是那些在市中心的小酒馆里呆了好几个小时、夜不归宿的人，还有那些天刚亮就来到位于阿根廷大道和克洛尼亚尔大道以及位于“军队桥”附近的工厂里工作的工人们。她总是会帮忙给客人递上装在玻璃杯里的药汤，还会递上一张权作餐巾纸的裁剪过的小纸片。而等到清洁工和交通警察开始上班、她自己也要被爸爸送到社区学校上学的时候，他们通常已经卖了四个小时的药汤了。这可不是个简单的工作，又辛苦又危险。有很多次爸爸会被人把一整天赚的钱都抢走。但最糟糕的是，冒着这么大的风险谋生，结果他们过得还是不好。所以如今在利马街头，卖药汤的小贩逐渐消失也就不足为奇了。

她从来没向爸爸问起关于妈妈的任何事情。她抛弃他了吗？她现在是生是死？他也从来没主动提到过她。胡丽叶塔尊重他的这种沉默，所以她也绝不发问。爸爸是个沉默寡言的人，有时候好几天都不怎么说话。虽然她不记得爸爸对自己有多么热情，但印象中他对她还是很好的，毕竟自己是他唯一的女儿。他为她上学的事操了不少的心，他说这样做是想让她未来过得更好，想让她不要再和自己一样吃没上过学的亏。他既不会写也不会读，他这辈子最开心的日子恐怕就是看到自己的女儿拿着记者证回家的那天了。那张记者证是罗兰多·加洛聘用她后帮她办的。

公交车到了五个街角站，“扒皮女”下了车。她的家在阿兰西比亚上尉大街上，离车站有几百米。回家路上的一切她都很熟悉，她有时点点头，有时招招手，跟熟人们打着招呼：那个迷信招魂术的皮乌拉[①]人，他只在晚上接待客人，因为他认为那才是和死人交流的时间；那位药剂师住的房子据说是伟大的克里奥尔华尔兹作曲家费利佩·宾格罗的故居；还有金塔·海伦住宅区，据说在十九世纪时，这个住宅区里满是全利马最漂亮的住房，如今却成了秃鹫、蝙蝠、逃犯和吸毒者的天堂；“扒皮女”还看到了接生婆林博玛娜的房子，看到了卡门教堂和信奉圣母无原罪教义的弗朗西斯卡娜嬷嬷的小修道院。虽然时间还早，但是因为现在这个街区抢劫罪案频发，酒馆旅店都早早地拉下了铁栅门，只留了一个仅能递送东西的小窗口。到处都是破旧的房子和脏乱的街道，流浪汉和乞丐蜷缩在街角，一到晚上，这里就会出现很多毒贩和妓女，在黑暗中做着肮脏的交易。她的家在一条破败的小巷的巷尾，那里所有的住房基本都只有一层，而且很小，像套盒似的，一个挨着一个。只有她的房子例外，因为她的房子最靠里，所以是和其他房子隔开的。她的房子里有一间卧室、一间餐厅、一间小厨房，还有一间卫生间。房子里只有一些必需的家具，却堆满了报纸和杂志，都是她还是小女孩时就开始搜集的。她从小学开始就爱上了读报纸和杂志，然后她就把自己读过的东西都存了起来，尽管那时她还不知道自己会当一名记者，更不知道自己在未来还能用到这些收藏。虽然她并不是一个很会收纳东西的女人，但是她把这些报纸和杂志都分门别类地整理好：她先

---

① 皮乌拉，秘鲁北部大区名，邻厄瓜多尔和太平洋，其首府亦名皮乌拉。

是在一张张小纸片上用她那同样不大的字标注了每一摞书报的年份和主题，然后在闲暇时间再去整理它们，就像其他人在闲暇时间做运动、下象棋、织毛衣或看电视那样。她的家里有一台又小又旧的电视机，但是她打开它只是为了看娱乐八卦节目，也就是和她的工作有关系的节目，而且还是只能在家里没断电的前提下才能看。

她回到了家，到厨房里做了一碗汤，还把自己出门前放在灶上的猪杂炒饭热了一下。她饭量不大，不抽烟也不喝酒。她的工作就是她最大的精神食粮，也是她的志趣所在：调查其他人的隐秘丑闻，然后把它们公之于众，这能给她带来一种异乎寻常的满足感。她认为自己的工作其实是她报复这个社会的一种方式，因为在以前，几乎所有人都对她和她的爸爸充满恶意。虽然她还很年轻，但是她觉得自己已经干出了一点儿名堂。

罗兰多·加洛应该算得上是她的导师，所以她始终对他保持绝对的忠诚。她爱他吗？实际上《大曝光》杂志社里的同事们也经常开她的玩笑，虽然她每次都否认，却更坚定了同事们认为他俩之间有特殊关系的想法。

从很早的时候起，成为一名记者的想法就萦绕在她的脑海中。但是她心目中的记者和传统意义上播报新闻、做政治、文化和社会分析之类题材的严肃的媒体行业没什么关系。在她看来，这一行业真正的本源在街头报刊亭中贩售的小报和画册里，因为那才是人们都喜欢驻足观看的东西，这或者是因为那些读物的精华就是封面上吸引人眼球的大标题和搔首弄姿的裸体女郎，旁边还经常会用红字点出当期读物里最劲爆的丑闻，包括那些最可怕的秘密、最无耻的行径和最恶劣的堕落，这些东西可以轻易地让这个国家最高雅正直的人跌落神坛。

她上中学时就有了“扒皮女”这个绰号，当然班里也有人叫她“小钉子”。她还骄傲地记得自己当时是如何运用记者的手段取得成功的：那时的她还在玛利亚·巴拉多·德贝丽多中学上学，校长突发奇想地让学生们画黑板报，于是胡丽叶塔开始用她那纤细的字体在黑板上写着一篇又一篇文章，压根没想过会引起什么轰动，但事实上她很快就成了校内黑板报的明星写手，因为和其他在黑板报上歌颂祖国、歌颂像米格尔·格劳①和弗朗西斯科·博洛格内西②这样的英雄人物或是专注于宗教、教皇、秘鲁土地问题的同学们不同的是，她在黑板报上的文章只写涉及到老师和同学的劲爆八卦，当然在某些敏感话题上，例如指责某人缺乏男子气概或是说某个女生太爷们儿的时候，她是会隐藏那些人的真实名字的。伴随着声望而来的是惩罚，她被叫到了校长办公室，被狠狠地批评了一通。这已经不是她第一次被批评了，之前是因为她在写黑板报时使用了脏字，但这一次，校长威胁说，如果她继续这样干的话，就要把她开除。

但她依旧坚持着自己的信念，但已经不是在学校里了。她大胆地调查《最新时刻》《纪事报》《假面报》《邮报》甚至是《商报》，游走在剧院、广播电台、舞厅、电视台、录音室甚至是演员的私人住宅之中，用她天生的记者直觉发掘着人们最病态的、最不道德的事情。最后她来到了《大曝光》杂志社，在那里认识了罗兰多·加洛，也是在那里，她变成了这家周刊的王牌写手，同时也变成了这个国家最善于挖掘丑闻的记者的忠实信徒。

---

① 秘鲁知名海军军官。

② 军人，秘鲁民族英雄。

她在睡觉前问自己："照片的事儿最后会怎么收尾呢？是好是坏呢？"从一开始，也就是塞费里诺对她说他手上有那些照片的时候起，她就觉得这件事儿最后很可能会弊大于利，尤其在罗兰多·加洛把照片送去给那位自负的矿主恩里克·卡尔德纳斯之后，这种感觉就更强烈了。但无论她的上司说什么、做什么，她都是会全力支持的。

9. 奇特的生意

当恩里克看到罗兰多·加洛走进他的办公室时，那股难受的感觉就又涌上了心头。来人和两周前穿的衣服一模一样，还是穿着那双增高鞋，走起路来摇摇晃晃的。他走到恩里克的办公桌前，后者并没有起身迎接他。加洛伸出了他那只柔软潮湿的手，而恩里克一想到这一点就觉得恶心。此时是上午十点，他来得很准时。

“我知道咱们的这次谈话正在被录音，所以咱们还是不要谈您和我都知道的那件事了，”加洛用他那尖锐的嗓音说道，“咱们谈个别的话题，这也是我这次来的目的。我知道您是个大忙人，所以我也不打算占用您很多时间。拐弯抹角的话就不多说了，我这次来是想跟您谈笔生意。”

“生意？”恩里克故作惊讶道，“您和我？”

“对，您和我，”记者重复了一遍，挑衅似地笑着，“我，一个微不足道的侏儒，和您，一位秘鲁企业界的奥林匹斯山大神。”

他又笑了起来，他的笑容使他的目光显得更猥琐了。在一段战略性的沉默之后，他又坚定地说道：“卡尔德纳斯先生，《大曝光》是一家很小的周刊，没什么传播渠道，但这一情况是可以从根本上改变的。如果像您这样一位有名的企业家愿意投资它的话，我们的杂志肯定能扬名整个秘鲁，到时候没有什么杂志能和我们的媲美，连石头都会读它。工程师先生，我这次就是为了这事儿来的。”

敲诈终于来了，对吧？要我投资他的那份不堪入目的八卦杂志？恩里克盯着眼前这位衣着夸张的记者，不禁觉得自己的办公室被衬托得更现代、更高雅了：这里有斯堪的纳维亚家具，墙上挂着莱奥诺尔西达·阿尔迪加斯的画作，他把浪花、安第斯山区的雪和沙漠完美地糅合在了一起。

“加洛先生，能把你刚才的提议解释得再详细一点吗？”恩里克回答道，他在竭力掩饰自己的不快。但是尽管他很努力，他还是觉得对方一定能从他的语气中听出他的反感。

“最开始的投资需要十万美元，”记者耸了耸肩，就好像自己在说着什么很有意思的事情，“对您来说是小意思。等到您发现这笔投资的回报是多么巨大，可能比您做过的其他生意所得的好处都大，那我们再进一步提高您的投资额。您的这笔钱，我会首先用来把稿子的数量和印数翻倍，还会用它来改善印刷效果和纸张质量。这笔钱甚至不必经过我的手，您可以把它交给中间人、监控者或是随便你怎么叫的类似的人，只要您信得过就行。事儿就这么简单。除了您的资金，我还希望借用一下您的大名。只要您肯跟我合作，那些广告商和代理人就再也不会瞧不起我们的杂志。我们的周刊会变得受人尊重，广告也就会纷至沓来了。工程师先生，我保证这绝对会是一次很棒的投资。”

他说着这些话的时候眼睛一直在放光，恩里克发现他的牙齿上全都是烟渍，而且他的嘴里还嚼着什么，也许是个口香糖，不过也有可能只是他的嘴部肌肉在抽搐。

“加洛先生，在您继续说下去之前，我想先告诉您一件事情，”恩里克的声音变得严厉了起来，目光紧紧地盯着加洛那双东张西望的小眼睛，“我不知道您上次来访时给我带来的礼物是什么意思。那些照片里的人压根就不是我。”

“那可真是太好了，工程师先生，”记者表演般地拍着手，好像真的在为恩里克感到高兴似的，“我太高兴了。不过我早就猜到您会这么说了。但我已经跟您说了，今天咱们最好还是不谈那件事情。不仅是因为我很确信我们的谈话正在被录音，更是因为我刚才所说的生意和那件事没有任何关系。我这次来就是单纯跟您谈生意的。您明明知道猫有四条腿，就不要硬要去找长着三只脚的猫了吧。”

“我不是很了解传媒业，而且我不会去投资我不了解的行当，”恩里克说道，“简而言之，如果您已经起草了一份详细的计划书，做足了前期的市场调研，那么请把报告书留给我，公司的技术部门会好好地研究的。加洛先生，还有其他的事吗？”

“我当然带来了写好的计划书，”加洛摸着放在自己膝盖上的已经掉了色的皮包，“但我还是想亲口跟您解释一下我们能一起为《大曝光》的发展所做的事情。最多十分钟，我保证。”

恩里克此时只想立刻把这家伙从办公室赶走，然后永远都不再见他了，于是他什么都没说，只是点了点头。他同意见加洛只不过因为卢西亚诺的刑法专家们是这么建议他的，并不是出于他的本意。他感到一股狂怒正在席卷着自己。

“爱议论别人是咱们这个世界上最普遍的事情了，”那个小人儿盯着恩里克，动了动他那鸟喙一般的嘴，又一次发出了刺耳的声音，“在所有的民族、所有的文化里都是如此，但在秘鲁尤为严重。我想您比我更了解这一点：我们是一个热爱八卦的国家。我们迫切地想窥探别人的隐私，尤其是在床上发生的那类事情。说得更直白一点儿，请原谅我的粗鲁，就是谁操了谁，是怎么操的。人们特别想知道重要人物、知名人士的秘密：政客、企业家、球星、歌星等等。而要是说有谁特别擅长挖掘别人的秘密，说句不谦虚的话，那人就是我。没错，工程师先生，就是我罗兰多·加洛，您的朋友，如果您愿意的话，还将是您的合伙人。”

他不止说了十分钟，而是说了一刻钟。他恬不知耻、滔滔不绝地说着，虽然恩里克很不想听，却找不到机会打断他，而且他也想看看这人的脸皮到底能厚到什么程度，就任由他说了下去。

恩里克好几次都想打断他，但是都忍住了，他感到听对方说着话的自己就像是一条盯着鸟儿的蛇，在把鸟吞掉之前会先观察鸟儿一会儿。他从来都没想到过一个人竟然能这样赤裸裸地向别人推销自己脑子里的肮脏想法。加洛对恩里克说，《大曝光》之所以专做八卦消息就是因为这是他本人和他的团队最熟悉的领域，但另一个原因则在于杂志的传播渠道太窄。如果恩里克决定投资的话，他的杂志会慢慢地把调查的对象扩大，“肆无忌惮地进行起底，工程师先生。”他说他也会去调查政客和企业家。但是，当然了，卡尔德纳斯先生，您将永远拥有豁免权，而您的建议将会成为周刊的行动准则。周刊最终将在全国范围内发行。《大曝光》将会把整个世界从阴影下拉到光明之中：通奸、男同性恋、女同性恋、性虐待、兽交、恋童癖、贪污乃至杀人掠货，这些东西全都在这个社会的暗处发生着。到时候，整个秘鲁的窥探癖和八卦心都会得到满足，这种巨大的愉悦感将会使得占人口大多数的底层人民了解到那些重要人物、名人雅士、受尊重的人也和他们一样有血有肉。他停了一下，又举了几个发生在美国和欧洲的例子，提到了几份《大曝光》立志追赶的知名八卦杂志。

终于说完了吗？罗兰多·加洛冲着他微笑，静静地等待着恩里克的回答，看上去他对自己的表现感到很满意。

“你的意思是，要我投资一个想要把窥探癖发扬光大的杂志，而且它还想把每件丑闻让全国所有人知道。”恩里克·卡尔德纳斯终于开了口，慢慢地说着，好像在强压着心头的怒火。

“因为那种杂志是最畅销的，是最具时代感的，工程师先生，”罗兰多·加洛的手比划着，解释道，“《大曝光》能让您赚很多钱，我保证。对于一个像您这样的资本家来说，赚钱难道不是最重要的事吗？分得红利，在社会上引起反响……但是除此之外，最重要的是这能让您，堂·恩里克先生，变成一个人人惧怕的人。由于《大曝光》的存在，您的敌人会被吓破胆的。您只需要动动小拇指，我的团队就能让您的敌人被丑闻淹没。您想想我交到您手上的这把武器到底意味着什么吧。”

“您交给我的是黑手党的武器，是恐吓和抢劫，”恩里克很愤怒，他的声音有些颤抖，字正腔圆地把话讲了出来，“加洛先生，您知道我听您讲话时在想什么吗？我在想这个世界上竟然真的存在着能讲出这样无耻的话的人。”

他看到记者脸上的微笑凝固了，转而变得严肃了起来，他摊开双臂，好像在面对着一群观众，吃惊地道：“工程师先生，我们现在是在谈论道德吗？谈论伦理？谈论品行？”

“没错，加洛先生，”恩里克答道，“我就是要谈伦理道德，虽然听了您的讲话之后，我觉得你压根儿就不知道字典里还有这么几个词。”

“工程师先生，恐怕没有哪个看过我上次给您带来的照片的人能想到，您竟然还是个崇尚道德的人。”罗兰多·加洛的语气变得冷峻起来了，充满侵略性，恩里克一时都没反应过来。这家伙终于装不下去了。恩里克发觉对方在狠狠地盯着自己。

“我是一分钱都不会投到您那污秽的杂志上的，加洛先生，”恩里克站了起来，强硬地说道，“我请您立刻离开这里，再也别到我的办公室来了。至于您想用来敲诈我的那些伪造的照片，我再次向您保证是您搞错了。如果您继续想用那种东西威胁我的话，您一定会后悔的。”

记者依旧坐着，没有站起身来。他用目光挑衅着恩里克，好像在反复斟酌着自己接下来要说的话。

“加洛先生，你说的没错，这次谈话已经被录音了，”恩里克补充道，“这样，警方和法官就会知道你来找我是要做什么生意了。你就像一只令人作呕的动物。赶快从我这里出去，否则我就一脚把你踢走。”

这次，听了恩里克的话，记者变了脸色，站起了身子。他点了点头，迈起了一惯的摇晃的步子，缓缓地向门口走去。但在离开前，他又转身望向恩里克，脸上又挂起了谄媚般的微笑，用他那尖尖的嗓音说道：“我建议您买一份下一期的《大曝光》，工程师先生。我保证您会对里面的内容很感兴趣的。”

加洛刚走，恩里克就迫不及待地给卢西亚诺的事务所打去了电话。

“老朋友，我表现得很粗暴，”他连招呼都忘了打，急匆匆地对卢西亚诺说道，“你知道那个婊子养的加洛来找我做什么吗？他让我给他的那份肮脏的杂志投资十万美元！好让他的杂志能够把调查对象扩大到政客、企业家和其他社会上层人士。他说他的杂志现在的调查范围太窄了，他要把整个社会上所有的秘密都公之于众。我实在是没忍住，我快要吐了。我把他赶走了，我吓唬他说如果他敢再来的话我就打他一顿。我的做法太蠢了，是吧，卢西亚诺？”

“基克，你现在正在做的事情才是最蠢的，”他的朋友依旧保持着镇静，回答道，“如果这通电话被监听了呢？我们最好还是当面聊这件事情。再也别打电话了，我记得我提醒过你。我觉得你好像忘记了你是在一个什么样的国家了，老朋友。”

“他威胁我说下一期《大曝光》会有关于我的内容。”恩里克补充道，他发觉自己已经满头大汗了。

“我们回头再聊这件事，当面说，别打电话，”卢西亚诺硬生生地打断了他，“很抱歉，但是我得挂电话了。”

恩里克听到“嗒”的一声，然后就是一片静寂。卢西亚诺挂断了电话。

恩里克静静地坐了好一会儿，他没有勇气着手处理这一整天积攒下来的上千份文件。卢西亚诺担心有人监听我们的电话。会是谁？又为了什么呢？是那位有名的“博士”吗？不可能，肯定不可能。卢西亚诺已经给他描述了会面的场景：两位刑法专家和企业家协会、矿业协会的负责人及国家情报局主管见了面，看上去“博士”对于敲诈的事毫不知情，他向他们保证说，他会让敲诈者守起规矩来。他很熟悉那位记者，如果加洛有同伙的话，他也会让他供出来的。他会言出必践吗？恩里克现在谁都不相信了。从很久之前开始，在秘鲁就没有什么是不可能发生的。他觉得虽然自己已经快四十岁了，而且除了在美国马萨诸塞州剑桥市的麻省理工学院读书的那四年之外，都是在秘鲁度过的，但是直到现在，他才算是真正地开始了解这个国家。直到那些照片到了他的手上，他亲眼看过之后才发现，原来在这个国家还有比“光辉道路”的炸弹和图帕克·阿马鲁革命组织策划的绑架更可怕的事情。“基克，你这是生活在一个什么样的地方啊！”他自言自语道。可怜的卡奇多已经被绑走好几个月了吧？他和卡奇多不算熟，只是曾经在比拉一起打过网球，但他一直记得那是一个很和善的人。卡奇多是朋友们对他的昵称，他的本名叫塞巴斯蒂安·萨尔迪瓦尔。他开了一家手工艺品工厂，效益很好。他没有大的野心，对自己已经拥有的一切感到很满足：网球赛、骑马、时不时地到迈阿密度假购物、能安安稳稳地睡上一觉……真是个可怜人！他们会怎么折磨他呢？那个混蛋会把他的威胁变成现实吗？他敢把那些照片发布出来吗？恩里克想象了一下自己的老母亲盯着《大曝光》封面的样子，不禁吓出了一身冷汗。我这样对待那个蛀虫是不是太着急了一些？我应该回头吗？向他道歉、然后跟他说自己愿意把十万美元投资到他那份令人呕吐的杂志上？

10. 三个滑稽人

胡安一睁开眼睛就看到了塞拉芬，它此刻正站在胡安位于莫高隆酒店房间里的唯一一扇小窗户上，他总是把窗户开着，好方便塞拉芬进出。“哎哟，你回来了，小不要脸。”胡安对塞拉芬说着，冲着它张开了双臂。小猫一下子就从窗户跳到了床上，蜷缩到了胡安身旁。胡安摸着它的后颈和肚子，他觉得小家伙非常享受这种抚摸。“你都出去三天了，小坏蛋，”胡安嘟哝道，“也有可能是四天。你在外面捣了什么蛋呀？”小猫好像后悔了似地看着他，又向他靠了靠。这是在请求原谅吗？“塞拉芬，我们晚点儿再吃早饭。我有点儿懒得动，让我在床上再呆会儿。”

从某种程度上看，他加入《三个滑稽人》节目是一次巨大的成功，但也是他人生中最错误的决定。说成功是因为他这辈子从来都没有赚过那么多钱。他和阿塔娜西亚终于能做很多他们早就想做的事情了，例如去库斯科[1]旅游。他们还去了马丘比丘，而

① 库斯科，秘鲁南部库斯科大区首府。

且他比做朗诵者的时候更出名了，而且是全秘鲁知名！报纸上经常能看到他的照片，人们在街头能认出他来，然后靠过来请他签名，在此之前他从来都没想到过自己会有这么一天。而说这是一场灾难则是因为当一个搞笑艺人从来没有让他真正感到高兴过，甚至可以说常常让他感到失落。他总会把自己的这种感觉归咎于自己对诗歌和艺术的背叛，以及对做一个朗诵艺术家的信仰的背弃。

最糟糕的是，他们甚至还怂恿他在《三个滑稽人》的节目现场朗读诗歌。具体说来，他们会随便找个理由让他朗读诗歌，而这样做只是为了让另外两个滑稽人把他一耳光打倒在地，好让他闭嘴，然后来参加录制节目的观众们就会心满意足地哈哈大笑。当然，全秘鲁电视机前的观众们同样会捧腹大笑。那是胡安·佩内塔在这个节目里感到最难受的时刻：他觉得自己在亵渎神圣的诗歌。“夜鸟将归”，哈哈，“闭嘴吧，傻瓜”，耳光，跌倒地上，笑声。“绿啊，我爱你的绿，我爱那翠绿的风”，哈哈，“傻瓜又开始念诗了”，耳光，劈开双腿跌落在地，哄堂大笑。

他们不停地教给他做一个搞笑艺人必须掌握的技巧，而他学得也很快：他们打他耳光的时候他要暗中拍手，这样观众就会觉得耳光打得很重；跌倒在地的时候要注意隐蔽地用胳膊和腿撑一下，这样能避免受伤；时不时地就要张大嘴巴哈哈大笑，有时候则要像婴儿那样哼哼唧唧，而如果需要的话，也要真的泪如雨下，这一切都要按照台本的要求来。所有这些他都做得很好，而且像一个专业的搞笑艺人那样想努力做到最好。但不管他多么努力，还是无法适应那种时刻：几乎在每一期的《三个滑稽人》里，同伴都要找各种借口怂恿他念诗，“今夜我会写下世上最悲伤的诗句”，然后同伴们再表现出厌恶的表情，把他打到地上去。他觉得自己很无耻，很背信弃义，是在对诗歌犯罪。

他从来都没能跟其他两位滑稽人交上朋友，他们也从来没有把他当作真正的同道中人，他们总是在怀念迪布尔西奥，就是那位因病离职的前任滑稽人。他们总是会暗示胡安，有时甚至当面说他永远都成为不了优秀的喜剧人，也算不上是个好人，更谈不上是一个像迪布尔西奥那样的好搭档。但是胡安自己也承认，自己并没有表现出足够的友善来和另外两位滑稽人交朋友。事实上他打心底里有点儿瞧不起他们，他觉得他们连艺术是什么都不知道，也从来没从他赖以谋生的这个职业中感到自己受人尊敬。埃洛伊·加布拉在加盟《三个滑稽人》之前就在省里的喜剧剧团里做搞笑艺人了，他生活和工作的唯一目的就是下班后进酒吧、逛窑子，他在那里放言自己终有一天会上电视，会变成名人。另一位搞笑艺人胡利托·塞雷斯以前是克里奥尔音乐表演中的吉他手，还在美洲电视台模仿秀大赛里获了奖。在比赛里，他模仿过秘鲁总统、歌手查布卡·格兰达，还模仿过两位好莱坞演员。他不像埃洛伊·加布拉那么粗俗。但是尽管胡利托受过良好的教育，他还是很瞧不起胡安·佩内塔以前的职业，他觉得朗读诗歌是一件很娘娘腔的事情，而他对胡安也未曾隐瞒过这种想法，也是他提议把调侃诗歌朗诵的环节加到节目里的。

胡安和编导的关系处得也不好。那人姓科罗查诺，但是在电视台里，所有人都叫他“老师”，可能因为他总是穿着正式。他用不同的笔名给各种节目写台本，他有一间属于自己的小办公室，人们管那里叫“圣殿”，因为他用自己的编导身份规定，没有他的允许，任何人都不能进去。像他这样看上去像律师一样的人物，衣着体面，言辞得体，是怎么写出那些低俗而又愚蠢的台本的？他自己的解释是那些东西最能吸引观众：他参与创作的节目打破过各种纪录，在观众喜爱度调查中遥遥领先。

为什么他如此不喜欢自己的工作，却没有下定决心离开《三个滑稽人》呢？可能更多是出于实际的考虑。他每个月都能赚一万索尔，后来提高到一万两千，然后是一万四千，他和阿塔娜西亚能用这些钱买他们喜欢的衣服、出门看电影、下馆子，甚至还能有一些积蓄，然后去迈阿密旅行，这是她老婆最大的心愿，甚至比她的另一个愿望更甚：生一个孩子。这个愿望永远都实现不了了，因为医生对他们说他们永远都不会有自己的孩子了。她的生殖系统发育得不好，卵子无法成形。尽管有了医生的诊断，阿塔娜西亚还是想要治疗一下，他们花了很多钱，但并没有起作用。

胡安曾经在做了几期《三个滑稽人》后放声痛哭过，他觉得做这种节目是对自己的羞辱。他一直在怀念当诗歌朗诵者的时光。有时他还会像以前一样对着镜子背诵自己熟记于胸的诗句，例如坎波亚莫尔[1]的“神父先生，写封信给我吧 / 我知道应该把它交给谁”，他有时也会给阿塔娜西亚念诗，但每当这种时候，他就会感到很难过，因为觉得自己已经从一名艺术家变成了跳梁小丑。

既然有这么多的不愉快，那么他似乎应该对后来发生的事感到高兴才对：不知从何时起，也不知因为什么，在《最新时刻》中出现了针对他的大量批评，这直接导致了他在几个月后结束了自己搞笑艺人的生涯。那次事件的过程有些不可思议。虽然已经过去很久了，但是直到现在他还是耿耿于怀。可是由于记忆力的衰退，很多细节他已经记不清了。他甚至觉得实际发生的事情跟自己记得的情况是完全不一样的。

---

① 西班牙现实主义诗人。

古话说得好："福无双至，祸不单行"，胡安·佩内塔觉得这用在当时的自己身上再合适不过了。因为就在《最新时刻》对他大肆批评的同时，阿塔娜西亚开始频繁地头痛。一开始她试着吃止痛药，但是并不起什么作用，最后他们去了医院。在等了将近两个小时之后，医生说应该是眼睛的问题，然后就把她转到了眼科。眼科医生说她得了远视眼，还给她配了副眼镜，这倒确实在一段时间里缓解了她的头痛。

《最新时刻》对他的攻击是怎么开始的？这一点胡安·佩内塔已经记不清了。有人对他说最早是由罗兰多·加洛在他的节目里发起的，电视和广播界几乎所有人都看加洛的节目，此君说美洲电视台的《三个滑稽人》自从迪布尔西奥去世、胡安加盟以来，质量就大幅下降，他还提到胡安以前是个念诗的，他在节目里说的梗一点儿都不好笑，甚至连故意念诗让同伴扇自己耳光都不能让观众感到满足。

胡安本人并没有看加洛《最新时刻》的节目，事实上，加洛在其他很多节目中也攻击胡安，但是胡安同样没有看。直到有一天录完节目后，埃洛伊·加布拉找到他说："那些针对你的攻击对我们产生了不好的影响，会影响到节目的排名。你得做点儿什么让那人停下来。"胡安·佩内塔能做点儿什么让那家伙停止针对他的攻击呢？

"准备点儿礼物，好好去拜访一下加洛先生。"埃洛伊·加布拉瞥了他一眼，低声说道。

"啊，原来如此，"胡安恍然大悟，"原来现在人们都是这样做事的呀。"

"对那些八卦记者就是要这么做才行，"埃洛伊·加布拉说道，"你最好快点儿行动起来。加洛先生的影响力很大，他能让我们节目的排名直线下降。我们可承担不起这个后果，电视台的领导们也一样。伙计，赶快行动吧。”

埃洛伊·加布拉的忠告激怒了胡安·佩内塔，他不但没有听从自己同事的建议，反而给《最新时刻》的主编写了封信，抗议说罗兰多·加洛的攻击是“不公平且不负责任的”。他还警告对方说如果继续攻击他的话，他会把《最新时刻》告上法庭。

后来连胡安自己都承认自己的举动有些冒失了。他选择跳进了终结自己喜剧生涯的流沙里。在那之后，加洛对他的攻击不但没有停止，反而愈演愈烈了，不但在《最新时刻》的专栏节目里，而且在克洛尼亚尔电台的节目里也是如此。加洛不停地称呼他为秘鲁电视界最不称职的人，一个“假演员”，说胡安正在使《三个滑稽人》走向没落。他还提醒观众，说“在这位难堪大任的胡安替换受人尊敬、德高望重的迪布尔西奥之前，《三个滑稽人》可是秘鲁最受欢迎的喜剧节目”。

也就是在同一时间，阿塔娜西亚被查出了脑部肿瘤，而这才是诱发她间歇性头痛的真正原因。虽然戴上眼镜后，头痛一度有了好转，但她说话越来越困难了。她张开口，动着嘴唇，却只能发出不连续的几个音。胡安看到她的眼睛里满是绝望。最后，诊治她的医生又把她转到了神经外科。医生说，所有的症状都指出很有可能她脑子里长了瘤子，但还是得做个核磁共振来证实一下。由于在公立医院做一个类似的检查要排上几周时间，有时甚至是几个月，最后胡安把阿塔娜西亚带到了一家私人诊所里。检查证明确实是一个脑部肿瘤，医生建议最好尽快做手术，但在手术之前最好先做一段时间的化疗。胡安还记得阿塔娜西亚做化疗的那段时间是一场怎样的慢性噩梦。每做完一个疗程，阿塔娜西亚就会处于一种极度虚脱的状态，动也不能动。她再也没能恢复说话能力，后来甚至连下床也不行了。公立医院的神经外科医生说阿塔娜西亚的身体状况太差了，不能冒险开刀，最好还是等她的身子恢复一段时间。

就在阿塔娜西亚做化疗期间，费雷罗先生又一次约胡安·佩内塔在美洲电视台旁边的咖啡馆里见了面，他的手上依旧戴着大金戒指和高档手表。在这次会面中，费雷罗先生表示胡安必须离开《三个滑稽人》。他还是用他那惯用的直白的话语来通知胡安这个决定：节目的排名一直在下跌，广告商都抱怨很久了，他们针对这一状况作了细致的调查，调查显示胡安已经失去了观众的喜爱，变成了节目的累赘。胡安试着抗议，他说这一切都是那个叫罗兰多·加洛的先生针对他的攻击造成的。但是费雷罗先生很忙，他不愿意花时间听胡安毫无用处的解释。他要求胡安当天就带个箱子到办公室去收拾东西。这位大佬，好像是为了安慰胡安，补充说电视台会再付给胡安一笔钱，作为提前解约的补偿。

六个月后，阿塔娜西亚还没来得及做手术就去世了，而胡安·佩内塔再也没能找到一份新的工作，无论是作为诗歌朗诵者还是搞笑艺人，都没人聘用他。从此以后胡安就再也没有过固定工作，只是在某些街头表演中收一点小费。他的朋友越来越少，就像他的记忆力一样，而从那时起，他就对他仅剩的两个朋友，也就是"出租车司机"和克莱希尔达不停地说，他的生活是被一个叫罗兰多·加洛的畜生毁了的，而他甚至从来都没有亲眼见过那个人。

也是从那时起，他就下定决心要复仇。他也想让毁了他生活的那个人过得不顺心，而这也变成了支撑他活下去的仅存的信念。他收听、观看加洛在电台和电视上的所有节目，阅读关于加洛的所有报道，为的就是积累好素材来批评加洛。他不停地给电视台、广播电台、杂志和报纸写署名信，对加洛进行大肆批判，从口误到他对别人的污蔑中伤，还有其他成百上千种真实的或是胡安想象出来的事由，有时甚至还威胁说要用某些荒谬的理由去起诉那些媒体。他的所作所为对罗兰多·加洛的职业生涯产生过什么负面的影响吗？很可能压根儿没有，因为加洛依旧在讲着八卦消息，议论着各种丑闻，而且他在观众中的受欢迎程度还在不断上升。有时胡安·佩内塔甚至会孤身一人举着标语牌到美洲电视台门口去抗议，标语牌上写着罗兰多·加洛害得他丢了工作，还害死了他老婆。然而每次电视台的保安都会粗暴地把他推走。在喜剧界中，人们早已经忘了胡安·佩内塔曾经的成就，现在人们提起他来，都是为了嘲笑“那个罗兰多·加洛永恒的敌人，一个喜欢写信的疯子”。

11. 丑闻

从周一到周五，每天早晨，恰贝拉都是先听到闹钟的那个人。她总是在哈欠连连之中洗脸刷牙，然后去两个女儿的卧室叫醒她们，给她们做上学的准备。两位小姑娘通常做作业到很晚，所以每天早晨喊她们起床是一项很艰巨的任务。当恰贝拉每次带着孩子们下到一楼时，厨娘兼佣人妮卡希亚都已经准备好了早餐。卢西亚诺会稍晚一点才现身，但通常已经洗完了澡、刮好了胡子，穿戴得很整齐，皮鞋油光锃亮，作好了出门上班的一切准备。但在上班之前，他会先把两个女儿带到家门口，等着富兰克林·德拉诺·罗斯福学校的校车到来，校车会准时地停在卢西亚诺位于拉林科纳达的大房子前，房子周围是花园和高高的树木：印度榕树、北美红衫、甚至还有安第斯胡椒树，泳池也在泛着蓝光。恰贝拉通常会穿着睡衣站在客厅，注视着两个女儿登上校车。和平常一样准时，刚好七点半。送完女儿后，卢西亚诺会返回屋子里取他的手提包，同时和恰贝拉告别。今天也是一样，卢西亚诺穿得就像服装画册里的人物一样。

“咱们今天下午去看场电影好吗？”她摸着他的脸颊说道，“咱们很久没有去电影院了，卢西亚诺。去电影院看电影和在电视上看完全是两回事儿。咱们去拉科玛尔电影院吧，那里环境好。”

“看来我得快点儿把花园里的家庭影院搞好了，”卢西亚诺说道，“这样咱们就能舒舒服服地在自己家里看电影了。”

“这话你说过很多次了，我都已经不相信你了。”恰贝拉抗议道。

“我发誓今年夏天我一定把它搞好，”卢西亚诺边朝大门走去边说道，“我希望能早点儿从事务所脱身，但是我没法保证。但不管怎么说，你还是先看看有什么好电影，我会给你打电话的，亲爱的。”

她看着他把车从车库里开了出来，准备出发了，他冲她摆了摆手，她也从窗后打了个再见的手势。今天天气很糟，灰蒙蒙的，还很潮湿，天上的云彩也是铅灰色的，像是在预示着将要发生什么不好的事情似的。恰贝拉盘算着还有好几个月才能到夏天，她有点怀念自己位于拉基帕沙滩旁的房子了，还怀念泡在大海里或是沿着沙滩走来走去的感觉。昨晚她睡得不太好，现在觉得有点累了。到泳池里游游泳？算了，还是再回床上睡一会儿吧。她回到卧室里，脱下睡衣，又钻到了被窝里。窗帘还拉着，房间里黑漆漆的，整栋屋子一片寂静。十点钟她还要去健身房上普拉提和瑜伽课，还有点儿时间。她闭上了眼睛，决定小睡一会儿。

两天前，她和玛丽萨一起在观花埠吃了顿丰盛的午饭，然后回到了玛丽萨位于圣伊西德罗的房子里做了爱。“令人回味无穷。”她想道。同一天晚上她又和卢西亚诺做了爱。“太爽了，我的恰贝拉小可爱。”他半睡半醒地笑道。看上去她生命中的一切都依旧那么顺利，甚至在和自己最好的朋友发生了那种关系之后也是如此。要不是因为有恐怖主义和绑架事件，住在利马会是一件特别美好的事情。她和玛丽萨还是和以前一样经常见面，而且现在她们有了共同的秘密，两个人都很享受这种感觉。但是最近玛丽萨有些担心基克，他最近话很少，也不告诉玛丽萨到底出了什么事儿，他在担心什么呢？玛丽萨带他去圣费利佩诊所找萨尔达尼亚医生看了看，但是在检查之后，医生说基克一切都好，于是只开了几片安眠药来帮助他睡眠。基克是不是在外面有人了？不可能，谁有情人他都不会有的。玛丽萨是怎么说的来着，“我老公天生就是个圣人，他永远都不会背叛我的。”“卢西亚诺也不会的，”恰贝拉心想，“他们俩都能上天堂。”

她睡着了，醒来时已经九点一刻了。去健身房的话时间刚刚好，还赶得及上普拉提和瑜伽课。佣人妮卡希亚过来跟她说凯蒂夫人给她打来了电话说有急事找她时，她正在换上课的衣服和鞋子。“那个胖女人。”恰贝拉想道。但是“急事”两个字激发了她的好奇心，于是她没有拒绝这次通话，而是把电话接了过来。

“你好，凯蒂，亲爱的，”恰贝拉说道，“怎么了？我现在时间有点儿紧，还得赶去上普拉提和瑜伽课呢。”

“亲爱的恰贝拉，你看到这一期的《大曝光》了吗？”凯蒂用她那阴冷的腔调说道。

“《大曝光》？”恰贝拉问道，“什么玩意儿？”

“是本杂志，”凯蒂的语气变得有点惊讶了，“亲爱的恰贝拉，你是不会相信的。赶快去买一本吧，你会被吓到的，我发誓。”

“凯蒂，能不能别再故弄玄虚了？”恰贝拉有点紧张，抗议道，

"到底是怎么回事？那本杂志里说了些什么？"

"恰贝拉，我不好意思说出口。是关于恩里克的，对，就是基克。我发誓你绝不会相信那上面说的东西。我知道你和他的爱人是好朋友。哎呀，这下子可怜的玛丽萨该怎么办呀？我真心疼她。太丢脸了，恰贝拉。我从来都没有像看这期杂志时这样羞愧。你快看看吧，太污秽了。"

"你能直接跟我说你到底看到什么狗屎东西了吗？"恰贝拉生气地打断了她，"算我求你了，凯蒂，别拐弯抹角了。"

"我没法给你形容，你亲眼看了就明白了。我求你别再问我了，我怕说出来脏了我的嘴巴和耳朵，"凯蒂抱怨道，"我觉得很丢人，也很可怕。太可怕了，恰贝拉。现在整个秘鲁都不谈别的事情了，都在说这期杂志呢。我有两个被吓坏了的朋友已经给我打过电话了。赶快派人去买一本看看吧。对，就叫《大曝光》。我也是今天才知道有这么个杂志的。"

挂断电话后，恰贝拉手握话筒又呆立了一会儿。她感到很焦躁，然后拨了玛丽萨的号码，但是还没拨通自己就把电话挂掉了。最好还是先搞清楚到底发生了什么。她转而给司机打去了电话，要他去买一份当期的《大曝光》回来。她刚刚做好去健身房的准备，但是由于司机要过一会儿才能买回杂志来，她最终决定还是不去上普拉提和瑜伽课了。她又鼓起了勇气，再次拨了玛丽萨的电话。正在通话中。她连续打了十次，每次都是占线。司机终于把杂志买了回来，脸上还挂着一丝惊讶和压根儿就没打算掩饰的笑意。杂志的封面是一张巨大的照片，恰贝拉第一时间就认出了照片中基克的脸。我的天啊，这不可能！这是基克，千真万确！还是裸体！从头裸到脚！他在做什么呐！这一切都不应该是真的。恰贝拉脸红了，手在颤抖着。

就在这时，电话响了起来。恰贝拉还在盯着封面看，压根儿没留意到图片旁边配的文字。妮卡希亚走了进来，说电话是玛丽萨夫人打来的。她听到自己的朋友此时已经连话都说不连贯了。

“恰贝拉，你看到了吗？”玛丽萨有些结巴，然后啜泣了起来。

“亲爱的，你冷静点，”恰贝拉安慰道，她发现自己也有点口齿不清了，“你想让我去找你吗？你得从你家出来，记者会疯狂地堵门的。我现在就去找你，好吗？”

“好，好，太好了，你快点儿来吧，”玛丽萨在电话里哭得更厉害了，“恰贝拉，我不能相信杂志上说的。对，我得从家里离开。一通通的电话快把我逼疯了。”

“我这就去。你别再接电话了，别给任何人开门。现在你家门口肯定已经被围得水泄不通了。”

恰贝拉挂了电话，虽然她还想要快速洗个澡，却压根儿挪不开步子。她沉默了好一会儿，心不在焉地翻了翻杂志，她还是不能相信，也不能接受，虽说眼见为实，她却压根儿就不愿意相信这一切都是真的。有没有可能这些照片都是伪造的？对，很有可能。是因为这些照片，所以可怜的基克最近才那样心事重重吗？可怜？如果那些照片是真的，那么可怜这个词和他压根儿就扯不上边儿了。真是一场丑闻，肯定会成为街头巷尾热议的话题，而且人们还会对可怜的玛丽萨说三道四。她得尽快把她从家里带出来才行。她把《大曝光》扔到了地上，跑进卫生间，飞速冲了澡，随手取了件便服穿上，用头巾把脸蒙了起来，上了车，让司机全速开往玛丽萨家。她在路上耽误了半个多小时，因为这个时间的哈维埃尔·普拉多大道和桑洪街很堵，而要到圣伊西德罗去的话，这段路是最近的。可怜的玛丽萨，真是难以置信，我的上帝啊。这肯定就是基克最近茶饭不思的真正原因。唉，基克也是够可怜的。唉，但是他做出这种事来又让人怎么去可怜他呢？尤其这还会对无辜的玛丽萨造成巨大的伤害。

到达玛丽萨和基克位于高尔夫俱乐部附近的住宅时，恰贝拉看到房门口果然已经围了大批的记者，有无数的相机，闪光灯不停地在闪。他们果然来了，当然了。她没让停车，而是继续前行，在下一个街角把车停了下来。然后她步行往回走，让门口的摄影师和记者给她让开了一条路，他们中的一个问她道："女士，您是要到卡尔德纳斯家吗？"她没有停下脚步，只是摇了摇头。挡在门前的门卫一眼就认出了她，给她让出了路，让她进到了房子里。电梯很空，她直接上到了玛丽萨位于顶层的观景豪宅。金塔尼亚板着脸给她开了门，什么话都没说，指了指卧室。

恰贝拉进了卧室，看到玛丽萨正站在窗前望着楼下的街道。发觉恰贝拉进来之后，她转过身走向恰贝拉，脸色一片苍白。她冲到了恰贝拉的怀里，啜泣起来。恰贝拉感到她的朋友的整个身子都在颤抖，她哭得越来越厉害，恰贝拉都不知道该如何开口安慰。"亲爱的，冷静点儿，"她在玛丽萨耳畔说道，"我来帮你了，来陪你了，你得坚强点儿，玛丽希达。告诉我到底是怎么回事，这一切都是怎么发生的。"

终于，玛丽萨慢慢冷静了下来。恰贝拉扶着她的胳膊把她带到了贝罗卡尔的雕塑旁的沙发上坐了下来，她自己也坐到了旁边。玛丽萨还穿着睡衣，头发散着，看上去应该已经哭了很久了，她的眼睛红肿着，嘴唇发青紫色，应该是咬了很多次的结果。

"恰贝拉，我什么都不知道。"玛丽萨颤抖着说着，恰贝拉从来都没有见过自己的朋友这样惊恐，连那双天蓝色的眼睛都失去了往日的活力。“我没能联系上他。他不在办公室，也可能他压根儿就不想接电话。太可怕了。你看到那些照片了吗？我到现在还不能相信那是真的，恰贝拉。我不知道该怎么办，我想听他解释这件事情。这种事怎么可能发生呢？我觉得自己好丢人。我从来都没有像现在这样失落。我被背叛了，太可怕了。我的爸妈、兄弟都打过电话来了，他们都很震惊。我能跟他们怎么说呢？”

“可能是电脑合成的照片，现在的人能伪造任何一样东西。”恰贝拉还在试着安抚她。

就像没有听到恰贝拉的话似的，玛丽萨继续用她那含含糊糊的声音说她的丈夫今天早晨和往常一样起得很早，他们一起吃了早饭，他还没到八点就出门去上班了。也就是在那会儿，玛丽萨接到了第一通电话，是她的表姐阿莉西娅打来的。阿莉西娅当时正在送自己的小儿子到圣奥古斯丁学校上学，等红绿灯时一个报童塞了一份《大曝光》过来，她一看到封面上是基克立刻就被吓到了，马上掏钱买了一本。裸体！是裸体啊！她的表姐也觉得照片是伪造的，是用电脑做出来的，基克是不可能做出那种事情来的。玛丽萨立刻派人买了一份《大曝光》回来，她压根儿就接受不了杂志里的那些下流的内容。整期杂志都在说什么乔西卡的纵欲！她有点儿恶心想吐。然后就是不断的来电，好像整个利马的长舌妇都行动起来了。很快，电台、报纸和电视台的人也开始往家里打电话。在今天之前，玛丽萨甚至都不知道还有这么一份杂志的存在。对，照片肯定是伪造的，是吗？因为，为了使自己相信，她一遍又一遍地对自己说基克是永远都不会干出这种事来的。最糟糕的是，她到现在都没联系上基克。要么是他不想接电话，要么就是他真的已经离开办公室了。他秘书说的话有点儿自相矛盾，一会儿说他还没去过办公室，一会儿又说他刚离开。那些可恶的记者肯定也在满世界找他，所以他藏到什么地方去了。但是，他怎么能到现在都没打电话回来安慰自己、给自己一个解释、来告诉自己那些都是谎言、很快就会真相大白呢?

“玛丽萨，冷静，”恰贝拉搂着玛丽萨的肩膀，“你得离开这儿。要是继续呆在这里的话你肯定会疯的。来，换上衣服，我让卢西亚诺的司机来接我们。我让他从正门进车库，咱们悄悄溜进车里去，不让那些记者看到。然后咱们到我家去，在那儿你能更平静一些，然后我们才能平心静气地聊这件事，去找基克。我肯定那些照片绝对是那本低俗的杂志伪造出来的，基克会给你一个满意的解释的。而现在最重要的就是离开这儿。对吧，亲爱的?”

玛丽萨点了点头，拥抱了一下恰贝拉，两个人还互相亲吻了一下。“对，对，就这么做吧，亲爱的，你能来这儿我真是太高兴了，你来之前我真的要疯掉了。”

恰贝拉吻了吻她的脸颊，扶着她站了起来。“你把必需的东西收拾一下，玛丽萨。最好在这场风暴过去之前你一直住在我那里。我们从我家给基克打电话。你收拾东西这会儿，我先给卢西亚诺打个电话。”

玛丽萨去了卫生间，恰贝拉则往卢西亚诺的办公室打了电话，一听到卢西亚诺的声音，恰贝拉就知道自己的丈夫已经得知了那件事情。

然而她还是问道：“你看了《大曝光》了吗?”

卢西亚诺用冷静的声音回答道：“我想现在这个国家应该没什么人没看过那份八卦杂志了。我正在试着联系基克，但是还没找到他。”

“玛丽萨也没找到他，”恰贝拉打断道，“但现在最重要的是把玛丽萨从家里带出去，卢西亚诺。对，我在她家呢，正陪着她。你肯定能想象到，记者已经把楼门口围了个水泄不通。你让司机把车开过来吧，我让门卫给他开门。我们就在家里等他，然后你和我们在咱们家碰头。你愿意来安慰一下她吗？”

“当然，当然，我回家吃午饭，然后和她聊聊，”卢西亚诺说，“但是现在最重要的是找到基克。我把司机派过去接你们。要是玛丽萨联系上基克的话，让他立刻给我回电话。让他在那之前不要和任何人谈这件事情。”

她们就按恰贝拉计划的那样行动了起来。卢西亚诺的司机直接从正门进了车库，她们上了车，玛丽萨缩在位子底下，好让记者看不到她。车子从记者面前驶出，他们都觉得车里只坐着恰贝拉一个人。没人跟踪她们的车子。半个小时后她们就回到了拉林科纳达，恰贝拉帮着自己的朋友在客房安顿好。这间客房很安静，和屋子里的其他房间都不挨着。安顿好行李后她把玛丽萨带到了客厅，让厨师准备了一杯热菊花茶。她坐到了玛丽萨身旁，拿着手帕给对方擦眼泪。

“他就是因为这事儿才茶不思饭不想的，都两个多星期了，”玛丽萨喝了几口茶，说道，“他骗我说是诈骗犯打电话来威胁他，现在我很确定就是因为杂志上的那些照片。”

“玛丽萨，照片是假的，”恰贝拉拉起玛丽萨的手，吻了几下，“亲爱的，你不知道我对这事感到多么遗憾。基克会现身解释它的，你放心吧。”

“你觉得我没想过照片有可能是假的吗？”玛丽萨紧紧地握着

恰贝拉的手，“但是你仔细看过那些照片了，对吧，恰贝拉？我也希望照片是假的，但那确实是他本人没错，这件丑事就摆在那里，现在所有人都知道了，没有回头路了。你能告诉我，我以后的生活会变成什么样子吗？他真是个伪君子，我没法和这种人一起生活下去了。”

就像要证实玛丽萨的话一样，妮卡希亚过来对她们说现在电视和广播全都在谈论《大曝光》上的那些照片。

“我们不想知道这些事情，”恰贝拉生硬地打断了她，“把电视和广播都关了，也别再接电话进来。当然，卢西亚诺和恩里克先生打过来的除外。”

几分钟后，卢西亚诺打来了电话。

“我刚跟基克通过话，”卢西亚诺对恰贝拉说道，“他在他妈那儿。有人给可怜的老太太看过那本杂志了，那些人的嘴巴真大。基克不得不叫了医生。对，他现在还在陪着她呢，在她平静下来之前，基克不放心留她一个人在家。告诉玛丽萨让她别去她婆婆那儿，因为那里也已经被记者们包围了。我一得空就到那儿去。你安慰一下玛丽萨，告诉她基克一把他妈妈安顿好就会去找她，给她解释这件事的。”

早上剩下的时间里，恰贝拉和玛丽萨都是在聊天中度过的，自然，聊的话题都是那期污秽的杂志。“我婆婆会气死的，”玛丽萨不停地重复着这句话，“卢西亚诺给你说过是谁把杂志拿给她看的吗？恰贝拉，利马人真是世界上最坏的人了。我很难想象那位可怜的老太太能承受住这件丑闻。她大概是我认识的人里最保守的了，看到那些照片都有可能诱发她的心脏病。你不觉得看到基克光着身子跟那些婊子干那种事情很不可思议吗？”

“亲爱的，也有可能根本就不是他，可能所有的照片都是伪造的，就是为了伤害基克。冷静点儿吧，我求你。”

“恰贝拉，我现在很冷静。但是你有没有想过，我今后的人生会怎么样？我们的婚姻会怎么样？我怎么能继续和那样的人一起生活呢？”

“玛丽萨，你现在别去想那些事情。先跟基克聊一聊。我还是相信这些伪造的照片是为了伤害基克而搞出来的。可能是有人嫉妒他，也可能是他生意上的对手，在咱们这个国家这是很正常的事情，商人们经常这样来抹黑自己的竞争对手。”

午饭的时候玛丽萨还是没什么胃口。她们打开电视想看看新闻，但是最先出现的永远都是《大曝光》上的裸体照片以及主持人歇斯底里地喊叫着：“有钱人圈子里的大丑闻！”于是她们又关了电视。大约下午四点钟的时候卢西亚诺回来了。他拥抱了玛丽萨，还吻了她一下。他给他们读了一则声明，他说他们准备以基克的名义把这则声明发给各家媒体。工程师恩里克·卡尔德纳斯·松墨尔维耶在声明中指出自己是一份专注于发布不实的八卦消息和丑闻的杂志的受害者，这本杂志在其最新一期上刊登出了涉及工程师本人的伪造照片，杂志用这种方式玷污了工程师的声誉，而工程师本人则将依照现行法律法规对这种行为进行起诉。他的律师团已经向司法部门发去了信函，要求立即中止该期杂志在市面上的流通，同时要求对《大曝光》杂志主编罗兰多·加洛、杂志内文章署名作者胡丽叶塔·莱吉萨蒙以及照片的相关拍摄者限制出境，以防止他们在因诈骗、诽谤、伪造文件、侵犯名誉等罪被起诉时畏罪潜逃。本次事件已经诉诸法律，而工程师恩里克·卡尔德纳斯·松墨尔维耶将在近期召开新闻发布会，针对本次由垃圾媒体引发的对其家人及其本人造成巨大伤害的事件作出回应。

恰贝拉望向玛丽萨，她听着卢西亚诺读着那份声明，脸色苍白如纸，目光呆滞，坐在椅子上一动也不动。卢西亚诺读完声明之后，她也没有作出任何回应。卢西亚诺把声明折了起来，向着玛丽萨靠了靠，又拥抱了一下她，然后在她额头上吻了一下。

“玛丽萨，我们已经行动起来了，”卢西亚诺说道，“想把杂志从所有的报亭撤走已经不太可能了。但是我向你保证，那些做出这些事情来的败类会付出代价的。”

“基克在哪儿？”玛丽萨问道。

“他在他的办公室待了会儿，处理了一些紧急的工作。他让我在家里等他，大概很快就会过来了。你最好还是和基克一起在我们家住几天，等事情过去了再回家。玛丽萨，你要勇敢一点儿。丑闻刚出现时都是很让人害怕的。但这些很快就会过去，然后没有人会记得发生过这些事情。”

恰贝拉觉得连卢西亚诺本人都不相信自己说的这些话。卢西亚诺实在是太正直了，连撒谎都不会。

12. 公共食堂

和往常一样，胡安早上一起床就先用自己颤抖的手握着铅笔写了一封控诉罗兰多·加洛的信。他准备把它寄给《商业报》，来抗议对方没有刊登他之前寄去的三封信件，在那些信里，他说罗兰多·加洛是“罪人，是艺术和真正喜爱艺术的观众们的敌人”，而且加洛“依旧在用他那粗鄙肮脏的杂志和专栏节目污染着所有全国艺术领域里有天赋和创造力的艺术家们的视听”，还说加洛是“令人作呕的毒瘤”。他在信上签了名，把它装进了口袋，好投到他在路上碰到的第一个邮筒里去。希望自己不要忘了这事儿才好，因为有时他真的会忘记寄信，那些信在他的衣服兜里一呆就是好几天。

他每周都会有三四次去由卡门教派修道院的嬷嬷们创立的公共食堂吃午饭，那里离胡宁大街不远。虽然公共食堂的饭不是很丰盛，但优点是全部免费。穷人实在太多了，每次都要排很长的队，而且每一轮次只有五十个名额，很多人最后只能留在门口等着下一轮，所以最好还是早一点儿过去。因此胡安早早地就从莫高隆酒店出了门，这里离巴里奥斯·阿尔托斯区并不远，他沿着阿班卡伊大道一路上行，在宗教裁判所广场和国会那里绕行一下，再沿着胡宁大街往上走一会儿就到了，离五个街角街区也不远。但是这段路对于此时的胡安来说并不轻松，他有静脉曲张，走起路来心不在焉，所以走得很慢，而且中途还要休息至少两次，所以总共得花上一个小时的时间。

塞拉芬从不陪他一起走这段路。它会陪他一起从莫高隆酒店出门，但是一旦发现胡安在往巴里奥斯·阿尔托斯区走去，它就会默默地走开。为什么它那么惧怕秘鲁市中心这片贫穷的区域呢？可能因为猫天生就有强烈的第六感。所以胡安的猫咪朋友预感到了那个区域的危险，它如果去了那里会有可能被人抓走，然后被做成“猫肉大餐”吃掉。吃掉像猫这样和人亲近的动物在胡安·佩内塔看来非常野蛮，和吃人没什么区别。

他很早就来到了修道院，尽管如此，门前的穷人、乞丐、流浪汉、失业者和看上去刚刚从山区来到利马的老人们已经排起了长队。他看到他们漠然地排着队，好像已经完全失去了人生的方向。在排了半小时的队后，胡安看到公共食堂的门打开了，排在最前面的人已经开始往里进了。在入口处他就认出了穿行在桌子之中的他的好朋友，死气沉沉、体格庞大的克莱希尔达。他招着手冲她打招呼，但是她没有看到他。他很多年前就认识她了，那时的她还在老马格达莱纳区开着一家舞蹈培训学校。但他们真正交上朋友却是在这里，在公共食堂里，从很久之前，卡门教派的嬷嬷们就开始在这里给穷人们提供免费午餐了。

菜单基本从来都没有变过，已经很旧了的铁盘里盛着面条汤、米饭和一点儿菜，饭后甜点往往是糖水苹果或糖水柠檬。人们进去的时候盘子已经摆在桌子上了，几个穿着长袍子、用头巾包着脸的女人正用大勺子往盘子里舀饭。不过吃完饭后，人们得自己把盘子送到洗碗台去，刚才负责舀饭的女人们会把盘子清洗干净。长着一双柔软而又有力的手的克莱希尔达就是那群女人中的负责人，所以她总是灵活地穿梭在桌子之间，尽管她的胸很大，腿上和屁股上也全都是肉。克莱希尔达看到胡安时，胡安正坐在一对阿亚库乔[①]夫妇身旁，夫妻俩正在用克丘亚语[②]交谈着。克莱希尔达走过来和胡安打了招呼，跟他说吃完饭后先别急着走，可以留下和她一起喝上一杯马黛茶，再聊会儿天。

胡安·佩内塔发觉自己有点喜欢上克莱希尔达了，他觉得她可能也有点儿喜欢自己，尤其是在发现她也从事过艺术表演、而且和他一样是因为那个穿裤子的魔鬼罗兰多·加洛的缘故才中止了自己舞蹈演员的事业之后，就更是如此了。克莱希尔达的经历让他感到很遗憾，而且她和他还有另一个相似点，那就是如今她在这个世界上也已经无依无靠了。她曾经有过一个儿子，但是几年前就离开了她，如今一点儿消息也没有了。据说她的儿子到丛林里谋生存去了，这让她心里很不安，她觉得他可能是陷到什么棘手的麻烦里去了，可能是当了走私犯或是做了什么更糟的事情，例如当了毒贩。另一方面，克莱希尔达还因为一次不成功的去皱纹手术而使得自己的脸永远变了形，她给胡安讲过这件事，胡安也同样觉得非常难过。她的一位朋友曾经在那位叫比琴·雷伯耶多的外科医生处做过类似的手术，而且她确实年轻了许多。于是克莱希尔达鼓足勇气也

---

① 阿亚库乔大区位于秘鲁中南部。

② 克丘亚语是秘鲁最主要的原住民语言之一。2016 年，秘鲁国家电视台推出首个克丘亚语电视新闻节目。

去做了手术，为了这次手术，她还特意到银行贷了款、按照医生的要求付了全款。你看看我现在变成了什么样子！脸肿胀着，完全走了样，眼皮却皱巴巴的，甚至连眼睛也闭不上了。她的整张脸，一直到脖子那里都毫无血色，又或者说泛着一股蓝色，就像结核病人或尸体那样。“那个外科医生和罗兰多·加洛是我悲惨人生的源头，”她总是愤恨满满地这样说道，“我永远都不会向他们低头的。”她不是那种容易意志消沉、萎靡不振的人，恰恰相反，她能够始终保持着积极的心态，在逆境中也从来没有丧失过幽默感，而这也是胡安·佩内塔最欣赏她的地方：克莱希尔达懂得勇敢地直面困境，用她那爽朗的笑声来对抗不济的时运。

第一轮的免费午饭结束了，克莱希尔达来到胡安身边，把他领到了一间小会见室里，从那里能够观察到整个食堂的情况。他们坐了下来，一起喝着她已经备好了的马黛茶，聊着天。克莱希尔达会时不时地往食堂里瞅上一眼，以确保一切正常，不过确实还没有任何人或事需要她此时再回到食堂里去。

“要是嬷嬷们发现你以前曾经是在音乐厅跳舞的会怎么样呢，克莱希尔达?”

“不会怎么样的，嬷嬷们都是好人，”她答道，“她们知道那些都是过去的事了。我现在老了，而且一直像个圣徒那样做事。我每周日都去做弥撒，领圣餐。你没发现我穿得也像个嬷嬷吗?”

她确实穿得像个嬷嬷，穿着一件粗布长衫，从肩膀一直垂到穿着拖鞋的双脚上。

“克莱希尔达，应该偶尔给我们点儿肉吃，”胡安喝了一口茶，说道，“那些菜叶子我真的是吃够了。虽说我的记忆力越来越差了，但这一点我还是能记得的。”

“华尼托[1]，要是你知道我们能够继续维持这个食堂已经算是个奇迹了，就不会这么说了，”她耸了耸肩，“真是个奇迹。捐助人越来越少了，有时候连嬷嬷们自己都吃不饱，饿得要死。要是哪天食堂关门了，我肯定不会吃惊。”

“那你到时候怎么办啊，克莱希尔达？”

“我可能就得上街要饭了，华尼托。因为我觉得自己不可能再找到什么别的工作了，毕竟我都这个岁数了。”

“好吧，其实还有另一条出路，你和我结婚，然后咱们一起住在莫高隆酒店。”

“我宁愿当个乞丐也不想接受这个提议，”克莱希尔达拍了拍他的手，笑了起来，“你真的觉得你住的那个小洞能容得下咱们三个吗？”

“三个？”胡安吃了一惊。

“还有你的猫，”她提醒道，“别跟我说你把它给忘了。是叫塞拉芬吧？”

“对，塞拉芬。你知道它为什么不肯陪我来这儿吗？我猜它是害怕这个区里的流浪汉把它抓走做成‘猫肉大餐’。”

“据说猫肉很美味，”克莱希尔达承认道，“但是说归说，我就是饿死也不会去吃一只猫的。好了胡安，咱们换个话题，你看这一期的《大曝光》了吗？”

“克莱希尔达，你是知道的，我没买也永远都不会去买罗兰多·加洛先生的任何一本杂志。”

“伙计，我也不会，”她又笑了，再次拍了拍胡安的右手，“但

[1] 胡安的昵称。

是报亭都把它挂在最显眼的位置，我有时路过的时候会看到。这么说你没看到它最新曝光的丑闻？有位大富翁在乔西卡进行了一场可怕的纵欲。我从来都没想到过他们会把那种照片刊登出来，有一张照片里那位富翁正在和一个妓女用六九式做爱。”

“六九式？”胡安·佩内塔重复道，“克莱希尔达，你肯定不相信，我从来都没有和我的阿塔娜西亚用那种姿势做过。至少我不记得我们做过。我们两个人都有点传统。”

“华尼托，我可能会用大男子主义这个词，”克莱希尔达笑道，“你压根儿不知道自己错过了什么。”

“嗯，可能你说的有理。照片里的那个大富翁是谁啊？是秘鲁人吗，一个白人？”

她点了点头：“对，对，叫恩里克·卡尔德纳斯，一个矿业大佬。华尼托，那些照片可够他受的。不过我也相信，这次那个姓加洛的臭侏儒做得有点过了，他很可能会付出惨痛的代价。”

“希望上帝能听到你的话，克莱希尔达，”胡安·佩内塔说道，“但愿这个大富翁能雇个杀手去把他干掉。据说有一些哥伦比亚杀手要价很低，都是些在哥伦比亚找不到工作而来秘鲁谋生的人，只要两三千索尔，他们就愿意去杀任何人。”

“我更想让他进监狱，华尼托。他死了对我们有什么好处？我更愿意看着他活受罪，就这么死了的话也太便宜他那种人渣了。相反，看着他被关在监狱里，一年又一年地受罪，那才是对他最好的惩罚。”

“对，对，最好再折磨折磨他，”胡安·佩内塔笑了，“把他的指甲拔了，眼珠挖出来，把他放到小火上慢慢烤，就像宗教裁判所里那些人做的一样。”

他们一起笑了，想象着发生在罗兰多·加洛身上的种种不幸，毕竟他是害他们沦落到这步田地的元凶啊。这时第二轮免费午餐也结束了。克莱希尔达不得不到食堂去洗盘子、打扫卫生了。胡安·佩内塔向她道了别，心里盘算着在回莫高隆酒店的路上一定要找个报亭看看这期的《大曝光》，看看裸体的大富翁用那出名的六九式做爱，他和阿塔娜西亚出于保守的缘故从来都没有尝试过那种体位。还是说他们曾经试过？他记不清了。但是他记得很清楚的是阿塔娜西亚一直拒绝给他“吹喇叭”，虽然那是男人们经常谈论的做爱方式。他曾经有点儿不好意思地暗示阿塔娜西亚给他吹一次，但是她毫不犹豫地拒绝了。她说忏悔牧师曾经对她说过，就算是夫妻之间，用那种方式做爱也是一种罪过。而他出于对她的爱就此放弃那种想法了吗？他不是很确定。他笑了：“华尼托，你到死都不会知道六九式和‘吹喇叭’到底是什么滋味了。”哈哈，不过就算没有这些，他和阿塔娜西亚难道就生活得不幸福了吗？

他很快就碰到了一个报亭，《大曝光》果然被夹子夹在了所有报纸的最顶上，一共两份，一份展示的是封面，另一份则展出了内页的大幅照片。胡安慢吞吞地走到了报亭处，已经有很多人挤在那里欣赏那些照片了，有些人还在读着图片旁配着的文字。他看到那位裸体的富翁摆出了能够想象到的各种姿势，她们可真配合他啊！他没能找到六九式的照片，可能是在里面的某一页中吧，太遗憾了。胡安·佩内塔对自己说应该去做一次忏悔，因为自己看了这么久如此淫秽的照片。他转而想到克莱希尔达说的话是有道理的，这次加洛是有点玩火了。照片里的这个人是个大人物，可能是全秘鲁最有钱的人之一，把他和那种女人摆着那些姿势的照片刊登出来实在是有点过分了。加洛会付出代价的，这次他可别想像以前玩弄其他人那样安全脱身了。他还没到莫高隆酒店，脑子里就已经开始构思自己下一封信的内容了。

他重拾步伐，慢慢地向酒店走去，脑海中却依然满是《大曝光》里的那些照片。原来那些姿势并不只是睡梦中才有的，现实生活中就有人在那样做着。好吧，可能只有富人才能那样，穷人是不行的。像他本人就从来都没有那么放纵过。还是说有过？在某个喝多了的夜晚？他连这一点也无法确定了。记忆力的衰退甚至让他在做忏悔时都会有麻烦，牧师经常会诧异地道："你连你有什么要忏悔的罪都不记得了？你是来嘲笑我的吗？"可能他从来就没有想过要尝试那些姿势，因为他和可怜的阿塔娜西亚用正常的体位做爱就已经很快乐了。他还依稀记得他的妻子在他们做爱时颤抖的样子。他的眼睛湿润了起来。

当走到离莫高隆酒店还有几百米时，他发现塞拉芬果然已经重新出现，跟着他的脚步在走了。"你好，小伙伴，"他对它说道，他觉得自己的心情好了一些，"至少今天你没被人抓做成'猫肉大餐'。你别担心，只要你跟在我身边，就没人会动你一根毫毛，塞拉芬。等回到酒店，我就给你喝点儿存在瓶子里的牛奶，希望还没全喝完吧。"

一回到酒店，他就迫不及待地握起铅笔开始写信，这次是直接写给"《大曝光》杂志主编罗兰多·加洛先生"的。指责他侵犯了那位和妓女们做着龌龊行为的堕落企业家的隐私权，而且用刊登淫秽图片的方式冒犯了读者们的尊严和道德，如果他的杂志落到了孩子们或是未成年人手上，还有可能把他们教坏。胡安很确定刊登这些照片必然已经触犯了某些法律，他希望检察官能够作出回应，将《大曝光》永远查封，并且还要罚款、把杂志主编判刑。

他又把信读了一遍，签了名，对自己很满意。现在他要上床睡觉了，明天一早，如果他还记得的话，就把信投递出去。

13. 失踪

“扒皮女”每天在家给自己准备的早餐都很简单：一杯加奶咖啡和一块玉米饼。但是今天不知为何，她突然决定到五个街角公交车站对面的一家咖啡厅去吃早餐。每天早上她都在那里上车，车子会经过长长的格劳大道、桑洪街和泛美大道，经过半个小时或四十五分钟的拥挤和摇晃之后，她会在苏尔基略站下车，那里离《大曝光》杂志社已经不远了。咖啡厅里不卖玉米饼，所以在点过加奶咖啡之后她说随便来点儿什么饼干就行，最后他们给她上的是松脆饼。她有点儿后悔到这儿吃早饭了：咖啡厅很脏，里面有很多喝醉酒的人，接待她的服务员是个眼里还带着眼屎的跛子，指甲又脏又长。

但是今天的好天气让她的心情好了一些。虽然是冬天，但今早的利马出了太阳，光线很充足。“连老天爷也在庆贺我们的成功。”她对自己说道。凭借着工程师恩里克·卡尔德纳斯的那些照片，最新一期的《大曝光》销量惊人。这期《大曝光》在封面上用红色和黑色的字写着："裸体的矿业巨头在偷腥！"一天之内就加印了三次啊！就在前一天晚上，心花怒放的罗兰多·加洛还在跟印刷厂商量第四次加印的事，虽然这次只打算加印一千册。

后面会发生什么事呢？工程师恩里克·卡尔德纳斯的律师函寄到杂志社后她曾经问过自己的老板这个问题，自然，恩里克坚决否认照片里的人是自己，而且还准备起诉他们。同时，他还找了些有权势的人要他们撤回当期的杂志。

"能发生什么事呢？"罗兰多·加洛耸了耸肩说道。而且加洛还大笑几声，进一步回答说："'扒皮女'，什么事儿都不会有的。在利马揭发个丑闻还要付出什么代价吗？也许会发生点儿什么特殊的事情，例如法官判咱们把《大曝光》关掉，那么我们就再办一份新的杂志，例如就叫《捉迷藏》，然后会卖得和这一期一样好。"

"扒皮女"认为自己老板的镇定完全是装出来的。因为这次的丑闻涉及的不是一个模特、舞者、演员或是喜剧圈里某个可怜的家伙，例如那个愚蠢的胡安·佩内塔，他总是写些无聊的信，然而那些信却压根儿不会对罗兰多·加洛造成任何伤害，不过那位以前的搞笑艺人却还在浪费生命写着那些垃圾。这次他们的对手是工程师恩里克·卡尔德纳斯，一位重要的企业家，有权有势还有钱，他不可能对这期杂志不作任何反击。他在杂志上可是全裸着在那些袒胸露乳的妓女中间纵欲啊。他肯定会反击的，如果他想的话，他肯定有能力让杂志社关门。总之，还是走着瞧吧，她不想心存任何侥幸，虽然她的老板罗兰多·加洛坚持认为这次会和往常一样，不会有任何风险。唉，可惜了塞费里诺·阿奎略的那些照片了。他们没能像加洛设想的那样用那些照片发财，最后它们只是变成了他们又一次爆料的素材罢了。

她为自己难吃的早餐付了钱，登上了公交车。今天车上人很少，竟然还有空位，但还是花了她四十五分钟才到苏尔基略区的泛美大道，那里离但丁街已经不远了。她步行向杂志社走去，就在这时，杂志社的摄影师塞费里诺·阿奎略一脸惊恐地向她走了过来。他和往常一样穿着蓝色牛仔裤和一件有点脏、皱皱的开襟长袖运动衫。

“怎么了，塞费里诺？干吗这么一副样子，哪个亲戚死啦？”

“胡丽叶塔，咱们能去喝点儿东西吗？”摄影师非常紧张，并没有回答她的问题，“我请你。”

“我和老板约好了，”她答道，“而且我已经有点迟到了。”

“加洛先生还没到办公室呢，”他坚持着，好像在求她似的，“就一小会儿，胡丽叶塔。我求你了，以这么长时间的同事加朋友的身份求你。别拒绝我，好吗？”

她同意了，两人一起去了杂志社旁边的一间小酒吧。酒吧的名字叫“克里奥尔式的愉悦①”，杂志社的同事们都习惯在这里喝上一杯咖啡，午休时也会来吃一份三明治配印加可乐。这次两人要了两瓶汽水。

“怎么回事，塞费里诺？”“扒皮女”问道，“给我说说吧。我想应该不是爱情上的事情吧？”

塞费里诺·阿奎略不想开玩笑，他的表情很严肃，深邃的眼神中透着一股恐惧。

“胡丽叶塔，我很害怕。”他压低声音说了这么一句话出来，好像是怕别人听到似的。这很可笑，因为这个时间的酒吧里除了他俩就没有别的顾客。“这次真的玩过火了，你不这么觉得吗？昨晚所

---

① 在秘鲁，作为形容词的“克里奥尔”专指一种精神饱满的生活作风。

有电视台播的都和这期杂志里的照片有关。今早的电台里和电视上也还是这样。”

“你还想怎样？傻瓜，这下你终于出名啦，你得感谢我们的这期杂志才是，”她依旧在和摄影师开着玩笑，“我们很久都没有哪一期杂志销量这么好了。现在我很确定，这个月底咱们能拿到全额工资啦。”

“我不是来找你开玩笑的。”塞费里诺又说道。他做了个暂停的手势，看了看周围，把声音压得很低：“那个卡尔德纳斯是个大人物，他要是想要报复的话，咱们这辈子就算完了。你别忘了文章里署的可是你的名字，‘扒皮女’。”

“而上面却没写你的名字，塞费里诺，所以你可以放心了吧，”她说完这句话就作势要站起身子，“付钱吧，然后咱们回杂志社去。你别那么胆小行吗？你这是在自己吓自己。”

“虽然文章上面没写我的名字，但是照片是我拍的，胡丽叶塔，”他用一种夸张的紧张语气说道，“而封底上的工作人员名单里唯一的摄影师就是我。我这次肯定陷到大麻烦里了。加洛先生在用我的照片做这些事之前应该先问问我的。”

“这是你的错，塞费里诺，你自找的。”“扒皮女”毫不留情地说道。不过她发现塞费里诺还是一脸恐惧，于是又冲他笑了：“没人会知道是你拍了那些照片。你就放心吧，以后也别再想这事了。”

“胡丽叶塔，你发誓你没跟别人提起过照相的人是我，以后也不会告诉别人。”

“我发誓，塞费里诺。赶快把这事忘了吧。没人会知道的，你一点儿事都不会有。别担心了。”

摄影师还是一脸被折磨得不轻的表情，他付了钱，两人一起走了出去。罗兰多·加洛还是没有来杂志社。在等他的期间，“扒皮女”翻看了一遍当天所有的报纸。妈的，真不安生！所有的报纸全都在疯狂报道乔西卡丑闻，连最严肃的报纸也是如此。“扒皮女”暗中笑道，这下那位工程师肯定快要被唾沫淹没了。她看完报纸已经是上午十一点了，奇怪的是罗兰多·加洛依旧没有现身，甚至连解释迟到的电话都没打来过。她给他的手机打了电话，关机。还在睡觉吗？这很奇怪，她的老板从来都没有无缘无故爽约过，就算是和他的下属也没有过。“扒皮女”看了看周围，办公室里充满着诡异的静谧。没人敲击键盘，也没人说话。艾斯特莱伊妲·桑迪瓦涅斯像被催眠了似的直勾勾地盯着自己的办公桌；老佩平·索蒂略斯嘴里叼着半根烟，但是好像已经忘记自己在吸烟了；丽丝贝斯·卡尔内罗也正在走神，正在不安地咬着指甲。房顶的窗户外落了一只鸟，正用凶狠的目光盯着自己脚下的这群奇怪的“小动物”。所有人都很严肃，都在望着她，等待着，毫不掩饰自己内心的不安。可怜的塞费里诺·阿奎略的表情看上去就像是要到断头台赴死的人似的。

不久之后他们又收到了利马刑事法院的两份传票，都和这一期杂志有关，一份是卢西亚诺·卡萨斯贝拉斯律师事务所代表工程师恩里克·卡尔德纳斯提起的诉讼，另一份诉讼则是一个叫“模范行为”的宗教组织提起的，他们认为《大曝光》杂志社涉嫌“公开出版淫秽内容”。胡丽叶塔把传票放到了罗兰多·加洛的办公桌上，并且确保办公桌上的东西和往常一样整齐。她回到了自己的办公桌，开始翻看工作记录本。她给可以深入调查的话题列了个单子，随后上网进一步搜索资料，并做了记录。她决定先从发生在秘鲁和玻利维亚交界处的布诺市的一起儿童交通事故入手。有传闻说，有一伙逃犯专门绑架出生在玻利维亚印第安家庭的儿童，再把他们卖到边境的秘鲁黑手党那里，这些黑手党会把孩子们转卖到自己不能生孩子、又不想花那么多时间走正规领养程序的家庭手里，通常都是些外国家庭。她就这样工作到了中午一点钟。她发现她的同事们都围到了自己的办公桌旁：《大曝光》的三名记者、两位编辑和摄影师塞费里诺。所有人的表情都很严肃。塞费里诺更是吓得连呼吸都困难了。

“本来十二点要开例行的工作分配会议的，现在已经过了时间，”杂志社资历最老的记者佩平·索蒂略斯看了看手表说道，“都快一点了。”

“我承认，这确实有点奇怪，”“扒皮女”同意道，“我和老板还约了十一点见面。今天上午没人和他通过话吗？”

没有，没人和他通过话。索蒂略斯给他打过很多次电话，但始终都是关机状态。“扒皮女”看了看同事们拉得长长的、不安的脸。确实非常奇怪，老板虽然有很多缺点，但是从来都很守时。他总是准时赴约，甚至会早到，尤其是开每周例行会议的时候。胡丽叶塔决定让办公室的人行动起来：她让索蒂略斯给医院和诊所打电话，看看加洛是不是出了交通事故；让艾斯特莱伊妲·桑迪瓦涅斯和星座专栏写手兼恋爱专栏编辑丽丝贝斯·卡尔内罗到警察局去看看老板是不是出了什么意外。至于她自己，则到加洛位于乔里约斯街的住所看一看。

她上了街，本打算打辆出租车，但是她看了看自己钱包里的钱，觉得应该不够来回的打车费用，因此还是决定到公交车站等公交车。她用了将近一个小时才到达《大曝光》杂志主编的家。房子很小，是上世纪那种用水泥和木头搭成的老房子，屋门前用栅栏把房子和街道隔了开来。她按了很长时间的门铃，但是没有人来开门。最后她决定到邻居家去问问他们有没有见过加洛。这个想法最终也并没有起到什么作用，左侧的房子是空的，右侧房子里的邻居过了很久才给胡丽叶塔开了门，那个女人对她说她连自己的邻居叫罗兰多·加洛都不知道。“扒皮女”回到杂志社的时候已经两点半多了，没有人得到什么有用的情报。现在唯一确定的是医院、诊所和警察局都没有他们老板的消息，没有任何东西能证明加洛出了意外。

同事们又聊了好一会儿，互相交换着意见。他们都很迷茫，不知道接下来该做些什么。最后他们决定还是先各自回家，四点钟的时候大家再从各自的住处返回办公室，看看到那时有没有关于主编的新消息出现。

“扒皮女”还没走到公交车站就被人拉住了胳膊，是摄影师。塞费里诺此刻紧张得连话都不连贯了。

“我一直说这事儿很危险，这次的事情会给我们带来巨大的麻烦。”他匆忙地说着，“胡丽叶塔，你觉得加洛到底出什么事了？他被抓了吗？他们对他做了什么？”

“我们还不能确定出了什么不好的事，”她生气地回答道，“你别再自找麻烦了。可能是他突然有了什么急事，也可能找乐子去了，我怎么知道呢？塞费里诺，有点儿耐心好不好。咱们下午再碰头，也许到那时他就现身了，所有的一切就都真相大白了。你现在别自寻烦恼，也别那么不知所措。要做这些，后面有的是时间。现在请先放开手。我很累了，我需要回家休息一会儿，然后安静地进行思考。要想清楚事情的原委，就必须有足够冷静的头脑。”

摄影师松开了手，但是就在她要离开时又听到对方说道：“胡丽叶塔，我有一种很不祥的预感。他的失踪肯定预示着什么不好的事情。”

“真是个胆小鬼。”她这样想道，却并没有开口回应。她花了一个小时的时间才回到自己位于五个街角街区的家中。她没给自己做什么吃的，而是直接躺到了床上。虽然她在办公室安慰了塞费里诺和其他的同事，但实际上连她自己也感到此事有点儿非同寻常。罗兰多·加洛是绝对不会就这样失联的，连个信息都没留，而且今天还是要开例会的日子，大家本来要一起讨论下一期杂志的内容的。这次失联和对卡尔德纳斯工程师的爆料有联系吗？如果真的是一次失踪事件，那么她觉得就一定和这次爆料有关。她真的感觉自己很累。不是因为一上午的忙碌，而是因为担心、疑虑，甚至是对可能发生在自己的老板身上的事情的恐惧。她有点儿精疲力尽了。

当她睡醒时，看了看手表，已经是下午四点了，她睡了不到一个小时。这大概是她人生中第一次午休吧。她洗了脸，回到了杂志社，其他同事都已经回来了，依旧拉着长长的脸，谁都没有得到关于罗兰多·加洛的最新消息。

“咱们还是一起去警局报案吧，”“扒皮女”最后下定了决心，“毫无疑问，老板肯定出事了，最好还是让警方去找一找。”

《大曝光》杂志社所有的工作人员一起去了苏尔基略警察局，警局离杂志社并不远，就在但丁街上。他们要求跟警长见面，为此他们在警长办公室门口挨着一尊巨大的圣母像站着等了将近半个小时。警长终于允许他们进办公室了，老索蒂略斯给他解释了前因后果，说他们的老板罗兰多·加洛已经失联二十四小时了，这是之前从未发生过的事情，没有任何留言，而且是在他们召开每周工作例会的日子。身上挂满荣誉勋章、留着胡子的警长让他们做了登记，还让所有人都签了名。他承诺说警察局会立刻着手调查，他相信很快就会有调查结果的。

从警察局出来后，大家还是担心警长只是在敷衍他们，于是决定再去一趟与《大曝光》有合作关系的律师事务所。“扒皮女”和索蒂略斯都和胡利乌斯·阿里斯佩律师很熟悉。尽管已经将近晚上七点了，胡利乌斯还是在位于西班牙大道的办公室里接待了他们。胡利乌斯为人和善，谁有困难都乐意施以援手。他有拍鼻子的习惯，好像在驱赶苍蝇似的。他全神贯注地听了“扒皮女”的解释，然后说没错，事情很不一般，尤其是这事儿发生在像加洛先生这么有名望的记者身上。他说他可以去找一下内政部长，那人和他是老朋友了。

他们从事务所出来的时候天已经全黑了。他们还能做些什么呢？都这个点儿了，他们什么都做不了了。他们约定第二天早晨十点在杂志社碰头。众人互相道了别，“扒皮女”看到塞费里诺·阿奎略又靠了过来要跟她单独说话了。她赶忙止住了他，用干巴巴的声音说道：“塞费里诺，现在别跟我说话。我知道你快被吓死了。我也知道你觉得加洛的失踪和你那些乔西卡纵欲的照片有关。我也很害怕，很担心。但是现在这个时候我们最好还是先别谈论这件事了，在得到关于加洛的进一步消息之前都别再说这事儿了。塞费里诺，你听明白了吗？我现在很紧张，你别再给我添堵了，好吗？明天再聊。”

她离开了他，这才想起自己将近一天没吃东西了，于是她刚在五个街角站下车就又去了吃早饭的咖啡厅。但是她还没点任何东西就站起了身子，往家走去。既然没有任何胃口，那又为什么要点东西吃呢？她此时觉得任何塞到嘴里的东西都会让她反胃。她沿着胡宁大街快步走着，因为天已经黑了，已经到了毒品买卖、肉体交易和拦路抢劫的时间了。她走到一户人家门前的栅栏跟前时，突然蹿出了一条狗，冲着她狂吠起来，把她吓了一跳。

一回到家她就打开了电视，一个接一个地换台，想看看电视上有没有关于加洛的消息。什么都没有。她关掉电视后呆坐在客厅里，客厅里只有一盏灯，微暗的灯光透过堆成山的报纸和杂志的缝隙洒到了客厅中。加洛到底出了什么事？一张银白色的蜘蛛网挂在她头顶正上方的房顶上。被绑架了吗？不太可能。罗兰多·加洛穷得连一个子儿都没有，绑架他干什么呢？是恐怖分子搞的？可能性也不大，因为《大曝光》从来就不掺和政治，虽说有时候也会爆一些政客的丑闻，但也仅限于此了。有人说老板是为“博士”工作的，这是真的吗？那可是藤森政府的国家情报局主管啊！这种传闻很早之前就有了，但是“扒皮女”从来都没有能鼓起勇气去询问罗兰多·加洛。不过就算“光辉道路”或者图帕克·阿马鲁组织想要绑架记者的话，也应该去绑架《商业报》、某个大型电视台或秘鲁广播电台的负责人才对啊，他们为什么要绑架一个像《大曝光》这样不入流的杂志的主编呢？

她就这样一直在阴暗的客厅中呆坐着，没有勇气到卧室去睡觉，直到一分钟或是一个小时之后——她已经对时间失去概念了——突然有人开始敲她家的房门。这突然的惊吓使得她从座位上跳了起来，她的手心都已经出汗了。敲门声又响了起来，这次更急促了。

“谁啊？”她没有开门，高声问道。

“警察，”一个男人的声音答道，“我们来找胡丽叶塔·莱吉萨蒙小姐，您就是吗？”

“有什么事吗？”她问道。她的心跳得飞快。

“我们是内政部的，小姐，”同一个声音回答道，“请开一下门，然后我们来解释一下来叨扰您的原因。没什么可害怕的。”

她还是很害怕，但依然开了门，然后就看到门外站着两个穿着宪兵制服的男人。在远处，这条巷子的尽头，还停着一辆闪着警灯的警车。

“我是菲利克斯·马杜埃尼奥队长，”手里拿着圆顶军帽的男人说道，“您就是记者胡丽叶塔·莱吉萨蒙小姐吗？”

“是的，我就是，”她点了点头，努力控制着自己的情绪，“有什么要我做的吗？”

“您得和我们走一趟，去做个辨认，”队长说道，“小姐，很抱歉这个时间来打扰您。但是事情有些紧急。”

“辨认？”她问道。

“您和您的同事们今天下午在苏尔基略警察局报了案，说是《大曝光》杂志的主编罗兰多·加洛先生失踪了，是吗？”

“没错，他是我们老板，”“扒皮女”说道，“有他的消息了吗？”

“可能吧，”队长暗示道，“所以我们才需要您去做个辨认。不会耽误您很久的。辨认完后我们还会把您送回来，请不要担心。”

上了开往格劳大道的警车、坐在后座上之后，“扒皮女”才鼓足勇气问道：“队长，我们这是要去哪儿呢？”

“停尸房，小姐。”

她没再开口说话。她感到空气凝固了。她张大了嘴，努力想多呼吸一点儿从半开着的车窗外进来的新鲜空气。他们在黑暗中走过了一条又一条街，最后“扒皮女”终于认出了格劳大道，看到了五月二日医院。她有点儿头晕，感觉自己快要窒息了，她真怕自己随时有可能吐出来。她闭了一会儿眼睛，每当她失眠时就喜欢把眼睛闭上数数。她都没有留意车是什么时候停下来的。菲利克斯·马杜埃尼奥队长扶着她的胳膊帮她下了车，然后领着她穿过了几条阴暗潮湿的走廊，墙壁上有一股药味，这让她感到有些恶心，甚至有点胃痉挛。最后他们来到了一间很亮堂的房间里，里面站着很多人，都是男人，有一些穿着白大褂、戴着口罩。她的腿开始发抖了，她知道一旦马杜埃尼奥队长松开手，她肯定会立马跌坐到地上。

“到这边来，这边。”有人对她说着话，她感觉自己被那群脸上混合着嘲笑、怜悯和鄙视神情的男人们拉拽着，推搡着。

“能认出来吗？这人是罗兰多·加洛吗？”另一个声音不断地问道，而“扒皮女”过了很久才反应过来。

在白亮的灯光下，有一张桌子，或者说一块由两个架子支撑起来的板子，躺在上面的人身上到处都是血和干泥巴。

“我们知道这很难，因为，正如您所看到的，他们已经把他的脸砸烂了。但是我们还是想知道您是不是认出来了？是他吗？是记者罗兰多·加洛吗？”

她全身都麻痹了，既动弹不得也说不出话来，连点头都不能了。她的眼睛依旧直勾勾地盯着那具满是血和泥、散发着臭味的尸体。

“她当然已经认出来了，肯定就是加洛本人啊，”她听到菲利克斯·马杜埃尼奥队长说道，“但是医生您最好还是给这位小姐开点镇定剂或是其他类似的东西吧，您没看到她都成什么样了吗？她随时会吐到我们身上。”

14. 夫妻关系的破裂与修复

“让我回家吧，亲爱的。”基克恳求道。他不修边幅，声音微弱。玛丽萨猜想自己的丈夫在这短短几天里已经瘦了好几公斤了。他没打领带，穿着一件皱巴巴的衬衫。“我求求你了，玛丽萨，我跪下求你都行。”

“我同意你来是想让你谈些有实际意义的事情，”她干巴巴地答道，“但是如果你还是坚持聊这个没有意义的话题的话，那你还是走吧。”

两人此时正坐在露台旁的小饭厅里，他们以前习惯在这里吃早餐。天已经开始黑了，利马城在浓雾中又变成了漆黑一片，只隐约能看到远处无数星星点点的光亮。基克就在玛丽萨跟前，在玻璃桌的另一端坐着，眼前放着一杯矿泉水。

“美国妞，我们当然要谈有实际意义的事情，”他叹着气、痛苦地说道，“但是我真的不能再住在我妈那儿了，我的东西都在家里啊。让我回来吧，我求你了。”

“基克，你可以把你的东西全搬到你妈妈那儿去。”她提高了音量，用一种坚定的语气回答道。她连一秒钟的犹豫都没有，双目紧盯着基克的眼睛，连眨都不眨一下。“你永远都不能再回这个家了，至少只要我还住在这就不行。你赶快拿个主意吧，因为我绝对不会原谅你对我的所作所为。这话我已经跟你说了很多遍了。我想和你离婚，我不想再和你过了……”

“我什么都没对你做，照片里的那个人不是我，你得相信我，”他恳求道，“我也是这场骗局的受害者，玛丽萨。你作为我的爱人，不能在这个时候不帮助我，而去相信我的敌人们，帮他们来伤害我啊。”

“基克，那就是你，别跟我厚着脸皮撒谎。”她打断了他，眼神中满是愤怒。她穿着一件裁剪得很合身的上衣，肩膀和胸的上部裸露着，她的皮肤还是那么白，金黄色的头发散开着，穿着拖鞋，说：“出于法律上的考虑，你可以否认照片里的人是你。但是对我，你还是老实点儿吧，小家伙。你难道不知道我这辈子看过多少次你裸体的样子吗？那就是你，你别跟我装傻。你除了干出那些事之外竟然还让摄影师把它们照下来。你成了全利马的笑柄，我也一样，这都是你的错。就像《大曝光》上说的那样，这是全秘鲁最出名的通奸事件了吧！你知道我爸妈和兄弟们的生活也同样受到了巨大的波及吗？就因为你干的那些丑事！”

恩里克喝了口杯子里的矿泉水，他试着抓起玛丽萨的手，但是她立刻把手抽了回去，脸上露出了不满的神情。

“我是绝对不会和你离婚的，因为我爱你，我很爱你，”他继续恳求道，好像马上就要哭了，“我一直都那么爱你，玛丽萨。你是我唯一爱的女人。我发誓，不管你怎么说，我都会努力让你重新爱上我的。你觉得我对于这件事心里没有感到愧疚吗？你觉得……”

口袋里响起的一阵电话铃音打断了他的话。他把手机拿了出来，看到是卢西亚诺打来的电话。

“对不起，美国妞，”他对他的妻子说道，“是卢西亚诺打来的，可能是很紧急的事。喂？对，卢西亚诺，我在家里呢，和玛丽萨在一起。嗯，方便说话。有什么新情况吗？”

玛丽萨盯着她的丈夫，基克听着卢西亚诺在电话里说的话，脸色变得越来越差，他张大了嘴巴，一道口水沿着他的嘴角流了下来，而他甚至都没有觉察到，也没去擦拭。到底是什么事竟然能让基克变成这个样子呢？他不停地眨着眼睛，表情愈发呆滞了。可能卢西亚诺也察觉到了基克不太对劲，因为玛丽萨听到自己的丈夫说了两次“嗯，嗯，我在听”。最后他用细若游丝的声音说道：“好，卢西亚诺，我现在立刻过去。”但是挂了电话后，基克却没有立刻起身，他的脸色惨白如纸，依旧呆坐在椅子上，面朝着玛丽萨，眼神迷茫，嘟囔道：“不可能，我的天啊，这不可能，怎么又来这么一出呢？”

玛丽萨也变得紧张了起来：“基克，出什么事了？卢西亚诺跟你说什么了？又有新麻烦了？”

恩里克把眼睛转向她，好像刚刚发现玛丽萨还在跟前似的，又好像刚刚认出眼前坐着的人是自己的老婆。

“有人把罗兰多·加洛杀了。”她听见他的声音就像孤魂野鬼一样，眼神迷茫的样子就像是个疯子，“据说手段很残忍。不知道被捅了多少刀，而且还把他的脸砸烂了。警方刚刚在五个街角街区发现他的尸体，就躺在大街上。你知道这意味着什么吗，玛丽萨？”

他试着站起来，但是脚下一滑。他想扶着座椅靠背来稳住身子，但是也没成功。他先是双膝着地，然后整个人都跌倒在了客厅的地毯上。玛丽萨赶忙上前扶着基克，她发现他的眼睛紧闭着，额头上全是汗，嘴里都是泡沫，浑身颤抖着。

“基克，基克！”她喊叫着，摸了摸他的脸，摇了摇他，“你怎么了？你别吓我啊！”

她的喊叫声引来了管家金塔尼亚，佣人也快速地跑到了小客厅来。

“来帮我把他抬起来，”她命令道，“咱们把他抬到沙发上，要慢慢的，别磕着他。快给萨尔达尼亚医生打电话，要快！到电话簿里找电话，快去！”

他们三个人一起把基克抬了起来，管家和女佣在给基克的额头上放冷毛巾的时候，玛丽萨努力想在电话簿里找到萨尔达尼亚医生的电话。基克睁开了点儿眼睛，说话含含混混的：“怎么了？怎么了？”玛丽萨赶忙扔下电话簿，跑到了沙发边，抱住了自己的丈夫。她吓坏了，哭出了声来。

“哎呀，基克，你吓死我了，”她说道，“你晕倒了，我以为你要死了呢，正准备给萨尔达尼亚医生打电话。你想让我给你叫辆救护车吗？”

“不，不用，我好点儿了。”他嘟囔着，拉起了玛丽萨的手，吻了几下。他把她的手放到唇边，说道：“亲爱的，大概是因为这几天太紧张了。再加上这个可怕的消息。”

“没什么可怕的，我们该庆祝才是。”玛丽萨说道，这次她没抽回自己的手，就让自己的丈夫握着它，吻着它，“有人把那个让我们陷入这场麻烦中的混蛋、那个狗屎杂志的主编杀了，这和你有什么关系呢？我只想说杀得好。”

“我爱你，我需要你，亲爱的，”他抬起头来，想要找到玛丽萨的嘴唇来吻她，“亲爱的，我们不应该为任何人的死感到高兴，包括那个混蛋。但是你想想，这次谋杀对我而言意味着什么？很快，那场丑闻就会再次被人提起了。”

“你感觉好点儿了吗？”她摸了摸他的额头。此时她的脸上已经没有愤怒的神情了，转而变成了担心，“还好，没发烧。”

“我好多了，”他把身子靠向了她，“卢西亚诺还在办公室等我呢，我得走了。”

“基克，你得再休息一会儿，”她试着抚平基克衬衫上的褶皱，“你就像个流浪汉似的，衣服上全是皱。”

“你担心我了，”他摸着她的脖子，扯了扯她的衣服，“没错，我晕倒的时候你担心我了，也就是说你还是爱我的，是吗，美国妞？”

“我当然担心你了，”玛丽萨点了点头，但脸上还是装出了严肃的表情，“但这不意味着我爱你。我永远对你失望了，绝对不会原谅你的。”

她机械地说着这些话，连自己都觉得有点儿假。于是基克鼓起勇气搂住她的腰，把她拉到了自己身边，而玛丽萨也没作任何的抵抗，于是他又把嘴巴凑到她的耳根上。金塔尼亚和女佣看到这个场景，交换了一个眼神，默默退了出去。

“我得去找卢西亚诺谈谈这事儿，”他亲吻着、轻咬着玛丽萨的耳朵，对她说道，“然后我会回到家里，和你做爱。你太美了，我从来都没有过这么强烈地想要把裸体的你拥入怀中的感觉，美国妞。”

他寻找着她的嘴唇，她也任由他亲吻着自己，却始终紧闭着双唇，没有主动回应。

“你想用你和那些婊子们的那些姿势来和我做爱吗？”她把他送到门口时问道。

“我要和你做一整晚，我真的从来都没有觉得你这么美，”他打开了门，说道，“我很快就回来，你先别睡，不管多困都别睡。”

他上了车，命令司机把他带到卢西亚诺的律师事务所去。自从出了《大曝光》的丑闻之后，他就没自己开过车了。他想，多亏了这场发生在加洛身上的惨案，他才能再次回到高尔夫俱乐部旁的家里，回到自己的床上，再次跟玛丽萨做爱。他刚才对她说的话并不是编出来的，全都是内心所想：在这场丑闻过后，美国妞真的变得更漂亮了。他们说话的时候他就有欲望了，而现在他十分确定今晚将会是他和玛丽萨度过的最美妙的夜晚之一。他们多久没有做爱了？至少三周了，从罗兰多·加洛把那些照片带到办公室来的那天开始。而那家伙现在竟然死了，在巴里奥斯·阿尔托斯区被人用那样残忍的方式杀害了。后面会发生什么呢？不管怎样，那场丑闻又要持续发酵了，自己的名字又要出现在报纸、广播和电视上了。他感到一股凉意：又要发表无聊的声明了，又得做那些令人反感的表态了，而且还得时刻注意自己的言行举止，到哪儿去、去见谁都得小心翼翼，好让公众和媒体挑不出刺儿来。

“你终于和玛丽萨和好啦？”卢西亚诺在办公室里刚见到基克就问道，“至少她又让你进家门了。”

“对，至少有点儿进步了，”基克承认道，“加洛的死是怎么回事？知道是谁做的吗？为什么要把他杀掉？”

卢西亚诺接到了“博士”本人打来的电话，在此之前他已经因为照片和敲诈的事跟“博士”见过两次面了。

“他给我打电话说他们在巴里奥斯·阿尔托斯区的五个街角街区找到了加洛的尸体，他被捅了很多刀，脸还被砸烂了，被扔到了一家赌场门口，”卢西亚诺解释道，“警方还没有表态。他打来电话是为了提醒我，咱们想要平息下来的事件怕是又要被人提起了。我也是这样想的，很遗憾，基克。”

“抓到凶手了吗？”

“还没有，但是‘博士’说警方很快就会把加洛的死公布出去，会专门开个新闻发布会。今晚各大媒体肯定会大肆报道。你不需要对这件事做任何的表态，也别让媒体有借口把加洛的死和之前的那件丑闻联系到一起。不过他们肯定会那么干的。”

卢西亚诺闭上了嘴，用一种恩里克觉得很奇怪的眼神望着后者，脸上挂着不信任、很冷峻的表情。国家情报局的主管还跟他说了什么别的事情吗？卢西亚诺有什么事情瞒着自己吗？

“你怎么了，卢西亚诺？我能问一下你为什么这样盯着我看吗？”

律师走到他身边，拉着他的胳膊，很严肃地、静静地看了他一会儿，他的眼神中透着谨慎和疑虑。

“基克，我得问你一个问题，我希望你能认真回答我，”他拍了拍基克的胳膊，说道，“我不是以律师的身份问你的。我问这个问题单纯是因为咱们有这么多年的友谊。”

“卢西亚诺，我真不希望你要问我的问题是我心里想的那个。”恩里克吃了一惊，答道。

“就是那个问题，基克，”卢西亚诺坚持道，“你和这事有关吗?”

基克感到自己有些眩晕，他怕自己又要晕倒了。他的胸口很闷，身旁所有的一切好像都晃动了起来。他扶住了办公桌的边缘，说道:“你怎么会有这种想法?卢西亚诺，这不该是你问的问题啊!你是在问是不是我自己或者是我派人杀了那个蛀虫?你是在问我这个吗?你觉得我能做出那种事来吗?”

“回答我，基克，”卢西亚诺把手放到了基克的肩膀上，“直截了当地告诉我说你跟罗兰多·加洛的死没有任何关系。”

“我当然跟他的死没有半点儿关系，卢西亚诺!你都认识我一辈子了，我真不相信你竟然能问出这个问题来!你竟然觉得我是个会杀人的人!”

“很好，基克。”卢西亚诺长出了一口气，看上去放松了一些。他面带微笑地说道:“我相信你，我从来就没有怀疑过是你做的。但我还是想听你亲口告诉我。”

卢西亚诺松开了手，示意基克坐到办公室里那些皮质封面书籍下摆放着的一张椅子上。

“基克，我想知道你这四十八小时的行动轨迹，越详细越好。”

卢西亚诺又变得严肃了起来，很冷静地说着话，手中还拿着笔和本子。他又变回到了平时的工作状态。和此时外表邋遢的基克不同的是，卢西亚诺穿着熨烫整齐的红白色条纹衬衫，衬衫上的扣子是银白色的，另外还戴着酒红色的领带，脚上穿的皮鞋像镜子一样闪亮。

“但是为什么要问我这个呢?卢西亚诺，你能给我解释一下吗?”基克又紧张了起来。

“基克，因为你是这起案件的第一嫌疑人。”他的朋友很冷静地回答道。他摘下了眼镜，拿着它边比划边说：“你不会蠢到没想到这一点吧？加洛刚刚把你的丑闻爆出来，甚至连国外都知道那件事了，他毁了你的生活，威胁着你的婚姻、荣誉等等。而现在，所有的八卦媒体又要卷土重来，再拿这事做文章了。它们肯定会说是你出于报复的目的雇凶杀人。你没想到这个吗？”

恩里克听呆了，他有一种错觉，他觉得卢西亚诺在说的并不是自己，而是别的什么人。

“所以我需要你现在坐在我的办公室里，给我列个单子，越详细越好，给我写清楚你在这四十八个小时里面都去过什么地方，见过什么人。对，基克，立刻、马上！我们现在正处在一场新的丑闻发酵的边缘，所以最好提前作好准备，以免我最担心的事情发生。好了，坐下，开始给我列吧。”

恩里克听话地服从着卢西亚诺的指示，坐到了卢西亚诺的办公桌前。在半个小时的时间里，他试着把近两天里所有自己做过的事情写了下来。他原以为会很容易，但当真正开始下笔时才发现有很多事情自己已经记不清了，也有很多时间搞混了。但他最终还是把单子列完了，卢西亚诺立刻仔细地读了起来。

“基克，也有可能是我太敏感了，可能压根儿不会出什么事，”卢西亚诺安抚着对方，“但愿如此吧。但是没人能未卜先知，所以还是准备万全才好。你要是又想起什么来，就立刻给我打电话，再细微的东西也要告诉我。”

“也有可能又是一场糟糕的噩梦，”基克叹气道，“我刚以为暴风雨要过去了，结果又来了这么一出。这就是人们常说的祸不单行吧。”

“你想来杯威士忌吗？”卢西亚诺问道，“也许喝上一杯，你会感觉好一点。”

“不要了，我更想上床睡觉，”基克答道，“我感觉自己就像刚从纽约跑了场马拉松回来，老朋友。”

“好吧，回去休息吧，基克，”卢西亚诺道，“好好安慰一下玛丽萨，咱们明天再聊。”

到自己家楼下后，基克和司机道了别，静静地坐电梯上到了顶层观景豪宅里。他在想玛丽萨会不会给门上锁了，但是并没有，他很顺利地开了门，回到了家里。佣人们说夫人已经睡下了，还问他要不要准备点儿吃的东西。他说他不饿，跟他们道了晚安。金塔尼亚，一位在基克家干了很多年管家的阿亚库乔人，在基克路过自己身边时说：“真高兴您能住回来，堂·恩里克先生。”

卧室里一片漆黑，但是基克并没有开灯。他就在黑暗中脱了衣服，连睡衣也没穿，直接光着身子钻进了被窝里。玛丽萨的身体和气味让他又一次有了欲望，他没说一句话，伸手探到了玛丽萨所在的位置，一把搂住了她。

“我爱你，我爱你，”他嘟囔着，吻着，把身子贴到了玛丽萨的身体上，紧紧地抱着她，“我向你道歉，因为我的缘故，你这些日子吃了不少苦，对不起，玛丽萨，我亲爱的。”

“我觉得我永远都不会原谅你了，坏蛋。”她转过了身子，面对着基克，也抱住了他，开始吻他，“我要让你付出很大的代价才行！”

15. “扒皮女”的恐惧

那位来五个街角找她、把她带到停尸房去的菲利克斯·马杜埃尼奥队长是称呼她“胡丽叶塔·莱吉萨蒙”吗？如果是的话，那么他的消息确实很灵通。对，胡丽叶塔是她的名，但是很少有人知道她姓莱吉萨蒙。所以有人称呼她全名时她会觉得很不适应，因为几乎所有人都在叫她的绰号“扒皮女”，或者也有人叫她“胡丽叶塔”。而她给自己写的文章署名时用的也都是她的绰号或是名。把她带回阿兰西比亚上尉大街的车上已经没了宪兵，只有两名警卫。在回家的路上，两名警卫都没有跟她说话，但她看得出来，他们对她居住的巴里奥斯·阿尔托斯区非常熟悉。

回到家后，“扒皮女”进了厨房，她喝了杯水，脱了鞋，穿着衣服就上了床。她觉得很冷。随之而来的是一股失落的情绪，深深的失落，心都要碎了。她又记起了自己在停尸房里看到的东西：罗兰多·加洛的尸体。她不是个爱哭的人，但是她感觉自己此时的眼眶已经湿润了，紧接着，几颗泪珠沿着脸颊滑了下来。太冷血了，太残忍了，他们拿石头之类的东西把他的脸砸烂了，还往他的尸体上补了很多刀。这绝不是一起普通的抢劫杀人案，绝对不是那些抢钱包和手表的可怜的魔鬼们做出来的。绝对是一场报复，是一场经过精心策划的谋杀，很可能是雇凶杀人。是杀手做的，一定是职业杀手做的。

她浑身都在颤抖。除了恩里克·卡尔德纳斯，还有谁会这样报复加洛呢？加洛不是刚刚才把塞费里诺·阿奎略拍的那位大富翁光着身子纵欲的照片刊登出来吗？操他妈的，真是个婊子养的。要是知道他们对《大曝光》主编所做的事情，可怜的塞费里诺会吓得蛋都碎了的。不过这也不是没有原因的，既然那些人能对杂志主编做出这种事情来，那么有什么理由不会对照片的拍摄者下手呢？最好还是警告他，让他消失一段时间好了，那些人肯定正在找他呐。但是她发现自己既没有塞费里诺的地址也没有他的手机号码。而且她也不想在第二天再去办公室了，就算是疯了她也不想过去了。实际上连杂志还能不能继续生存下去都是未知数。肯定办不下去了，杂志肯定会和可怜的加洛一样从这个世界上消失的。她也会有危险吗？她想让自己冷静地想想这些事情。是的，毫无疑问。全世界都知道从很久之前她就是加洛的左膀右臂了，她“扒皮女”可是《大曝光》的明星写手啊！尽管和那些照片配套的文章是罗兰多·加洛亲自写的，但是她也为那些文章搜集过资料，并且文章也是由她和加洛一起署名的，所以她肯定也会被盯上。

“你让我陷进了一场怎样的麻烦啊，老板。”她大声地自言自语道。她很害怕。她其实老早就想到过自己这份专门揭发名人丑闻的工作早晚会把她置于危险的境地，甚至有可能坐牢或是有生命危险。时候到了吗？难道她不是每日每夜都在钢丝上行走吗？她可是住在五个街角啊，整个利马城里最暴力的街区之一，这里到处都有烧杀抢掠、聚众斗殴。她记得加洛曾经开过他们从事的职业的玩笑："总有一天会有人来朝我们头上打一枪的，'扒皮女'，但是值得欣慰的是，咱们会成为传媒界的英雄，人们会给咱们立雕像的。"加洛开完这个玩笑后哈哈大笑起来，那尖锐的笑声就像是有块石头在他的喉咙里摩擦。当然他当时并没有把自己的话当回事，然而现在他已经变成一具冰冷的尸体了。

太可怜了。罗兰多·加洛是她的老板，也是她的导师、启蒙者，甚至可以算是她唯一的家人。没有了加洛，世界都显得空荡荡了起来。也许从某种意义上来说，加洛还是她的暗恋对象。当然除了她自己，没人知道这个秘密，而她自己也一直把这个秘密藏在了内心最深处。她从来没有让加洛对此有一点点察觉。有一天晚上她听到他说："一起工作的两个人是不应该谈恋爱的，爱情和工作永难共存，因为两个恋人有时候连躺在床上都能吵架。所以你得记住，'扒皮女'，如果你哪天察觉到我对你有非分之想的话，你别答应我，直接拿酒瓶子朝我头上来一下。""你别忘了我还有这东西，老板。""扒皮女"拿出自己藏着的应急用的长针晃了晃。她闭上眼睛，罗兰多·加洛满是鲜血的尸体和已被砸得稀巴烂的脸又浮现在了她的脑海中。失落的情绪又涌上了心头。她又记起了几个月前她的老板对她的出格举动，那是唯一的一次。他们一起出席了一家舞厅简短的开业庆典，舞厅叫"企鹅"，位于塔克纳大道上的一间地下室里。舞厅老板邀请加洛参加那次的活动，而加洛决定带她一同前往。尽管舞厅很小，但他们到达时里面已经挤满人了，到处是体味和烟味。人们喝了不少酒，好多人都醉了。后来舞厅的灯灭了，表演开始了，几个半裸的黑人女子在乐队的伴奏下跳起了舞。突然，“扒皮女”感觉站在自己身后的老板正在用手摸着自己的胸部。要是别人这么做的话她肯定早就用自己惯用的方法回应了：用长针去扎对方。但是她永远都不会对罗兰多·加洛那样做的。她一动也不动，生出了一股奇怪的感觉，有点儿茫然，又有点儿喜悦。那双小手还在粗鲁地揉搓自己的胸部。后来“扒皮女”突然转过身去，盯着加洛，在昏暗的灯光中她看到了自己老板的一双醉眼，一看就知道他已经喝多了。罗兰多·加洛立刻松开了自己的双手。“对不起，‘扒皮女’，”她听见他在给自己道歉，“我不知道是你。”后来他们两人就再也没提过这件事，好像它从来都没有发生过似的。而此时的他却已经躺到了停尸房中，脸都被砸烂了。警察说是在五个街角街区发现他的。罗兰多·加洛来这个区干什么呢？来找她吗？不可能，他从来都没有来过她家。可能是来找别的女人吧。总之不会是来找她的，他连她住在哪儿都不知道。虽说两人一起共事了这么多年，“扒皮女”对于自己老板的私生活也一无所知。他结婚了吗？有孩子吗？可能没有吧，因为他从来就没提到过他们。而且他每天都在策划着一期又一期的《大曝光》，和她一样每天都是形单影只的，除了工作，他们什么都没有。

她睡得很不好，每次一睡着就会做噩梦，梦见一些灾难性的场景：火灾、地震，她还梦见自己跌落悬崖，然后一辆公交车冲她撞来，她被吓傻了，无路可逃，就在公交车马上要轧到她时，她从梦中醒了过来。一直到灰蒙蒙的晨光透过窗户照进了卧室，她才终于摆脱了一夜的噩梦，睡着了。

醒来后她洗了澡，正在擦干身上的时候敲门声又一次响起了。她又被吓了一跳。“谁啊？”她抬高声音问道。“是我，塞费里诺·阿奎略，”摄影师答道，“你醒了吗？真抱歉，‘扒皮女’。我有急事找你。”

“稍等，我正在穿衣服，”她喊了一声，“我马上给你开门。”

她穿好了衣服，让摄影师进了屋子。塞费里诺的脸上挂满了担忧，他的眼睛里布满血丝，脸颊红通通的，像是被人用力摩擦过一样。他穿了条皱巴巴的裤子，光着脚穿着鞋，上身穿着件黑色马球衫，上面还有个红色闪电的图案。他说话的语气和往常不太一样，似乎每说出一个单词都要费很大力气。

“‘扒皮女’，很抱歉这么早就来打扰你，”他站在门口说道，“有人把老板杀了，我不知道你得没得到这个消息。”

“请进，塞费里诺，请坐，”她向他指了指客厅中一大堆报纸中间露出来的一把椅子，“对，我知道了。昨晚警察来找过我。他们带我去了停尸房，辨认了尸体。太可怕了，塞费里诺。我都不知道该怎么给你描述。”

他一屁股坐到了椅子上，眼神中充满恐惧，嘴巴张得大大的，还有口水挂在嘴角。他盯着胡丽叶塔，等待着。“扒皮女”很清楚塞费里诺脑子里在想些什么，这让她也心生恐惧了起来，她觉得自己内心的恐惧不比摄影师的要小。

“他们好像是在这附近找到他的，就在五个街角，”她解释道，“尸体上有很多刀伤。那些婊子养的还拿石头把他的脸砸烂了。”

她看到塞费里诺·阿奎略点了点头，他的头发直立着，就像豪猪一样。而此时他面色惨白，这让他那满脸的麻子更显眼了。

“报纸和广播上也是这么说的。他们就那样残忍地杀害了他。”

“对，真是残忍。那是野蛮人的行为，塞费里诺，只有虐待狂才干得出来。”

“这种事也有可能发生在你我身上，‘扒皮女’。”摄影师有点声嘶力竭了。她想，他如果哭起来她就会骂他，说他是个“狗屎样的同性恋”，然后把他从家里赶走。

但是塞费里诺并没有哭，只是声音有些含糊，像是被催眠了一样呆呆地盯着她。

“我不知道你和我会发生什么事情，”“扒皮女”耸了耸肩，决定把心里想的挑明，“他们可能也同样会杀了我们，塞费里诺。尤其是你，因为是你拍了那些照片。”

摄影师站了起来，提高了嗓音，郑重其事地说道：“我就知道这次玩大了，妈的，我跟你说过的，我对老板也说过。”他的声音越来越大，几乎喊了起来，“他们要杀我们就是因为我们太贪心了，竟然想着去敲诈那个大富翁，妈的。你也有错，我那么信任你，你却辜负了我的信任。”

他又一次跌坐到了椅子上，用双手捂住了脸，开始抽泣了起来。

“扒皮女”看到他这个样子，如此恐惧而又无助，不由得可怜起了他来。她对他温柔地说道：“塞费里诺，你要努力冷静下来，好能清楚地去思考。你和我一样，如果想活着脱身，就必须保持冷静。所以不要浪费时间去讨论这件事究竟是谁的错了。你知道真正有错的是谁吗？既不是你，也不是我，更不是老板。我们只是做了份内的工作，仅此而已。”

塞费里诺把手从脸上挪开了，点了点头表示认可。他的眼睛里并没有泪水，只是有点儿红，脸上挂着一副很蠢的表情。

“胡丽叶塔，我当时告诉你说我有那些照片，只是想让你给我点儿建议，”他小声说道，“我只想提醒你这一点。”

她也压低了声音反驳道：“塞费里诺，你当时对我说，你已经把那些照片保存了两年，你想让我看看我们能不能利用那些照片。我理解的是你想把它们发布出来，然后赚点儿钱。”

“不是的，我发誓，‘扒皮女’，”塞费里诺抗议道，“我不想把它们发布出来。我知道一旦这些照片被曝光了，那将会是一件可怕的事情，就像现在发生的这样，反正差不离儿。我早就想到了，我发誓。”

“塞费里诺，如果你不想把它们发布出来的话，你早就把照片烧掉了，”“扒皮女”有点生气了，“你别在这儿跟我斗嘴皮子了。我当时对你说，能利用好那些照片的唯一一个人就是老板，是你允许我把照片的事告诉他的。但是把照片给他拿去的难道不是你本人吗？目的不就是利用那些照片做点儿事情吗？这些你都忘了？”

“你说得对，你说得对，现在讨论这些已经没有任何意义了，”摄影师服软了，又摆出了他惯有的就像被棍子打过的狗的那种表情，“现在咱们要做的是讨论一下对策。你觉得警方会传唤咱们吗？”

“我想会的，塞费里诺。法院也会传唤咱们的。这可是凶杀案啊。毕竟咱们和受害人是在一起工作的，理论上，他们是会传唤咱们的。”

“那我应该对他们说些什么，胡丽叶塔？”看上去摄影师又一次绝望了，“扒皮女”觉得他的眼睛凹陷了下去，声音也颤抖得更厉害了。

“你可不要傻到承认那些照片是你拍的，”“扒皮女”道，“只有这一点要注意。”

“那么我要说的什么呢？”

“说你什么都不知道。你没有拍那些照片，老板也没有对你说过是谁拍的。”

“那你呢？他们找你问话的时候你会说些什么？”

胡丽叶塔耸了耸肩。

“我也什么都不知道，”她坚定地道，“我不在乔西卡现场，在准备这一期的《大曝光》之前，从来不知道那位富翁的事情。事实不就是这样吗？”

胡丽叶塔建议塞费里诺不要在杂志社现身，她也不准备去了。如果卡尔德纳斯工程师真的雇了杀手，他们最先要避开的地方就是杂志社。而且她觉得最好出去住几天。

“我有老婆有孩子，‘扒皮女’，而且我口袋里一分钱都没有，这个月的工资还没发呢。”

“怕是永远都不会发了，塞费里诺，”她打断了他，“老板死了，《大曝光》的巅峰时代也算是过去了。这一点我可以向你打包票。所以我劝你还是赶快去找份儿新工作吧。我也一样，其他人也是。”

“你的意思是你觉得这个月咱们一分钱也拿不到了，胡丽叶塔？这对我而言简直就是场悲剧，你别忘了我可是一点儿存款都没有的。”

“我也一样啊，塞费里诺。我也几乎没什么钱了。但是我不想让卡尔德纳斯工程师的杀手把我杀掉，所以我绝对不会再去杂志社了。我建议你也别去。我这么说是为了你好。跟你老婆解释一下现在的状况吧，她会理解你的。然后你就找个安全的地方藏起来，至少藏到事情明了一些了再出来。我现在能对你说的就这么多了，因为这些也是我要做的。”

塞费里诺又在胡丽叶塔家待了一会儿。有几次他已经准备离开了，但好像有一股神秘的力量在阻止他离开，每次他都又坐回到报纸和杂志堆成的金字塔之中，然后再次抱怨自己糟糕的命运和乔西卡的照片给他带来的麻烦，他还强调了很多次自己保存着那些照片并不是为了拿它们赚钱，而只是期待着有朝一日雇他拍照的那位先生能再次现身，把欠他的照相费用还给他。我发誓！太蠢了，是的，太蠢了。他大概一辈子都会为自己的决定感到后悔吧。

最后，在大哭了一场并且又一次抱怨了自己糟糕的运气之后，他走了。"扒皮女"瘫坐在了椅子上，把自己埋在了堆积如山的报纸堆中。她筋疲力竭了，更糟糕的是，她发现塞费里诺·阿奎略似乎把他的疑惑和恐惧都传染给她了。

她看了看自己的双膝，发现它们在颤抖着。其实只是一个很细微的动作，有节奏地从右膝到左膝，再从左膝到右膝，几乎察觉不到。她抬起一条腿，那条腿上膝盖的颤抖就停止了，但是另一条腿却依旧。她觉得自己整个人都被恐惧笼罩着，从头到脚。都是胆小鬼塞费里诺·阿奎略传染的。她想要冷静下来想想这件事。她必须像她给摄影师的建议那样行事：尽早离开家，到某个信得过的朋友那里住一段日子，直到一切都风平浪静再回来。但是去哪儿呢？找谁呢？她在脑子里过了一遍自己认识的人。太多了，但是没有一个是她信得过的、可以去借宿的朋友。她没有亲人，或者她已经很多年没有联系过亲人了。她的朋友都是些记者、电台或是电视台的人，她和那些人的交情都很浅。实际上，她唯一信得过的人就是罗兰多·加洛。这次谋杀让她失去了自己唯一真正的朋友。

那就去找个小旅馆？找个小旅馆的话，就没人能找到她了。但是得花多少钱呢？她取出了自己存放工资的票夹子，钱肯定不够，只剩三百索尔了。去借点儿钱好了。她很清楚，老板一死，这个月的工资必然没有着落了。杂志的运营资金应该都是加洛管的，现在加洛死了，资金可能已经被冻结了。而且加洛经常说杂志入不敷出，可能也是事实。所以杂志社那边没什么可指望的了。

那么你接下来该怎么办呢，“扒皮女”？她感觉有些失落和惊恐。她知道继续待在家里是很危险的事情，要是有人想伤害她的话，第一个目标肯定就是她家。她知道自己早晚都能找到一份新工作。难道我不是这一领域的专家吗？当然是，但现在还不是到报社、电台和电视台找工作的时候。现在最重要的就是躲起来，让别人找不到自己，这样说不定能活下来。等到风平浪静、一切都过去了再出来。但是，妈的，到底藏到哪儿去呢？

一开始她觉得迷茫，但是等到她逐渐冷静了下来，恢复了理智，那个想法就涌入到了她的脑海中。那个想法太大胆了，这一点毫无疑问，而且十分冒险。但那不正是老板教给自己的吗？而且他已经在自己的人生中无数次运用过类似的办法了。不入虎穴焉得虎子嘛。到了现在这步田地，她还有什么可怕的呢？除了生命，连自己的职业生涯都陷入到危机之中了啊。罗兰多·加洛不就是为了自己的信仰才被杀的吗？难道不是这样吗，“扒皮女”？就因为他做了一名记者该做的事，把那些没有法律或道德能约束到的有钱人的丑恶罪行公之于众，所以才被人用那样残忍的方式杀害了，不是吗？

很冒险，确实如此。但是如果这个方法行得通的话，她就不但有了人身保障，而且还有可能保住自己的职业生涯。

突然，“扒皮女”发现自己的膝盖已经不抖了，她笑了起来。

16. 庄园主和中国姑娘

“基克，所有的事都过去了，”卢西亚诺拍了拍老朋友的膝盖，说道，“你现在可以忘记那件事，然后好好增增肥了。你现在瘦得就像根鱼刺。”

“你觉得那个混蛋被杀的事情已经过去了是因为《大曝光》杂志消失的缘故吗？”恩里克语气略带自嘲，“没这么简单，卢西亚诺。这事情会一直纠缠我到天荒地老的。你知道这件事情最折磨我的是什么吗？不是它给我老妈带来的肉体和精神上的伤害，也不是玷污了我的声誉。都不是。最让我厌烦的是我的生意伙伴、朋友们不停地拿它调侃我，连开董事会议时也不例外，这真是折磨得我够呛。‘很爽吧，兄弟？’‘伙计，你怎么不请我们参加你的狂欢活动呢？’‘老朋友，能给我说说你那次干了多少女人吗？’我再也受不了了，还有的人说这种话的时候不停地冲我挤眉弄眼。我宁愿让他们骂我或是扣我工资什么的，我猜别的员工出了这事的话，那些董事肯定会这么做的。所以这几天我一直在和玛丽萨计划着出去旅行一趟。”

“再度一次蜜月吗？来一次咱们四个计划了好几年的希腊岛屿游？”卢西亚诺笑着说了这话，但是很快又变得严肃了起来，“提到玛丽萨，你真不知道看到你们重归于好我有多高兴。”

“是啊。”基克同意道，他压低了声音，往卢西亚诺家的里屋瞅了一眼，玛丽萨和恰贝拉一起去哄小女孩们睡觉了，不知道她们哄完了没有。

“至少这是这件事里唯一值得庆幸的地方了，不仅我们的友谊加深了，我和玛丽萨的关系好像也比以前更好了。丑闻和那段时间的分离让我们更相爱了。”

他们晚饭时吃了从龙凤饭店点的中餐外卖，离宵禁开始还有一段时间，于是四个人坐在阳台上喝了点儿酒，聊着天。一开始两个小女孩也和他们一起，但后来妮卡希亚把她们带回了房间。花园和游泳池被灯光照得很亮，甚至看得清树林中的雕像。管家拿来了威士忌、冰块和矿泉水。夜静无风，至少到目前为止是这样，既没有爆炸声也没有枪声。玛丽萨和恰贝拉回来了，挽着胳膊，说笑着。

“来给我们也讲讲你们在聊的话题，别那么自私，”卢西亚诺冲她们打着招呼，“让我俩也笑笑嘛。”

“老公，你想也别想，”恰贝拉睁大了眼睛、故意做出夸张的表情说道，“我们的话题太黄了，不适合正直的你。”

“但是人不可貌相啊，”玛丽萨坐到基克旁边，捧起了他的脸，“就像这个家伙吧，以前也像个圣人似的，不还是干了那些事出来。”

她说完自己就笑了，卢西亚诺和恰贝拉也一样，但是基克有点儿不高兴，他用双手做了一个奇怪的动作。

“对不起，对不起，我知道你不喜欢我拿那件事开玩笑，亲爱的，”玛丽萨用手搂住了基克的脖子，吻了吻他的脸颊，“你的脸都红了，就像是吞了一整只火鸡似的。”

“这就是最糟糕的，”基克也开起了玩笑，“现在人人都说我是个道德败坏的人，但实际上我从来都是个正直的人。”

“我手里有几张照片，上面的你可不像你说的这样哦，别装乖孩子了，基克。”恰贝拉咳嗽了一声，所有人都笑了起来。

“干杯，”卢西亚诺举起酒杯说道，“为我们四个人的友谊干杯。我现在越来越觉得这个世界上只有友谊是最珍贵的。”

“咱们四个终于可以去希腊的岛屿度假啦，”基克说道，“很高兴在变成老头子之前就能实现这个梦想。到爱琴海边待上两个礼拜，不接触任何关于秘鲁的消息——两个礼拜没有爆炸、恐怖主义和八卦新闻的日子。”

“听你说到爱情啊、正直啊什么的，我不禁想起了我的外祖父，”卢西亚诺的脸上突然挂起了一丝笑容，像是回忆起了什么往事，“我给你们讲过他的事吗？”

“至少没跟我讲过，”他的老婆惊讶道，“你连你爸妈的事都没给我讲过。我才发现咱们都结婚十年了，我对你却一无所知。”

“我想这会是一个值得街谈巷议的故事，”卢西亚诺补充道，“利马人就喜欢这种故事，在这个喜欢聊八卦的世界里，利马人依然算得上是最八卦的人了。”

“你是在说我吗？”基克又开了个玩笑，“我可是刚刚读完八卦学博士的人哦。”

“我母亲的父亲是伊卡①地区的一个庄园主，大概是那里最上

---

① 伊卡大区位于秘鲁西南部，其首府亦名伊卡。

层的人了，他手里有好几座庄园，但是贝拉斯科将军[1]的农业改革把一切都夺走了。”卢西亚诺继续说道，“外祖父叫堂·卡西米罗，他大概是我见过的最虔诚的人了。他总是穿着黑色的长衫，按时到庄园里的小教堂去做弥撒、做祷告。吃饭前，我们一家人都围坐在桌旁，要等他先祷告完才能开饭。”

卢西亚诺讲着讲着忽然闭上了嘴巴，他的神情变得有些忧郁了起来。在伊卡度过的童年的回忆让他有些伤感。这有点儿奇怪，因为他前面讲的关于外祖父和庄园生活的回忆大多都是幸福快乐的，骑马啊、打猎啊、烤肉啊之类的，他还讲了他和兄弟姐妹们制作陷阱捕捉狐狸的故事，说他们有时候捉到的是鬣蜥，他还讲了他们在周末去洗海澡，一起大声朗读冒险故事：萨尔加里、儒勒·凡尔纳、大仲马……那些书就放在摆满圣母像的外祖父书房那布满灰尘的图书搁板上。

“我不太明白，”基克抓住卢西亚诺讲故事的间隙说道，“这些童年故事不是都挺美好吗？为什么我觉得你有点儿伤感？”

大家都沉默了，不仅是基克，恰贝拉和玛丽萨也一起望向卢西亚诺，等着他回答这个问题。

“我不是因为回忆我的外祖父卡西米罗才伤感的，而是因为想起了我的外祖母拉乌拉。”卢西亚诺变了语气，答道。他变得严肃了起来。在继续讲述之前，他先用一种混杂着嘲弄和调侃的奇怪眼神看了看其他三人：“你们知道为什么吗？因为我的外祖母实际上不叫拉乌拉，她是个中国人。”

---

① 胡安·贝拉斯科·阿尔瓦拉多，军人，1968年通过军事政变建立军政府，任总统。

玛丽萨和基克笑了，恰贝拉却睁大了眼睛，满是诧异。

“一个中国人？”她问道，“一个真正的中国人？你是认真的吗，卢西亚诺？”

“我很认真，亲爱的，”卢西亚诺承认道，“你之前不知道这事儿是因为这是我们家的一个大秘密，就像是个禁忌一样，没人会提起。”

“好吧，结婚十年了我才知道这个秘密，”恰贝拉也笑了，“这么说你的外祖母真的是个中国人，一个实实在在的中国人。”

“好吧，也有可能是一个有中国血统的乔洛姑娘，”卢西亚诺补充道，“但我觉得她应该是个真正的中国女人。现在问题来了，她父亲是在庄园里开杂货店的。”

看上去基克此时才对这个故事产生真正的兴趣了：“你想说的是，堂·卡西米罗，一个伊卡的大庄园主，一个拥有贵族血统的人，爱上了一个杂货铺店主的女儿？”

玛丽萨把头靠在了她丈夫的肩膀上，他抱住了她，摸了摸她的头发。

“唯一的解释就是爱情了，”玛丽萨道，“还能是什么呢？伊卡王子爱上了中国灰姑娘，然后就万事大吉了。人们不是经常说东方人在床上就像野兽一样吗？”

“对，外祖父应该是疯狂地爱上了这位中国姑娘，”卢西亚诺表示同意，“她肯定很美丽，很迷人，美到让外祖父不顾忌身份差异，顶着全家族的压力迈出了关键性的一步：在教堂里和杂货铺店主的女儿结婚。可能那位杂货铺店主还是个文盲，也可能他一辈子都没穿过鞋子。”

他停了一会儿，脸上的悲伤变成了微笑。

“他们最终在庄园的教堂里、在上帝的见证下结婚了，”卢西亚诺继续说道，“有几张婚礼的照片，家里有人想毁了它们，我偷偷藏了几张。从照片里能看到从利马去了很多客人，他们大概都想见证一下外祖父的疯狂举动吧。这可能算得上是一场世纪丑闻，不仅是在伊卡，在秘鲁其他地区也是如此。从照片里看不太清我外祖母的长相，只能看出来她很矮很瘦。但是我敢打赌她很漂亮。她的性格很好，后来家里的事都是她说了算。”

“可能她怀孕了，而你外祖父很虔诚，觉得自己要负起责任来，”恰贝拉靠向自己的丈夫，说道，“我现在可算知道为什么你的眼睛看上去有些细长了，卢西亚诺。”

“从现在开始我们就叫你‘中国佬’啦。”玛丽萨笑道。

“那可不行，因为他们就是这么称呼藤森的，”卢西亚诺也笑了，“不过你们可以叫我‘中国乔洛’。”

“要是大家都这么称呼你，我就和你离婚。”恰贝拉又开了个玩笑。

“继续讲，卢西亚诺，”基克说道，“我对这故事很感兴趣。”

“接下来的故事比庄园主和中国姑娘的婚姻还有趣，”卢西亚诺看了看手表，说道，“还有点儿时间，宵禁开始前我肯定能讲完。”

他又继续开始讲外祖父母的故事了。他说他从来都没有调查出来自己外祖母的真名是什么，因为早在他们结婚前，外祖父就给她起了拉乌拉这个名字，后来全家人也是这么称呼她的。那位中国姑娘刚一结婚就生了孩子。“我妈妈和我的三个舅舅，其中两个很小就死了。”慢慢地，不甘于只当一名家庭主妇的外祖母开始帮助外祖父处理庄园里的事情了。

“我还小的时候，庄园里还有很多年老的雇工记得她，”卢西亚诺说道，“他们说她经常穿着长裤、马靴，戴着草帽，手里拿着马鞭，骑着马在田野里奔驰着。她视察着灌溉、播种和收获，下着命令，有时还会辱骂和鞭打偷懒的雇工。”

但是卢西亚诺印象最深的还是在每年七月二十八日秘鲁国庆日的时候，外祖父会邀请所有的雇工一起参加狂欢，还会从外地雇来乐团和踢踏舞艺人进行表演。每次到了狂欢高潮时，外祖母拉乌拉就会脱下鞋子，和庄园里其他的乔洛女孩一样找个雇工一起跳一支马里涅拉舞，她通常会挑一个舞技最好的黑白混血种人或是黑人当舞伴。这很奇怪：庄园主夫人在雇工、农民、手艺人、驾车人、拖拉机手和佣人的欢呼声中和雇工一起跳马里涅拉舞。显而易见，这种表演每次都会勾起出席狂欢的人们的狂热情绪，他们会疯狂地鼓掌。而外祖母拉乌拉也确实是那群人中跳马里涅拉舞最好的人。这每年一次的马里涅拉舞表演后来变成了庄园里所有人都期待的事情，变成了一年一次的大事。

“真希望能认识你外祖母，”基克看了看表，说道，“离宵禁还有点儿时间，这个点儿路上车不多，我们最多十五分钟就能到家。堂娜·拉乌拉真不是个一般的女人啊。”

“她去世时还很年轻，是在生我最小的舅舅时难产死的，”卢西亚诺说道，“我回头给你看几张她的照片，你会发现她确实是个很有魅力的人。只是……”

卢西亚诺不笑了，又变得严肃了起来。

“只是什么？”恰贝拉鼓励他继续讲下去，“你别这样，讲讲停停的。”

“这个庄园主娶了杂货铺家的姑娘的故事，”卢西亚诺耸了耸肩，补充道，“实际上里面还隐藏着一些可怕的东西。”

“是什么？”玛丽萨伸长了脖子问道，“这肯定是最有意思的部分。”

“每年一次，我的外祖母拉乌拉都要做一次神秘的旅行。她一个人出门，一去就是好几天。”卢西亚诺慢慢地说道，还是讲讲停停，吸引着他的三位听众的注意力。

“她去哪儿啦？”恰贝拉问道，“哎呀卢西亚诺，你可真急人。”

“这个问题没人能回答得上来，”卢西亚诺说道，“官方说法是她去见她的家人去了。事实上，自从我的外祖母结婚开始，她所有的家人：当杂货铺主的爸爸、妈妈、她的兄弟姐妹们，如果她有的话，全都从庄园里消失了。对，对，从现在开始我给你们讲的都是单纯的猜测罢了。我想有可能是我外祖父的家人，甚至有可能是他自己，把他们都赶走了。他可能不在乎和杂货铺家的闺女结婚，但是让她的家人继续留在庄园里、和自己的家人拥有同样的地位和待遇，那对他而言可能就有点儿过分了。很可能他们被迫离开了庄园，一点儿痕迹都没有留下。这可能是他们之间协商的结果，外祖父给他们一笔钱，让他们到离伊卡很远的地方去过日子。而拉乌拉外祖母每年外出的几天就是去和她离开庄园的亲人们团聚去了。他们到底去了哪儿？我不知道。我猜可能到秘鲁的另一端去了。去山里，去丛林里，都有可能。也就是说我现在很可能有表兄弟、表姐妹或是外甥生活在洛雷托或是查查波亚斯①的偏远村落里。”

“我们来发散一下思维吧，”基克开玩笑道，“也有可能你的外祖父或是他的家人下令把他们全都杀了，或是诸如此类吧，就是为了不让家族蒙羞。而你的外祖母拉乌拉每年外出只不过是为了到她家人的坟头上放一束花。”

---

① 洛雷托，秘鲁东北部的一个大区，东南邻巴西，东北邻哥伦比亚，西北邻厄瓜多尔。查查波亚斯，秘鲁北部城市，亚马孙大区首府。

玛丽萨和恰贝拉笑了，但是卢西亚诺并没有笑。

“你说这句话是在跟我们开玩笑，但我却认为在那个年代发生这样的事情也并非绝无可能。在半个世纪前，又有谁会在乎几个可怜的中国移民的命运呢？也有可能他真的下令把他们杀掉了，是有这种可能的，而且他确实有这样的权力。”

“卢西亚诺，我觉得你是在说笑，”恰贝拉抗议道，“你不会是认真的吧？怎么会有这么野蛮的行为呢？”

“对于这么一个浪漫的故事而言，这个结局是有点残酷了，”玛丽萨叹了口气，说道，“我想我们该回家了，基克。我可不想因为过了时间而被巡逻队逮捕。咱们的麻烦事已经够多了，是吧？”

“对，对，你们快回去吧，”恰贝拉道，“我的一个朋友就因为误了时间而被巡逻队拦下了，为了从牢里出来花了不少的钱呐。”

“去他妈的宵禁，”基克拉着他的妻子站了起来，说道，“我真想在这儿待上一整晚，听你讲你那位中国外祖母的故事。”

“看来我讲这个故事的决定是正确的，”卢西亚诺陪着他们穿过宽阔的花园，来到了大门口，“我一直不好意思跟别人讲，因为这是我家的‘丑事’，我觉得我们应该为此跟我的拉乌拉外祖母和她的家人道歉才是。”

大门外有间警卫室，全副武装的门卫向四人问了好。基克和玛丽萨跟卢西亚诺和恰贝拉道了别，上了车，向家的方向驶去。

“喂，喂，”基克略带暗示地道，“你和恰贝拉道别的时候嘴巴都快亲到一起啦。”

“你吃醋啦？”玛丽萨笑了，但是基克突然的急刹车让玛丽萨紧张了起来，“为什么要停车？”

“我不是吃醋，而是嫉妒，美国妞，”他说道，“我停车是为了要吻你。把嘴巴伸过来，亲爱的。”

“够了，基克，”她一把将他推开，说道，“太危险了，会有人来抢劫我们的。这里太黑了，赶快开车。”

“我一天比一天更爱你了，”他边说着边重新启动了汽车，“那件可恶的丑闻至少还起到了这么点儿积极作用，它让我真正了解到了自己对你有多么痴迷，让我知道了自己能娶到你这位世界上最美的女人有多么幸运。对了，你在床上也是最带劲儿的。”

“你别看我，看路，基克。咱们都快要撞车了。也别开那么快，求你了。”

“我想快点儿回家，好把你脱个精光，”他说道，“然后从头亲到脚，一寸一寸地亲，对，从头亲到脚。而且今晚我们不要关灯了。把灯都打开，不要只开床头灯。”

“啊呀，我都快认不出来你了，你就像换了个人似的，基克。你怎么了，能给我说说吗？”

“因为我现在发现你是这个世界上最性感的女人，亲爱的。”

“从你这位大专家的嘴里说出这话来可真是我的荣幸啊，我的国王先生。”

“别再跟我开这种玩笑了，不然我就立刻停车，然后就直接在车里跟你做，美国妞。”

“啊哟，我好害怕，”玛丽萨笑了，“你别开那么快，基克，咱们真的要撞车了。”

他把速度降了一点，他们就这样说说笑笑地向家中驶去。当到达了圣伊西德罗、把车开到了他们位于高尔夫俱乐部旁的房子的门口时，离宵禁开始还有十分钟的时间。

“怎么有这么多警察？”玛丽萨惊讶道。

两辆开着警灯的警车拦在了通往车库的路上，当看到恩里克的车停在了警车跟前的时候，警车的门打开了，从车上下来了几个穿着警服的人，他们走到车前，把恩里克的车子围了起来。基克摇下了车玻璃，一位警察把头凑了过来，要跟恩里克说话。他的手里拿着一支打开的手电筒。

“是工程师恩里克·卡尔德纳斯先生吗?”来人问道。

“对，我是，”基克点了点头，“警察先生，出什么事了吗?”

“晚上好，卡尔德纳斯先生。您得跟我们走一趟。但是如果您想先停好车子的话也没问题，我们可以等您。”

“跟你们去哪儿?”基克问道，“我为什么要跟你们走?”

“检察官莫兰特博士会跟您解释的。”警察说完就让开了身子，好让另一位衣着平凡、矮个子、满头白发、留着小胡子的男人靠近过来。来人向夫妇俩点头致意了一下。

“很遗憾，卡尔德纳斯先生，”检察官用一种有点虚假的和善语气打了招呼，“我这里有逮捕令，您被捕了。”

“被捕?”基克吓了一跳，“我能知道是因为什么吗?”

“因为记者罗兰多·加洛的谋杀案，”莫兰特博士说道，“有人对您提出了正式指控，法官因此签署了逮捕令。这张就是，您可以读一读。我希望这只是一场误会，不过一切很快就会真相大白的。我不建议您抵抗，工程师先生，那肯定会对您不利。”

17. 胡安·佩内塔的离奇经历

胡安·佩内塔早早就从莫高隆酒店出了门，又问了自己一次塞拉芬到底到哪去了，它已经三天都没现身了，也许是四天？一个多礼拜了？操他妈的，这脑子真不好用了。他朝着阿班卡伊大道走去。“出租车司机”威利·罗德里格现在住到巴里奥斯·阿尔托斯区来了，这可是个好消息。在他之前住在卡亚俄[1]的时候，去找他一趟可真是费劲。他得先走到圣马丁广场，再坐迷你巴士到卡亚俄去。他每个月或者每一个半月都要坐一次那趟巴士，好去拜访他那位被称为“赌场之王”的老朋友。没人知道他“出租车司机”的绰号是怎么来的，直到有一天威利对胡安说在他年轻的时候，有一首曼波舞之王佩雷斯·普拉多的曼波舞曲，他每天都会边走边唱

① 卡亚俄市是卡亚俄大区首府，是秘鲁第一大海港和第二大渔港，该市与首都利马相连。

边跳。但是利马没有任何一个人知道那首曲子里的“ruletero”这个古巴词汇到底是什么意思，有可能是“出租车司机”，有可能是“拉皮条的”，也有可能是“买彩票的人”的意思。

威利为什么那么着急要见我？前一天晚上他往莫高隆酒店里打来了一个奇怪的电话：“我得立刻见你，华尼托。电话里不方便说。明天一起吃午饭好吗？就吃玉米粽子吧。明天见。”到底是什么事呢？为什么威利一点儿都不透露给他？胡安·佩内塔已经走到阿班卡伊大道上了，在国会门前拐到了胡宁大街上，很快就能到五个街角街区了，威利现在就住在那儿。至少这条路胡安还是记得的。他现在觉得自己现在每天都会忘记很多东西，可能很快他就会把前尘往事全都忘光了。

胡安还是一名诗歌朗诵艺人的时候就认识威利了。当时“出租车司机”在里马克区的坎塔加略管理着一家剧院，他经常邀请胡安伴着安第斯山区的歌谣和舞曲表演诗歌朗诵。威利的剧院里有时也会有娱乐晚会或是摔跤表演，但是在有这些表演时，他通常就不邀请胡安了（实际上他曾经邀请了胡安一次，但是全场爆发出嘘声，还有人大喊着“娘娘腔”“同性恋”，从那以后，无论是威利还是胡安本人都不想再把诗歌朗诵加到那些表演中了）。“出租车司机”很久之前就把剧院卖了，现在他在五个街角经营着一间赌场，赌场离华尔兹大师费利佩·宾格罗的雕像不远。威利之前住在卡亚俄的时候，他家旁边也有一尊雕像，那是“万贼之母”萨莉塔·科罗尼娅的雕像。威利的生活和胡安截然不同，他的小赌场里每到晚上就挤满了来碰运气的人，其中许多人都臭名昭著，有流浪汉、酒鬼、皮条客，还有服过刑的人，他们往往一言不合就拔刀相向。赌场里也有许多秘密警察，他们喜欢到这儿来套点儿情报，再喝上一杯啤酒，当然，从来都不付钱。

然而，生活上的巨大差异并没有影响两人之间的友谊。在很长时间里，胡安每年都要从利马市中心到卡亚俄去和老朋友相会。如今，威利搬到了市里，一切就更方便了，现在胡安已经不再需要坐着巴士跑到港口去了，只是需要多走点儿路罢了。威利经常会请他到某个小酒馆里吃午饭，他们都喜欢就着冰啤酒吃贻贝。吃饱喝足之后，他们会一起回忆逝去的时光：回忆胡安还是诗歌朗诵艺人而阿塔娜西亚还活着的那些日子，也会回忆威利对剧院的管理，那让他时不时有机会把那些想从他那里得到更多机会的女演员们带回家上床。但是威利也说自己应该没有和外界传闻的那么多女人发生过关系，不过说这话时威利显得很骄傲。威利也是个爱面子的人啊。虽然有时候知道威利是在撒谎吹牛，但胡安还是很喜欢听威利讲他的往事。为什么他这次找我找得这么急呢？为什么他不愿意在电话里透露点儿信息给我呢？

胡安花了将近一个小时才来到巴里奥斯·阿尔托斯区中心位置的五个街角街区，这个五条街道交汇的地方就像迷宫一样。胡安年轻的时候，这个区里还全都是克里奥尔人，有很多浪子、艺术家和音乐家住在这里，甚至圣伊西德罗和观花埠的很多爱好克里奥尔音乐的白人都会来这里欣赏最好的歌手、吉他手和打击乐艺人的表演，然后还会和乔洛人、黑人一起跳舞。费利佩·宾格罗和其他伟大的克里奥尔音乐大师们是巴里奥斯·阿尔托斯区鼎盛时期的代表。

现在，这个街区没落了，这里的街道变成了利马城最危险的地方。但是威利还是选择在这里开他的赌场。看上去他还是赚了些钱的，尽管胡安很担心不知道哪一天威利可能会被人捅死。他慢慢地沿着又长又曲折、人还很多的胡宁大街走着，承受着静脉曲张给他带来的痛苦。伴随着他的步伐，这座城市好像也在逐渐变老，路边有许多卖着鲜花、食物、水果的摊位，还有许多流动小贩，殖民时期的旧房子看上去好像马上就要坍塌了似的。衣着破烂的小孩、流浪汉、乞丐蜷缩在街角或是路灯柱下。除了殖民时期的教堂外，这里还有许多的圣像和十字架，有时在它们周围还会有虔诚的信徒为圣子和圣徒们点上蜡烛跪着，边抚摸圣像边祈祷。走过金塔·海伦住宅区的修道院之后，胡安拐进了一条小巷，“出租车司机”威利的赌场就在这里。

通常胡安都会高高兴兴地来找威利，而威利也会开心地开着玩笑说：“真高兴你还活着，还没去上帝那儿报道，华尼托！”但是这次威利看上去很严肃，他一言不发地拥抱了自己的老朋友。“你昨晚的电话吓到我了，老伙计，”胡安说道，“出什么事了？”威利捂住了他的嘴，同时抬手示意他不要进赌场。威利的脸上有很多痣，头发已经花白了，尽管已经七十多岁了，但威利的身材还是很魁梧。他穿着褪了色的工作服，套了件灰色无袖毛背心，脚上的皮便鞋已经很旧了，而且没有穿袜子。他拍了拍胡安·佩内塔，拉着他从自己那砖石和木头搭成的、房顶已经被熏黑的赌场门口走开，那里既是他的办公地点也是他的住所，他还会自夸道：“我这儿偶尔还会来几个女人呢。”

“为什么咱们不进去休息一会儿呢，威利？”胡安·佩内塔提议道，“伙计，你有点儿神秘兮兮的，我走过来都快累死了。”

“华尼托，咱们还是到别的地方说话比较好。”“出租车司机”压低声音说道。他眨了眨眼，又说道：“这里不太安全。不仅对我而言不安全，对你也一样，伙计。我马上给你解释为什么。”

他不再说话了，担忧的情绪让胡安·佩内塔不安了起来，还带着点儿愤怒。威利拉着他走了几百米，穿过好几条街道，路过了许多只有一层或两层的矮楼，一路上全是光脚或穿着拖鞋的穷人，有的男人只披了件褂子，女人则像很多福音教派虔诚的信徒那样用头巾围着头。

胡安注意到他的朋友左脚有点儿跛，“你把腿摔了？”

“应该是关节炎吧，没啥大毛病，”“出租车司机”用一种不太高兴的语气回答了他，“区里擅长用药草治病的巫医给我洗过两次，不过还没什么效果。可能因为我年纪已经大了，华尼托。就和你记不清楚事儿了一样，只不过我的问题出在腿上罢了。”

威利怎么了？他今天很不正常，也不开玩笑了。胡安认识他三十年了，他也调侃了胡安三十年，胡安一直觉得世界上没什么事能让威利丢掉幽默感。胡安很不安，甚至有点儿害怕起来了。他们每路过一家小酒馆，威利都会先进去打探一番，而最初的几家威利没有作任何解释就决定不能进去。

“你让我有点儿担心，威利，”在他们继续寻找着能坐下说话的地方的时候，胡安终于忍不住开了口，“你到底是怎么了，兄弟？怎么这样疑神疑鬼的？”

威利仍然很严肃，他并没有回答胡安，而是将食指伸到嘴巴前做了个收声的动作：嘘！会有时间解释的。

最后，威利终于选定了一家小酒吧，虽然是白天，里面的光线依然很昏暗，还有很多苍蝇，一半的桌子都是空的。他们挑了靠门的一张桌子坐了下来，威利点了一瓶冰镇啤酒：比尔森·卡亚俄牌的，谢谢，再来两个干净点儿的空杯子。

“你终于要跟我解释一切了，是吧，兄弟？为什么你今天这么奇怪呢？”

威利用他那双褐色的大眼睛紧紧地盯着胡安。

“兄弟，有人正在筹划一些很糟糕的事情。”他压低声音说道。他朝四周张望了一圈，胡安从来没见过威利此时的神情。威利停了一下，继续说道：“我现在就给你解释一切。我觉得你已经陷入那场麻烦里了，我指的是……”

但是他又停住了，因为那个负责接待他们的、没穿鞋的服务员带着杯子和啤酒回来了。他帮他们倒满了酒，泡沫很多。威利一直等到服务员走远回到了小吧台，才又一次开口：“是关于那位记者的谋杀案，就是让你恨之入骨的那位，华尼托。”

“罗兰多·加洛?”胡安·佩内塔闻言一惊，划了个十字，“我给你说件事吧，威利。刚得知有人把他杀了那会儿，我其实是很高兴的，这一点儿我压根就不想掩饰，因为那家伙毁了我的生活，这你是知道的。但是我后来后悔了，因为我们不应该为任何人的不幸感到高兴，就算对方是像罗兰多·加洛那样的坏人也不行。我已经去忏悔过了，牧师已经赦了我的罪了。我现在不恨他了，反而很同情他。上帝知道应该怎么处置他。我为他的死感到遗憾，伙计。”

他闭上了嘴，因为他发现“出租车司机”威利好像根本没有在听他说话。威利发现胡安不再说话后才从迷离的状态中回过神来。

“你听说了吧，他的尸体是在这附近被发现的，就在这个街区。”

胡安·佩内塔点了点头：“离费利佩·宾格罗的雕像很近，好像就在五个街角街区那儿。对，我听说了。为什么问我这个呢，威利?”

“因为那是假话，”威利又一次压低了声音，“他们不是在这儿找到他的，而是用一辆车把他的尸体拉到这里的，而那辆车肯定是警方的车辆，或者是宪兵队的车辆。因为只有他们才敢在晚上开车进入这个区。他们把他的尸体从车上抬了下来，把脸砸烂，然后放在了我的赌场门口。你不觉得奇怪吗，华尼托？他们选择在我的赌场门口抛尸，难道只是一个巧合吗？他们到底有什么意图呢？”

“你跟我说的都是真的吗，威利？”

“是我亲眼所见，”他的朋友敲了敲桌子，肯定地说道，“兄弟，我那条巷子里晚上是不会有车敢进的，害怕被抢啊！敢在那个时间进来的只有可能是警察或宪兵。我一听到发动机的声音就趴到窗户上开始偷看了，然后我就看到了那一切，没错，亲眼所见。”

“这么说，加洛不是被现在正关在牢里的那位富翁杀的，威利？”胡安十分震惊。

“我只说我看到的事情，”“出租车司机”有节奏地敲击着桌面，几只苍蝇被吓得飞了起来，“我不知道是谁杀了他。我唯一确定的就是那位记者不是在五个街角这儿被杀的，他被人用车子带来，扔到我的赌场门口时就已经死了。带他来的肯定是警察或者宪兵，这一点我也很肯定。但是他们到底想干什么呢？两三个小时后，又有警车开来了，他们问话的时候我自然什么都没说，我只是赶快送走了他们，回到我的小房间里睡了一觉。你现在知道我为什么这副样子了吧，华尼托？”

“但是，兄弟，为什么呢？”胡安·佩内塔试着要安慰一下自己的朋友，“为什么你要担心一件和你无关的事呢？”

“你觉得他们为什么选择把加洛的尸体扔在我的赌场门口？完全出于偶然吗？这个世界上是没有偶然这回事的，兄弟。所有发生的事情都有它的道理，一场谋杀案更是如此。”

“你也不必想着他们是为了陷害你才把他的尸体扔到你家门口的呀，也许他们真的是随便扔的，可能他们就是想找个偏僻的巷子把尸体处理掉罢了。”

“你以为光是这件事儿吗，兄弟？”威利用一种复杂的眼神看了看胡安，“这才刚刚开始呐。我向你保证，他们把尸体扔到我这儿是想把这事儿和我扯上某种联系，也想和你扯上关系，兄弟。对，你没听错。我听说他们把那个叫恩里克·卡尔德纳斯的矿主抓起来、指控他雇凶杀人时，我也以为是我想多了，毕竟加洛想用乔西卡的那些照片去敲诈他嘛。但是……”

他闭上了嘴巴，深深地望了胡安一眼，就好像是在瞻仰胡安的遗体似的。胡安紧张了起来。

“怎么了，威利？”他问道，“为什么不说话了？还这样看着我？”

“因为我现在觉得这件事跟你的关系比跟我的更大，兄弟，很遗憾我必须告诉你这个不幸的消息。对，跟你有关，不是跟我。他们只是想利用我，因为我是你的朋友。”

胡安·佩内塔觉得自己就像是从椅子上跌落在地上似的，骨头好像都散架了。他的头也开始疼了，出了一身冷汗。这些话是什么意思？他一点儿都听不明白。他忘了什么重要的事了吗？他在记忆里寻觅着，但是一无所获。

“你在说什么呐，威利？”他嘟哝道，“什么叫和我有关？”

“所以我昨晚才给你打了电话，让你立刻来找我，”威利把脸凑向自己的老朋友说道，“这些事儿绝对不能在电话里说。好消息是他们还不知道你住在莫高隆酒店。很不可思议，不是吗？对，他们不知道你住在哪儿。”

“谁？”胡安·佩内塔问道，“你在说谁啊？”

“还能是谁呢，华尼托！”威利道，“就是那些秘密警察和宪兵队员啊，除了他们还能是谁？”

那些人是在抛尸事件发生后的三天或四天后找上门来的。他们所有人都穿着制服，留着短发，所以威利一看就知道他们是军人。他和他们握了手，他们冲他笑了笑，不过那笑容一看就带着些虚情假意。他们向他出示了证件，威利看到证件上有秘鲁国旗、印章和分辨不清的小字。

“这次拜访并非是官方层面的，”来者当中看上去年纪最大的一位说道，“我是菲利克斯·马杜埃尼奥队长。如果你愿意的话，可以不必跟别人提这回事儿。或者说，我们压根就没来过这里。你是个聪明人，我想你肯定理解我的意思。是吗？”

威利只能用微笑回应，实际上他的内心充满了恐惧。太糟糕了，他们是想来问他要钱吗？

“一眼看上去，赌场的经营状况堪忧啊。”另一个人指着掉了漆的墙、脏玻璃、房顶上的蜘蛛网、残破的小桌子和满是尘土的地面说道，“不过，威利，我们知道实际上每天晚上这里的赌资都会达到几百万索尔。”

“没那么多，”威利很害怕，但仍然微笑着答道，“当然，我们不会对赌注设限，但是我们玩得很干净。这是赌场的规矩。”

“威利，你不要那么紧张嘛，”之前说话的那人说道，“我们不是来过问你生意上的事的，也不会打听你顾客的信息，他们在这儿把自己所有的钱花光了也无所谓。”

“就算他们花的不是自己的钱我们也不管。”另一个人补充道。

“我们是来问你的朋友胡安·佩内塔的情况的。”

“真的吗，威利？”胡安越来越紧张和惊讶了。他不相信自己听到的，他觉得威利讲的故事是在拿他开玩笑。他很希望威利能突然放声大笑起来，然后对他说：“好了伙计，我是骗你的，我就是想看看你的这副死样子。”

“他们知道我的名字？他们找你来问我的事情？”

“是的，就是他。”来人当中最年长的那位叫菲利克斯·马杜埃尼奥的队长说道，“我们知道你们是很要好的朋友。不是吗？”

“他当然是我的朋友，”威利承认道，“我开剧院那会儿经常请他来读诗，还会配上民谣音乐。他读得真好，说他是艺术家也不为过。”

“他也会来这儿看望你，然后你们还经常一起吃午饭，不是吗？”另一个人问道。

“对，有时他会来找我聊聊以前的事情，”威利答道，“不过很久没来了，我也不知道他到哪儿去了。希望他还活着吧。”

“我们需要他的地址和电话，”之前说话的那人用干巴巴的语气说道，“你会帮我们这个忙吧，‘出租车司机’？”

“华尼托，你知道引起我最大注意的是什么吗？”威利面对着胡安呆滞的脸说道，“那些人知道那么多事，他们知道我们是朋友，知道你经常来找我，还知道咱们有时候会一起吃午饭，却不知道你住在莫高隆酒店。你不觉得这很不可思议吗？”

“不，我不觉得，”胡安·佩内塔已经快说不出来话了，就好像嗓子里卡进了什么东西，“他们可能还没来得及调查，威利。你是怎么回答的呢？”

“我不认为他有固定住所，他总是一会儿住在这儿，一会儿又住在那儿。我猜他现在大概借宿在某个朋友家吧，也有可能是住在小旅馆里。而且我想他压根就没有电话。”

“你想要我们，威利？”最年轻的一位用带有侵略性的语气说了这么一句话，但是脸上仍挂着微笑，“你看我们像是好惹的人吗？”

“当然不是，长官，”威利划了个十字说道，“如果华尼托有固定住所的话，我肯定会毫不犹豫地告诉你们的。但是他真的是居无定所，电话就更不用说了。胡安·佩内塔现在太穷了，死了都买不起棺材。你们不知道这一点吗？他就像一条流浪狗。自从他被《三个滑稽人》节目辞退后就变成这样了，不久前好像更是连一分钱都没有了。这么说你们应该能明白了吧？而且他现在记忆力衰退得很厉害，有时候他连自己是谁都不记得了。”

“可怜的胡安·佩内塔，”年纪大的那人边说着边递给了威利一张纸条，“帮我们个忙，威利。如果你查到了胡安的地址，就打上面的电话，就说找菲利克斯·马杜埃尼奥队长，或者找阿尔尼亚副队长。”

“这是你和我们之间的小秘密，威利，”年轻的那人说道，“当然了，我想我们走后你不会蠢到去告诉你的朋友我们在找他吧？”

“绝对不会，”威利用拳头捶了一下桌子，抗议道，“我一直是支持政府工作的守法公民。”

“当然啦，威利，你是个模范公民，这一点我们所有人都知道，”副队长阿尔尼亚向他伸出了手，“再见，伙计。别忘了帮我们查查你朋友的地址，越快越好。”

“然后他们就走了，”威利道，“再然后我就跑到外面往莫高隆酒店打了电话。现在你知道我为什么不跟你在电话里说这事了吧？我肯定要当面跟你说才行啊。”

胡安有一种错觉，他觉得威利说的那件事从来就没有发生过，只是一场噩梦，而他随时都会醒来，然后哈哈一笑，笑自己为一件从没有发生过、将来也不会发生的事情而担惊受怕。但是他的朋友威利此时就坐在自己面前，一脸遗憾地望着他。服务员来问他们想不想来份辣石首鱼片。

“新鲜吗？”威利问道。

“今早才从卡亚俄港运来的，刚捕上来的。”

“来两份吧，好好做啊。对了，再来一瓶啤酒，要很冰的那种。”

“我不太明白，威利，”服务员一走远胡安就又开口说道，“为什么宪兵队的人要到处找我呢？”

威利摊了摊手，抓住了胡安的胳膊，但是很快又松开了手。

“我一点儿想法也没有，兄弟，”他又说道，“但是直觉告诉我不会是什么好事儿，华尼托。他们可能想陷害你。你想想看，他们把那个记者的尸体扔在我家门口，只过了几天就来问我关于你的情况。所有人都知道你恨加洛，都知道你从几年前开始就不停地给媒体写信。你看不出这些事儿之间的联系吗？”

“你想说什么，威利？你想说我写信的事儿和他们为什么找我有关？但是这很没头没尾啊！我做的这些事情从几年前就开始了，有十年或十二年了吧，也有可能没有那么久，但肯定至少有五年了。”

“我知道，华尼托，”威利想要安慰一下胡安，但是他接下来的话却让胡安更紧张了，“警方做事一向是没什么逻辑性的。只有一件事是确定无疑的，那就是这些人在筹划某个针对你的阴谋。我不知道具体是什么样的阴谋，但是如果那些人紧咬住你不放的话，你可就要倒大霉了。还好他们现在还不知道你住在哪儿，你得赶快逃走，消失一段时间，兄弟。”

“威利，你让我逃走？”胡安张大了嘴巴，“逃到哪儿去呢？拿什么逃呢？要是真的如你所说，我连棺材钱都没有，那么我能逃到哪儿去呢？”

威利点了点头，又拍了拍他的肩膀。

“虽然我很想那么做，但是我实在不能让你住在我那儿，华尼托。他们肯定派了人盯着我的赌场。你再好好想想，说不定就能找到藏身的地方了。对了，你如果找到了地方，可千万别告诉我你要藏到哪里去。我不想知道，因为我不想再对那些宪兵撒谎了，他们很可能还会再来问我你的下落。”

胡安盯着他的朋友，不知道该说些什么。这一切都是真的吗？他能从噩梦中醒来吗？他现在领着补助金、到公共食堂吃饭，对于他这样一个已经被摧残得不成样子的人来说，生活难道还会变得更糟吗？警察或者是宪兵正在找他，啥？在找他胡安·佩内塔？太可笑了，太滑稽了，他不知道该说些什么，也不知道该做些什么。

“我没什么可躲的，威利，”他最后说道，“我想最好我还是主动去找那些到你这儿来的人，然后问问他们为什么要找我，找我干什么。可能只是一场误会。你觉得呢，兄弟？”

“我建议你别干那蠢事，华尼托，”威利满脸悲伤地望着胡安，“他们既然已经开始找你了，就说明你已经很危险了。就算这里面有误会，误会了你、我，这件事都有可能变得很糟糕。总之，你压根儿就不知道他们想对你做些什么。我对你讲这件事是因为我关心你，因为你是我的老朋友，而我已经没有多少老朋友了，可能你是最后一个了。所以我不想让你出事，不想让你消失。你要知道，在我们这座城市，让一个人消失实在是太容易了，只需要把它推到恐怖分子身上就行了。你好好想想接下来要怎么做吧，我唯一求你的是，如果他们最后找到了你，你不要告诉那些人我曾经找过你、跟你讲过他们在找你。”

“我当然不会说出来的，威利，”胡安·佩内塔说道，“你不知道我有多么感激你告诉我这事儿。我当然永远都不会把你暴露出去的。如果他们问我的话，我会说我已经很久都没见过你了。”

“那就好，”“出租车司机”威利说道，“不管这到底是怎么回事儿，咱们最近还是不要再见面了。你觉得呢？”

“同意，”胡安的脸上满是忧虑，“你说的在理儿，兄弟。”

18. 工程师卡尔德纳斯最难熬的一夜

他的眼睛刚刚适应屋子里的黑暗，就看到在紧紧地挤靠着的众人之间那被涂抹得乱七八糟的墙上有人用粉笔写下了几行大大的字：

你以为噩运已结束，
实际上它才刚开始；
你觉得自己看到了光亮，
然而到来的却是黑暗

这是《圣经》里的句子吗？他有点儿害怕，但还是能感觉到四周的恶臭，这让他头昏脑涨了起来。这是一种很多臭味混合到一起的味道：汗味、尿味、屎味……屋子里挤满了男人，有的半裸着，有几个坐在水泥凳上，还有的就直接躺在了地上。没人开口说话，但是基克能够感觉到，在黑暗中至少有十几双眼睛在盯着他这个刚到这间牢房、地下室、酷刑房或是随便叫什么的地方里来的新人。他在想自己是不是做了一场噩梦，这一切不应该发生在自己身上，尽管有着一大堆的困惑，现在都来不及为自己辩护了。他觉得自己可能会死，或者更糟，这辈子剩下的日子都在牢里度过。他的眼睛里充满泪水，感觉到一股巨大的忧伤，心情跌落到了谷底。就在这时，他发现原本躺在他脚下的一个腰部以上裸着的人向他爬了过来，把脸凑到他跟前说："你想让我给你'吹箫'吗？五索尔一次。"在黑暗中他感到那人的手已经放到了他的裤裆上。

"放开我！放开我！你干什么！"他一把打开了那只手，站起身子喊叫道。

他的身边出现了一点儿骚动，有几个人挪动了一下身子，但是很快又静了下来。

"这对你可不是什么好事儿，白人先生，"他身旁有一个干涩的声音说道，"你要是不想让别人给你'吹箫'，那你肯定喜欢给别人吹。过来跪下，张开嘴，给我吹吧。虽然现在是软的，但你要是认真给我吹的话，只要两三秒，它就会硬起来的。"

基克试着跨过躺在地上的人，朝门口走去。他握紧拳头，绝望地敲打着大门，喊叫着："守卫！守卫！"他听到自己身后响起了一阵嘲弄的笑声。没有人动弹，也没有守卫闻声前来。

就在这时，他感觉到一个高大的身躯贴到了他的身上，来人扶着他的腰，在他的耳边说道："别害怕，白人小哥，我会罩着你的。"那人呼出的气息灼烧着他的脸。

"我没钱，"基克嘟哝道，"他们把我的钱包收走了。"

很奇怪，扶着他腰的这人却给了基克一种莫名的安全感，减轻了他的恐惧。“不要紧，以后补给我就行了。我信得过你，白人小哥，我相信你。”基克发觉自己的腿在颤抖，他觉得如果那人松开手的话，自己肯定立刻就会像一袋土豆那样瘫倒在地。“过来，咱们坐到那边去。”那个壮实的男人在他耳边说道。基克被推搡着，在黑暗中慢慢前行，他的脚不时会碰到躺在地上的人的身体，有的人在打呼噜，有的人在断断续续地说着梦话。基克依旧在心里念叨着这一切怎么会发生在自己身上，他不明白上帝为什么要这样惩罚自己。像他这样一个有家有业、受人尊敬的人怎么会到牢房里来呢？身边还挤满了犯人、堕落的人和疯子！有时候他还会磕碰到水泥凳，而拉着他的那个壮汉似乎有着某种权力，因为沿路躺着的人自觉地给他们让了条路出来。可能他是这些人的头领？壮汉让他坐了下来，而他自己则坐到了基克身旁，手仍放在基克的腰上。基克感觉那人的身子离自己很近。那人确实非常壮实。惊恐之情稍微褪去了一点儿。“好的，谢谢您，”基克低声嘟哝道，“请帮我应付一下这些人吧。我回头一定会给您付钱的，您要多少都行。”

一阵沉默之后，基克感觉到那人把脸凑了过来，呼出的气息从基克的鼻子和嘴巴钻进了身体里。那人继续说道：“你应该庆幸是我先去找你的，白人小哥。要是你被那边几个小黑哥带到他们的那个角落里去，他们现在早就把你的裤子脱下来，往你的屁眼儿里涂润滑油，排着队干你了。他们就好这口。这还不是最糟糕的，最糟糕的是他们中至少有一个人有艾滋病。但是你不用担心，只要有我罩着你，谁都不敢碰你。在这儿我说了算，白人小哥。”

基克心中又是一惊，他注意到对方两只有力的大手中的一只从自己的腰上移开了，但这一举动并不是为了让基克感觉更舒服。他拉起了基克的右手，把它放到了自己的裆部。基克发现对方的裤裆是开着的，他的手指触碰到了一个坚硬如石头的东西。他很害怕。他试着把手抽开，但是那个壮实的男人粗暴地制止了他，并且用自己强壮的身体把基克紧紧地压在了墙上。此时，他说话的语气也变得严厉起来了，像是在威胁基克：“给我撸，白人小哥。我不想伤害你，但是如果你不乖乖听话，我会那么干的。我答应你会保护你，但是现在你得先给我撸一发，你看老子有多硬。”基克感觉又害怕又恶心，他在颤抖，但最终还是屈服了。几秒钟后他就感到对方射精了，而自己的手上、裤子上被射得满是精液。不知从什么时候起，基克哭了起来，一颗颗巨大的泪珠顺着脸颊滑落了下来。他感到很羞愧，觉得自己很丢人，很恶心。“对不起，对不起，我太懦弱了。”他这样想着，连自己都不知道是在向谁道歉，因为他现在已经不再相信上帝了，也没有任何别的信仰，大概要相信魔鬼？还有什么能比他此时的经历更糟糕吗？他宁愿去死，甚至自杀也行。

他闭上了眼睛，想试着睡一会儿，但是他太紧张了，压根儿就没法入眠。他尝试着让自己冷静下来。这里面一定有什么误会。他，恩里克·卡尔德纳斯，怎么能和这些小偷、流氓、流浪汉、同性恋一起被关在同一间肮脏的牢房里呢？他是那么知名和重要的人物，警方怎么能这样虐待自己呢？玛丽萨肯定已经给卢西亚诺打过电话了，他们肯定也已经一起找过那些有影响力的朋友们了，他在矿业上的合作伙伴可不仅限于秘鲁，而且还有他所从属的行业协会，他的朋友们肯定已经去见过检察官、法官、“博士”，甚至是滕森总统了。没错，没错。肯定有很多人正在中间斡旋，他们会把他从这儿放出去的，会来请求他的原谅的。他会对那些人说没事、对不起、没关系、抱歉、忘了这件事吧。但是在他的心里，永远都不会原谅那些把他扔到这肮脏的牢房里面的人。就是他们让自己在这些恶人中间担惊受怕，他们嘲讽他，侮辱他，让他蒙受了此生最大的羞辱。他觉得自己用来给那个已经睡着了的混蛋手淫的手粘糊糊的，但是他不敢用手帕把已经干了的精子擦掉，因为他怕把那人吵醒，说不定他醒来后又会提出什么更过分的要求。基克的内心生出了一股复仇的火焰，他想让藤森和“博士”为自己所经历的这个充满恐惧的夜晚付出代价。这一切都是他们的错，这是毫无疑问的。是他们让我坐牢的。

他看到从屋子里唯一的一扇小窗户上透进来了一丝光亮。天亮了吗？从铁栏杆之间射进来的灰色光线让他感觉好了一些，没有那么绝望了。他的头皮有点儿痒，他想在这个猪圈里可能有无数的跳蚤。出狱之后他一定得把头发剃光，用酒精好好擦擦头皮才行。他记得自己听说过，军队里就是这样给士兵除跳蚤的。我还能有机会给自己除跳蚤吗？他感到浑身的肌肉都很酸痛无力。“我怎么晕乎乎的啊。”这是他失去意识前最后想到的事情，“我是不是又要昏倒了？”不知道是睡着了还是昏倒了，总之他做了噩梦。但是醒来后却怎么也想不起梦的细节来了，只是隐约记得梦里的世界也是一片黑暗，自己的双脚深陷泥中，看不见的虫子在咬着他的膝盖，就像自己学生时代在亚马逊雨林的经历一样。在那次亚马逊之行中，虫子甚至能穿透皮靴叮咬他，咬得他腿上全是包。他又闻到了精液的味道。他很恶心，却吐不出来。

他再次睁开眼睛时，窗户里透进来的光线更强了。他觉得自己好像在看一部印象派的电影。自己身旁挤着的这二十多个年纪有大有小的男人就像是漫画人物一样：长头发、伤疤、文身……有些人半裸着，甚至没穿鞋，有的人则穿着拖鞋；有的人躺在地上，有的人倚在水泥凳上；有的人张大了嘴巴在睡觉，连牙齿都快掉没了，还有的人在紧张地东张西望；有的健壮黑人光着脚丫子，眼神里充满了放荡。那个强迫自己给他手淫的男人已经不再躺在自己旁边了。他是那些可恶的魔鬼里的哪一个呢？基克觉得此时没有人在看自己，也没人留意到他已经醒来。他睡的姿势不对，现在浑身酸痛。他口很渴，舌头像一张砂纸那样摩擦着自己的牙齿。他想这时要是能喝上一杯茶或咖啡就好了，或者能洗个澡的话就更美了！可是接下来又会发生些什么事情呢？

入狱前，他们把他的钱包和手表都收走了，连婚戒也没留下。他们什么时候会把那些东西还给自己呢？自己在这个猪圈里待了多久了呢？还会继续待多久呢？他想自己绝对无法在这魔窟里再待上一个晚上了，这些魔鬼还不知道会对自己做些什么呢。至少在他们刚把他抓来询问他的那两天，他们还是把他关在单人间里的，房间里还放了把椅子。要是继续被关在这里，他就用头撞墙，撞到头破血流。他宁愿用自杀来结束这一切。有人摇了摇他的胳膊，把他叫醒了，原来他刚才又睡着了，也有可能是又晕倒了。

他看到了一个留着浓密的大胡子的老人的脸，老人好像还在嚼着古柯①。他听到老人用含糊的西班牙语对他说："先生，他们在叫你。"他指了指门的方向。

基克费了很大劲儿才站起了身子，又费了更大的力气才迈开了步子，小心翼翼地踩着躺倒在地的身体间的缝隙，向门口走去。门还是关着的，但是基克刚刚敲了两下，门就伴着一阵金属的响声被打开了。基克看到门口站着一位头戴钢盔、手持自动步枪的狱警。

---

① 南美洲及西印度群岛所产的一种药用植物古柯叶。

“是工程师恩里克·卡尔德纳斯先生吗？”狱警问道。

“对，就是我。”

“带上你所有的东西跟我走吧。”狱警继续说道。

“什么叫带上所有的东西？”基克问道。

“你的个人财物。”

“你们已经把我的财物都收走了。”

“那好吧。”

基克很努力地沿着楼梯向上走去，他都不记得前一天晚上自己曾经沿着同样的楼梯走下去过。爬楼梯的过程中他不得不停下来好几次，每走十级或十五级台阶就得倚在墙上休息一会儿。楼梯的尽头还有另一个门，过了这道门之后有一条走廊，他看到走廊上有好几个狱警正在边吸烟边聊天。他觉得浑身乏力，根本迈不开步子，只能拖着双腿继续朝前走。他心跳得很厉害，觉得很恶心。“我得撑住，我不能再昏倒了。”

最后一道门终于被打开了，一道强烈的光线射了进来。在雾气中他分辨出了玛丽萨的身影，她是那么美。他还看到了卢西亚诺，他仍和平时一样有气质。他想冲他们笑一笑，但是他感到自己的双腿再也无力支撑自己的身体了，他眼前一黑……“他晕倒了！”他听到有人在喊叫，“快叫医生，快！”

19. “扒皮女”和当权者

“扒皮女”曾想到会发生这些事，却从来都没想到过会这样发生，尤其没有想到连那个人都会掺和进来。自从她控告矿主恩里克·卡尔德纳斯因乔西卡的照片事件而雇凶杀害了她的领导、《大曝光》杂志主编罗兰多·加洛开始，她就被卷到了暴风雨的中心：无数人给她拍照，报刊、电台和电视台的各个频道轮流要对她进行采访，警察、检察官、法官也不停找她问话。多亏下定决心把事情闹大，现在她终于感觉自己安全了。她在接受采访时反复强调：“如果哪天我被车撞死了，或是被哪个醉鬼捅死了，你们应该能想到谁是幕后主使吧？没错，和雇凶残忍地杀害了我的老板、挚友和恩师罗兰多·加洛先生的是同一个人。”

通过这样大肆的宣传，她就真的安全了吗？至少暂时不会有危险。但是当她晚上独自在自己位于五个街角街区的阿兰西比亚上尉大街的家中钻进被子里准备睡觉时，那股紧张的感觉就会再次袭来。这次指控给她带来的安全会持续多久呢？一旦风头过了，媒体不再采访她了，那么危险就会再次降临。尤其是，在被关押审讯了几天之后，工程师恩里克·卡尔德纳斯已经获得了假释，尽管仍然被限制出境，但至少他已经获得自由了。

这次，车子并没有在晚上过来，而是在早晨来的，那时已经有一丝光亮从她卧室的小窗户里透进来了。“扒皮女”听到有车子停在自己门口时就从睡梦中清醒了过来，没过多久，敲门声就响起了。这次来的是三个人，三个宪兵队员。

“您得跟我们走一趟，莱吉萨蒙小姐。”他们之中年纪最大的那个人说道。他是一个健壮的乔洛人，镶了颗金牙，围着条围巾，穿了件皮外套，说话时，红色的舌尖会露出来，就像壁虎那样。

“去哪儿呢？”她问道。

“您很快就会知道的，”男人的脸上露出了微笑，好像是为了安抚她，“不要害怕。有位重要人物在等着您呐。我想您是个聪明人，不会拒绝这次会面的，是吧？如果您想梳洗打扮一下，也没问题，我们可以在这儿等您。”

她洗了脸，刷了牙，随便取了件衣服穿上：卡其布裤子、拖鞋、蓝色上衣，她还顺手把笔和纸带在了身上。一次重要的会面？更有可能是一个陷阱。她在自己的手机上写道：“三个男人来找我了，我不知道他们要把我带去哪儿。记者朋友们，请注意，现在任何事都有可能发生在我身上。”她尝试着去控制自己的情绪，尽量不让自己表现得很害怕。直觉告诉她，这将会是一个或改变她命运或终结她一生的重要时刻。她指控恩里克·卡尔德纳斯的决定是对的吗？还是说她在自掘坟墓？“扒皮女”，你很快就会知道答案了。“我不怕死”，她这样对自己说道，但事实上她从头到脚都在发抖。她很确定对方一定会让她吃些苦头。他们会折磨她吗？她还记得自己在什么地方读到过一则轶闻，说“博士”给几个企图推翻藤森统治的军人注射了艾滋病毒。她感觉自己好像在裤子里尿了几滴尿。

车子并没有开往利马城，而是绕着意大利广场转了个圈，沿着万塔大街朝下走，一直走到了格劳大道。让她惊讶的是，接下来车子拐上了泛美大道，径直朝海边驶去。车子刚一驶上南方高速公路，车后排把她夹在中间的两个男人中的一个就拿出了一只头套，告诉她说他必须把她的头蒙起来。他小心翼翼地给她套上了头套，但是既没有给她戴手铐，也没有把她的手用绳子捆起来。她感觉他们拐了很多弯，后来她听到车外有些嘈杂，又行驶了一会儿，车子停了下来。他们帮助她下了车，左右两边各有一人扶着她的胳膊，带着她上了几级台阶，然后又沿着她觉得是一条长廊的地方走了一阵子。她发现扶着她的人很小心，好像生怕磕碰到她似的。最后她听到了开门和关门的声音。

“你现在可以把头套取下来了。”她听到了一个男人的声音。

她听从指示取下了头套，看来，站在自己面前的男人就是刚才说话的人了。是他！是他本人！刚才听到对方的声音时她就怀疑说话的人是那位先生了。她太吃惊了，双腿颤抖得比刚才更厉害了。确定是他吗？她咬紧牙关，试着控制自己内心的恐惧。他们所处的房间没有窗户，灯全都开着，墙上挂着很多幅五颜六色的画。这里有椅子，有沙发，也有桌子，桌子上还摆着一些小雕像，地面上则铺着一张厚厚的地毯，人踩在上面不会发出任何声响。她听到从屋外不远处传来了海浪声。这就是那位先生那著名的、位于阿里卡海滩的秘密居所吗？“扒皮女”依旧十分害怕。没错，就是他，他此时正直勾勾地盯着她看，露出了好奇的表情，就好像她不是人类，而是某种什么动物似的。他的那双向外凸出的棕褐色眼睛在她身上游走着，眼神中却透着一股冷漠。她曾经在无数照片中看到过他，但是当面对视又是另一回事了：他比照片里更老、更矮，头发已经有些稀疏，但是手很大，嘴巴令人讨厌地张开着，从胸部和腹部都能看出他有些肥胖。所以说，眼前这人就是秘鲁真正的主人喽。他没有穿军装，而是穿着制服：棕色的裤子，光脚穿着皮鞋，黄色的上衣上印着几颗小五角星。他的手里端着杯咖啡，时不时地会抬到嘴边喝上一口，但即使是在喝咖啡时也没有把目光从"扒皮女"身上挪开。

"胡丽叶塔·莱吉萨蒙，"他突然用柔和的声音说道，好像是怕吓到她似的，"你就是有名的'扒皮女'啊，加洛以前经常和我提起你。当然都是说你的好话。"

他指了指桌子，桌子上摆着杯子、水壶、咖啡壶和果汁。

"来杯果汁？还是说你想来一杯咖啡，配上果酱面包？"他继续说道，"我的早餐就是这样的。不过要是你想吃什么别的东西的话，例如煎蛋，我也可以立刻让人给你准备。今天你是我的客人，不必太拘谨，'扒皮女'。"

她什么都没说，虽然还很害怕，但是已经稍微冷静下来一点儿了。她等待着这位知名的"博士"进一步向她解释找她来这儿的原因。但是对方却继续喝着自己的咖啡，还时不时地咬几口果酱面包，好像当她不存在似的。这里肯定就是他那个有名的居所，一座建造在利马南部某片海滩上的地堡。有传言说，这里有时还会举行极为放纵的狂欢。

她对他有什么了解呢？应该和其他秘鲁人知道的一样多吧。弗拉迪米罗·蒙特西诺斯曾经是军事学院的一名士官生，后来进了部队，一九六八年十月三日贝拉斯科·阿尔瓦拉多将军发动军事政变后，他被外交部任命为迈尔加多·哈林将军的助手。后来军方发现他窃取军事情报并将其出售给美国中央情报局。而当时贝拉斯科政府正在加强与苏联的合作，因此，时任炮兵上尉的蒙特西诺斯被逮捕、审讯，后来还被判了刑。他被军队开除，然后被关进了军事监狱。得益于大赦被释放后，蒙特西诺斯读了法律专业，并在毕业后成为了一名律师，也正是那个时期的经历让他有了“博士”这个绰号。后来他因为为贩毒分子辩护而出了名，用恐吓或贿赂法官和检察官的方式帮助很多毒贩免受牢狱之灾，或是使他们减了刑期。有人甚至把他形容为秘鲁的巴勃罗·埃斯科巴，也就是那位哥伦比亚大毒枭。据说他对操纵权术的把戏了如指掌，能充分利用混乱且腐败的司法体系来为自己和自己的客户牟取利益。

但是根据种种传言来看，真正让他时来运转的是一九九〇年阿尔韦托·藤森赢得总统大选期间发生的事情。在第一轮和第二轮投票过程中，海军发现藤森实际上并不是秘鲁人，而是日本人，他是随着他的移民家庭一起来秘鲁的，而他的家人就和其他许多亚洲移民家庭一样，为了保证自己的后代有更好的未来而给藤森伪造了出生证明，还特意把他的生日选在了秘鲁国庆节那天，也就是七月二十八日。他们甚至在教区注册了藤森的受洗证明，以此证明他是在秘鲁出生的。而在藤森参选总统、开始在媒体上抛头露面后，海军决定将他们的发现公诸于众。藤森害怕了，因为如果证明了他是日本人，那么根据法律规定，他将自动丧失参选资格。就在这一关键时刻，“博士”开始了他和那位充满恐惧的参选人的合作。“博士”确实是做这个的料，短短几天内，所有能够证明藤森伪造出生材料的文件都消失了，而发现那些文件的海军高官们要么被买通，要么被恐吓，都不再提起伪造文件的事情了，有的甚至还主动把文件销毁了。因此，这桩丑闻永远都没有被曝光出来。记录有藤森受洗情况的那页纸从教区的登记册里神秘地被人撕掉了，从此再也没有人见过。从那时起，“博士”就变成了藤森的左膀右臂，还被任命为国家情报局主管。也就是说，从几乎十年前开始，他就成为了秘鲁最恶劣的政治犯罪、交通事故、抢劫杀人案件的炮制者。还有传言说，他和藤森在海外藏匿了巨额资产。在我们的杂志刚刚失去了主编的前提下，这么一位有权势的魔鬼找我这样一个卑微的娱乐杂志的记者、小众期刊的写手干什么呢？

“我喝点儿咖啡和果汁就好，博士先生。”“扒皮女”用几乎听不见的声音说道。现在，比起恐惧来，她感受到的更多是惊讶。为什么他要把她带到这儿来呢？她怎么能站在秘鲁最有权势、最神秘的大人物面前呢？为什么国家情报局的主管对她如此友善，而且用老相识的语气谈论着罗兰多·加洛？她的老板从来没有提到过自己认识这位大人物。虽然说有时候加洛会略带钦佩地评论说“总统可能是藤森，但是在秘鲁真正说一不二的是‘博士’。”看来他们是互相认识的。为什么罗兰多·加洛从来都没有提到这事呢？

“我到现在都还没合过眼呢，‘扒皮女’，”他打了个哈欠，她明白为什么对方的眼球上布满血丝了，“我的工作太多了。我只有到了晚上才能专注在最重要的事情上，但是他们还不停地用鸡毛蒜皮的小事打扰我。”

他闭上了嘴，重新从头到脚慢慢地打量了她一遍，好像是想看透她内心和记忆中隐藏最深的秘密。

“你知道我为什么这样看你吗，‘扒皮女’？”“博士”思索着她内心的想法，问道。他说话时隐约还带着点儿阿雷基帕口音。他冲她微笑着，想要让她平静下来。“因为我在想，你的身板这么小，胆子却大得很呐。我是想说，你真的够种，请原谅我如此直白。”

他自己先笑了，脸皮都皱了起来，但是她却没有笑。她那双大大的眼睛紧紧地盯着这位重要人物，没有对这句突如其来的夸赞表示感谢。她心想：“现在他应该是秘鲁最富有的人了吧，还是个杀人不眨眼的狂人。”她记得罗兰多·加洛曾经对她说过类似的话。

“指控恩里克·卡尔德纳斯工程师雇凶杀人！”他慢慢地、抬高了音调说道，语气里带着对她的尊重和夸赞，“你知道他是秘鲁最有钱的人之一吧，‘扒皮女’？你能想到就凭你对他做的这事儿，他就能让你见不到第二天的太阳吧？”

“我这么做恰恰是为了让他们不要像杀死罗兰多·加洛那样杀了我，”她的语气很简单，缓缓地说道，“我指控他就是要让他投鼠忌器，因为如果这个时候我出了什么事儿的话，那么毫无疑问杀我的人就是他。”

“我懂，我懂，”他又喝了口咖啡，还把给她准备的带奶沫的咖啡递给了她，“你的头脑很清楚，但是要付诸行动还是得有巨大的勇气才行，‘扒皮女’。虽说这次你搞错了，但是有什么关系呢？我给你讲点儿可能会让你惊讶的事情？我已经关注你很久了，你确实和我想象的一模一样，甚至更好。你知道我为什么喊你来吗？”

“为了嘲笑我对卡尔德纳斯工程师的指控。”她回答着，内心突然生出了一股安全感。

她看到“博士”有点儿心不在焉，然后突然笑了起来。他爽朗的笑声让她更加平静了。她感觉虽然身处这种地方，眼前是这样的人物，但是自己好像已经没有危险了。她记得罗兰多·加洛有一次对她说过：“有人说‘博士’很残忍，但是对帮助他抢掠杀人的那群人却很慷慨：他甚至会让他们成为大富翁。”

“事实上我很欣赏你，‘扒皮女’，”“博士”开始变得严肃起来了，用他那双疲惫的眼睛紧盯着她，“本来我还有些怀疑罗兰多对你的描述，但现在我相信了，看来咱们正在互相了解彼此啊。你没听错，亲爱的胡丽叶塔·莱吉萨蒙。”

“您不是因为那个才把我叫来的？”她问道。

“不是，”他摇了摇头以示否定，“不过我也不否认，你如果撤销指控的话对你和我都会是件好事，越快越好。让那位可怜的企业家好好地、平静地经营他的矿、赚他的钱去吧。撤销指控的手续很简单，这不是什么问题，你可以跟法官说你是被你老板的死吓坏了，说你的指控纯粹出于猜测。你别担心，卡尔德纳斯不会报复你的。我给你安排一个好律师，由他负责办理手续，你一分钱也不需要出。这些都由我来安排。撤销指控对你我有益无害，‘扒皮女’。对，你没听错，对你好，对我也好。而且从现在开始，我们就要一起工作了。不过话说回来，我并不是因为卡尔德纳斯的事儿把你喊来的。”

他不再说话了，开始喝他的第二杯咖啡，同时观察着胡丽叶塔。“扒皮女”听到了海浪声，海浪好像马上要把房间吞没了似的，但是很快海浪声就减弱了，消失了。

“如果不是因为那件事，那么我为什么有幸能来您这儿呢，‘博士’？应该不会只是要随便聊聊吧？”

他一脸严肃地点了点头，用手捂住嘴又打了个哈欠。“扒皮女”好像在他的眼中看到了一股黄色的火焰，他的语气也变得完全不一样了：没有了和气，转而充满了威严。

“你知道我没时间听你撒谎，‘扒皮女’，所以我请你开诚布公地跟我讲话，明白吗?”

“扒皮女”点了点头。听到“博士”说话的语气有所改变，她又重新紧张了起来。但是她的心底有个声音在对她说，她不但不会有危险，反而可能会因为这次会面得到一些她绝对不应该错过的机会。如果她把握住了这些机会的话，她的整个人生都有可能发生极好的变化。

“加洛发布在《大曝光》的那些照片，”“博士”说道，“也就是工程师卡尔德纳斯在乔西卡光着身子干那些妓女的照片。给我讲讲这件事。”

“我只能告诉您我了解的情况，‘博士’。”她赶忙答道。

“越详细越好，但不要离题，”他很严肃地补充道，“我再重复一遍：要具体，但是不要加上你个人的推测。”

“扒皮女”知道自己别无选择，因此她把自己掌握的情况原原本本地告诉了“博士”。从大约两个月前《大曝光》杂志的摄影师塞费里诺·阿奎略神神秘秘地来到她的办公桌前开始讲起。他想和她单独聊聊一件重要的事情，他不想让办公室的其他人知道那事。而她从来都没有想到过这位可怜而又胆小的塞费里诺·阿奎略——不仅时常受到主编苛责，而且随便哪位同事都可以以任何借口冲他大喊大叫、轻视他、侮辱他的摄影师——手里竟然会握有如此有价值的照片。

当时是下午五点，塞费里诺和“扒皮女”在门选塔夫人的酒吧“克里奥尔式的愉悦”里一起吃了饭，这家店开在伊利巴伦街上，离苏尔基略区警察局不远。他们点了两杯加奶咖啡、两份冻猪肉配圆葱辣椒馅儿的三明治。“扒皮女”看到摄影师不太敢开口说话，还把手往后缩了缩，好像有些犹豫，这让她觉得很有意思。

“你要是这么犹豫的话就什么也别跟我说了，塞费里诺，”她建议道，“咱们吃个饭，把这个事情忘掉，然后我们还是好朋友。”

“我希望你看看这些照片，‘扒皮女’，”塞费里诺嘟囔着，谨慎地看了看四周，然后给她递去了一个用两根黄带子捆着的文件夹，“小心点儿，别让别人看见。”

“就是加洛刊登在《大曝光》上面的那些照片吗？”“博士”打断了她。

“扒皮女”点了点头。

“那些照片是怎么落入那个叫塞费里诺的人手里的？”他很感兴趣，紧盯着胡丽叶塔问道。

“是他本人拍的，”“扒皮女”答道，“是组织那次纵欲活动的人雇他拍的，好像是个外国人。”

“是考苏特先生。”塞费里诺·阿奎略低声道。他说话的声音很小，又说得慢，胡丽叶塔不得不凑近了身子才能听到。她看过照片后脸上升起的红晕还没褪去，塞费里诺说：“我之前已经给他干过几件棘手的活了。他想让我拍这个人和女人们上床的照片，而且要我拍很多张，但是不能被这个人发现。考苏特先生对我说这是个大人物，一个有钱人。他把我带到了乔西卡的一间房子里，提前准备好了一切。我是说，提前安排好了我偷拍的各个藏身地点，从那些地点拍照，光线是最好的。我都不知道自己拍了多少胶卷。我和考苏特先生约定这次工作的报酬是五百索尔。但是他从来没把这笔钱给我。他住在喜来登酒店，突然就消失了。对，不见了。他离开了酒店，然后就再也没回来过。一直到现在为止，我再也没见到过他。”

“从拍照到现在，有多长时间了？”“博士”问道。

“已经两年了，‘扒皮女’，”塞费里诺说道，“你看看，都两年了。我一直很缺钱，总是盼着考苏特先生能回来，但是他再也没现身过。可能他已经死了，谁知道呢？但是我有老婆孩子啊，胡丽叶塔。你看看咱们能用这些照片干点儿什么吗？我想说，怎么样用它们来赚点钱，至少让我回回本啊。”

“这确实是件大丑闻，塞费里诺，”“扒皮女”有点儿不安，低声说道，“你不知道被你拍到的这人是谁吗？”

“我当然知道，‘扒皮女’，”塞费里诺的声音比胡丽叶塔还低，“所以我才来让你给点儿意见。这可是个大人物。你觉得他会付钱给我把这些照片买下来吗？”

“你想敲诈他？”“扒皮女”一惊，但是立刻又笑了，“就凭你，塞费里诺？你真的敢吗？你知道用这种东西敲诈一个这么有影响力的人物意味着什么吗？”

“你帮我的话，我就敢，‘扒皮女’，”塞费里诺继续嘟哝道，“我确实不太有种，但是你有种啊，而且很有种。你要是愿意和我一起干这事儿，那咱们或许能赚点儿钱呢，你觉得呢？”

“谢了，塞费里诺。但是我拒绝，”“扒皮女”坚定地答道，“我是记者，不是搞敲诈的。而且我知道我的能力范围有多大，我清楚自己能和谁叫板，不能和谁叫板。我确实有胆量，但是我不愿意自找麻烦。”

她手里握着其中的一张照片，厌恶地瞅了一眼，内心升起了一股奇怪的感觉。是嫉妒吗？她很确定自己永远都不可能像照片里的妓女那样和一个男人摆出那种姿势，也永远不会允许两个男人同时和自己发生关系，然后射得自己满身都是精液。她感到遗憾吗？不，她觉得恶心，想吐！

“总之，塞费里诺，如果你想要什么建议的话，我想你还是应该去找老板聊聊。给他讲讲那位考苏特的事，他比你和我更了解这种事情。可能他会帮你赚点儿钱也说不定。”

“然后你和塞费里诺就带着照片去给罗兰多·加洛讲了在乔西卡发生的事儿?”“博士”插了一句，看上去对自己的推测很有信心，“而加洛就想出了用照片敲诈恩里克·卡尔德纳斯的主意，而且不但没经过我的允许，甚至压根儿都没和我提过这档子事。你知道你的老板问卡尔德纳斯索要多少钱吗?”

“扒皮女”回答之前先咽了口唾沫。为什么加洛在做那件事之前要先来请示国家情报局主管呢?难道加洛真的在为这人工作吗?她一直以来认为是老板的敌人们抹黑他的流言难道是真的吗?有传言说他的老板是为这人效命的，说他是蒙特西诺斯在传媒界的走狗。

“事实上那并不是敲诈，‘博士’，”“扒皮女”在心里不断思索着最恰当的词汇，因为她知道，只要一句话说得不好，自己的处境可能就会变得艰难起来，“他把照片带去是想让卡尔德纳斯投资我们杂志，那是加洛先生一直以来的梦想。如果您了解他的话，应该对此是很清楚的。他一直想把《大曝光》发展成有影响力的周刊，要比《请听好》和《假面具》更出名、更畅销。罗兰多觉得如果卡尔德纳斯成为股东或者杂志名誉主编的话，所有的广告代理就都会来找我们登广告了，那时杂志就会更有发展前景了。”

“如果只是心里想想的话是不用付出代价的，”“博士”挤出了这么一句话来，“罗兰多·加洛要比外表看上去愚蠢得多。但是，你还是没有回答我的问题，你知道他想要多少钱吗?”

“十万美元，作为启动资金，”“扒皮女”答道，“也就是第一笔投资。然后，等到工程师亲眼看到丰厚回报的时候，老板会让他投更多的钱。老板还对工程师说过，如果他想对自己投资的钱的去向更透明的话，甚至可以亲自找一个代理人，来监督资金的使用情况。”

“加洛真是愚蠢，”“博士”重复道，“他不想敲诈卡尔德纳斯，而是想出了这么个馊主意。要是他要的不是十万美元，而是五十万的话，可能他现在就不会死了。他就不能有点儿雄心壮志吗？然而那位矿主不但没有答应他，反而把他从办公室赶走了，是吧？”

“他对老板很粗暴。”“扒皮女”点头道。她不太明白“博士”刚才的话到底是什么意思，但是她现在已经十分确定自己的老板和此人之间一定有着自己之前从未想到过的复杂关系。肯定不只是传媒方面的联系，肯定更肮脏。“他还侮辱了老板，说绝对不会往如此肮脏的杂志里投一个子儿。他还说如果老板不立刻滚出他的办公室，他还要揍老板一顿。”

“然后，自感被羞辱，那个饭桶就把那些纵欲的照片刊登了出来，”“博士”又打了个哈欠，露出了厌恶的神情，总结道，“他被愤怒冲昏了头脑，作出了他这辈子最愚蠢的一个决定。现在你看到了，他为此付出了惨痛的代价，而我曾经警告过他。”

他意味深长地望了“扒皮女”一眼，再没开口说话。而她既没有眨眼，也没有闭上眼睛。为什么“博士”要对她说这些呢？他想让她明白些什么呢？他是在用这些话警告她什么吗？她感到自己又开始发抖了。她觉得自己听到的话让自己又处于危险的境地了。

“我不太明白您想对我说什么，‘博士’，”她嘟哝道，“我求求您了，我什么都不想知道。我只是一个记者，只想平平安安地工作和生活。请您不要让我陷入到危险之中，求您了。”

“罗兰多做了他不该做的事情。”“博士”依旧盯着胡丽叶塔，好像没听见她的话似的。他喝了一口咖啡，继续意味深长地说道："首先，他想要向那位亿万富翁敲诈十万美元；其次，他因为愚蠢的愤怒而刊登了那些照片；但是他做的最糟糕的事情，是没有提前把他的想法向我汇报。他要是更听话一点儿、对我更忠诚一点儿的话，那么他就不会死了，甚至我还能让他发一笔财。"

"我求您别对我说了，'博士'，""扒皮女"乞求道，"我求求您，关于这事儿我一个字也不想再听了。"

"博士"依旧盯着她，做了一个奇怪的表情，这个表情让"扒皮女"更加疑惑了。

"你马上要替我工作了，所以有些话我不得不讲，"他耸了耸肩，对胡丽叶塔的话不以为然，"你得吸取教训。我相信你是个聪明人，为了你好，今天你听到的话自己放在心里就好，对谁也不要讲。"

"当然，当然，""扒皮女"点着头，虽然心里清楚自己不该问那个问题，但还是问出了口，"您觉得是恩里克·卡尔德纳斯杀死了加洛吗？"

"博士"摇了摇头。

"他不会去杀任何人，他很懦弱，是个乖孩子，"他又耸了耸肩，轻蔑地说道，"现在去深究到底是谁杀了加洛没有任何意义，'扒皮女'。罗兰多的表现不好，然后为此付出了代价，仅此而已。好了，咱们不要浪费时间了，言归正传吧：《大曝光》今后要如何发展？"

"消失，"她答道，"没了加洛，除了消失，还能怎么办呢？"

"还有可能重新出现，让你当主编，""博士"略带嘲弄地望着她，"你有能力当主编吗？至少罗兰多觉得你行。我认为他对你的评价很中肯。我已经准备好帮你把《大曝光》维持下去了。你自己想想看当一个主编能赚多少钱吧。咱们很快就知道了。每期杂志送印前，我都想先看看样刊，当然偶尔我也会加点儿东西进去。可能你不相信，我是很擅长干这个的。不是必须的情况下，你和我还是少见面为好。但是咱们每周都要通一次电话，要是事情比较复杂，我还可以派个传话人去找你。就派菲利克斯·马杜埃尼奥队长去吧，你把这个名字记好。我会告诉你应该去调查谁，又应该去捍卫谁，但尤其重要的是应该去搞臭谁。抱歉，我说话又有点儿直白了，但是这是你为我工作过程中最重要的环节：让那些想让秘鲁倒霉的人自己去倒霉吧。你要像加洛那样把那些人搞得生不如死。好了，我想跟你说的就这么多。只要你为我工作，你今后的前途可以说是一片光明。但是不要忘记一点：我谁都会原谅，唯独不会原谅叛徒。我要求我的下属必须保持绝对的忠诚。你明白吗，'扒皮女'？那么再见吧，祝你好运。"

这一次，"博士"并没有和她握手，而是吻了吻她的脸颊以示道别。她又被戴上了头套，重新经过了长廊、楼梯，回到了车里。"扒皮女"发现自己心跳得很厉害。她很紧张，很害怕，但同时又怀有些许期待。她的脑海中闪过了无数个念头，有很多甚至是自相矛盾的。例如，召开一个记者发布会，当着无数记者的面、迎着闪光灯镜头，向工程师恩里克·卡尔德纳斯公开道歉，然后指认说杀害罗兰多·加洛的真凶是"博士"，他才是万恶之源；然而一转念间，她又坐到了周刊主编的宝座上，吩咐着手下们准备着新一期的杂志；她还想自己要买一栋怎样的房子、搬到哪个区去住。但是最令她感到兴奋的想法无疑是：自己永远都不会再踏足五个街角街区那些阴暗的巷子了。

20. 乱象

“放松点儿，基克，尽量放松点儿，”卢西亚诺友善地拍了拍自己的老朋友，“我真的不想再看你那张死狗般的脸了。”

“你弄疼我了，”玛丽萨试着推开恰贝拉的脸，但是后者显然劲儿更大，她毫不退让，继续咬着玛丽萨的嘴唇，同时把整个身子都压到了玛丽萨身上，“我能知道你到底怎么了吗，嗯？”

“我对我的下属唯一的要求就是忠诚，”“博士”又一次强调着，握紧拳头捶打着桌子，“绝对的忠诚！我已经对你说过很多次了，你还要我重复多少次，‘扒皮女’？”

“我很放松、很平静。卢西亚诺，我向你发誓。”基克回答道，然而他脸上苦涩的表情、硬挤出来的微笑和他的语调出卖了他，“你想让我高兴得手舞足蹈、放声高呼？那不可能。但是我知道最糟糕的时刻已经过去了，我保证我会慢慢地好起来的。我向上帝起誓，卢西亚诺。”

“你问我怎么了？”恰贝拉终于松开了嘴，怒气冲冲地盯着玛丽萨，“你真的想知道吗？我吃醋了，玛丽萨，我吃醋了！你这么快就又变成基克的依人小鸟了，真是你老公的好老婆啊！我看你随时可能会像辞退一个女佣一样对我不理不睬了。”

“我不知道您为什么会这么想，‘博士’，”“扒皮女”惊讶地说道，“我觉得自己完全是按照您的指示行事的。我保证，完成您的指令对我而言是最重要的事儿了，我希望您能对我的工作满意。”

“因为你不想让发生在加洛身上的事发生在你的身上，”“博士”毫不留情地说道，“我不是在责备你，而是在警告你。”

玛丽萨大笑了起来，用手搂住了恰贝拉的脖子，把她的头拉了下来，然后张大嘴巴吻了上去，两人的唾液又混合到了一起。吻完后，她的手依旧搭在恰贝拉脖子上，说道：“你好像是第一次吃我的醋哦。你吃起醋来眼睛更好看了，特别你那黑色的瞳仁，黑极了，而且眼神里还透着股蓝色的光芒。我爱死你的眼睛了！”

“小坏蛋，你是想用这些甜言蜜语讨好我吗？”恰贝拉也吻了吻她，说道。

她们两人裸着身子，恰贝拉在上，玛丽萨在下，身体紧紧地贴在一起。蒸汽房里很热，四周的木头都湿湿的，散发着蓝桉的香气，空气中混杂着人的体味和植物的气味。

“朋友们，让我们为幸福举杯吧，”考苏特先生举起了酒杯，“*Bottoms up*①！这里喜欢说‘干杯’是吧？那好，干杯！”

“不是那么回事儿，基克，”卢西亚诺纠正道，同时冲他的朋友笑了笑，“对你而言那肯定是一次可怕的经历，但是你得从心理上战胜它，用你的勇气征服它。最重要的是，一切都过去了，都过去

---

① 英文，意为“干杯”。

了，伙计。现在有谁还在说乔西卡那些照片的事儿呢？所有人都已经忘记了。因为又有新的丑闻出现了，人们又开始追逐那些事情去了。你现在再也不用发愁了。有人不跟你来往了吗？顶多是那么两三个无足轻重的人罢了，这对你实际上是件好事。你的朋友还是一样多，不是吗？而且罗兰多·加洛已经死了，恶有恶报。你还想要什么呢？"

"可能他是死了，"基克打断道，"但是《大曝光》又死灰复燃了，而且纸质更好了，每期刊登的照片是以前的两倍多。更可恶的是它现在的主编就是那个胡丽叶塔·莱吉萨蒙，加洛的帮凶，让我吃尽苦头的狗杂种，就是她指控我雇凶杀死加洛的！你觉得这还不够让我心烦吗？你觉得我能平静下来好好生活吗，卢西亚诺？"

"你再别提那杂志了，基克。'博士'答应处理那些事情，而且他确实做到了。那个女人撤销了指控，还在《大曝光》上给你公开道歉了。案件审理已经终止了，过段日子咱们就帮你从档案上把这次的事件完全抹掉，一点儿痕迹都不会留下的。你就忘了这事儿吧。从现在开始，好好工作，好好享受家庭生活。这些对你而言才是最重要的东西，老伙计。"

"无可争议的一点是，罗兰多·加洛搞砸了，他不忠诚，不服从我。""博士"又生起气来了。他紧盯着"扒皮女"，好像想要只凭那双棕褐色的、明亮的眼睛就让她从这个世界上消失似的："我警告过他，不允许他在《大曝光》上刊登那些照片。我自己知道该选择谁当我的敌人。加洛应该清楚，他不应该挑战我的权威，但是他骗了我，他说他已经把照片销毁了，但是一转身他就把照片发表了。他不知道这样做会给我带来麻烦吗？你知道我跟你说这些的意思是什么吗，'扒皮女'？"

“小姐们，把那些讨厌的衣服都扯掉，让我们看些精彩的东西吧。”考苏特给自己的空杯子里又倒满了香槟，用地道的西班牙语说道。

“你想让我吻哪儿，亲爱的？”玛丽萨在恰贝拉耳边说道，“我喜欢你吃醋，这证明你是真的爱我。我想让你享受一下，我想舔你，我想感受你高潮来临时的颤抖。”

恰贝拉没有答话，却帮助玛丽萨俯下了身子。

“对，玛丽萨，我真的吃醋了，”恰贝拉慢慢地说道，与此同时，她感觉自己的体温在上升，浑身的肌肉都开始轻轻地颤抖，“我看到你和基克还是像以前一样恩爱。你倚在他身上，当着我和卢西亚诺面就吻他，还总是手拉着手。你真的让我又爱又恨。对，对，就是那儿，亲爱的，再慢点儿。我好爽，亲爱的，让我高潮吧。”

“您，小姐，请坐到我上面来，随便你叫它什么吧，”考苏特先生用一种奇怪的、礼貌的语气下着命令，“而您，金发小美女，要到这边来，跪下，让我看看你的下面。干不干净不要紧，我是很不拘小节的。要是闻着有巴马奶酪的味道就更好了，哈哈。法国人管这叫‘米内塔’。西班牙人比较土，喜欢把这称作‘吹箫’。对了，秘鲁人把这姿势叫啥？”

“叫‘吹帕迪塔’，”那个叫莉茜娅或莉希雅的女人笑道，“要是女人给男人做的话，就叫‘科内提塔’。”

恩里克·卡尔德纳斯喝的香槟有点儿多，现在有点儿醉醺醺的感觉了。他不应该喝那么多的，实际上他并不喜欢喝酒，酒量也不是很好。同时，一些奇怪的东西开始影响他了，在那之前他更多地感到的是对眼前发生的一切的迷惑和不解、甚至有些不知所措。他感觉自己的下体有些瘙痒了。“帅哥，想让我帮你把衣服脱掉吗？”坐在他身旁的一个胖胖的女人说道。

“‘博士’，我不知道您为什么要说这些话。”“扒皮女”试着让自己尽量保持冷静，但是实际上她已经非常紧张了。这一切都不太正常。出什么错了吗？“博士”为什么又要重复这些话呢？真的是他下令杀死罗兰多的吗？如果真是那样的话，那么她的处境就又危险起来了。她知道的秘密有点儿多了。她已经尽了自己最大的努力来完成“博士”的指示，而到目前为止，他也一直对她的工作表示满意。“我一直努力做好您交给我的任务，‘博士’。”

“因为你是我的得力助手，”“博士”疲惫的脸上露出了微笑，但是他的微笑仍然像一把尖刀刺痛着胡丽叶塔的心，“所以我不想失去你，‘扒皮女’。我也不想有朝一日把你当成叛徒处理掉。对，没错，我知道你在想些什么。我的意思是，我不想把你像罗兰多·加洛一样处理掉。”

“扒皮女”觉得自己的心脏似乎停止了跳动。是他下的命令！是他杀了加洛！她害怕得连牙齿都开始打战了。她的一双大眼睛死死地盯着“博士”，她发现他的表情也变得有些痛苦了起来。

“我原本是不应该跟你说这些的，我知道这会让你难受，但是你必须知道你已经在这场游戏里了，‘扒皮女’，”他缓慢而又严肃地说道，“这场游戏的掌控者比你、比我都更强大。是权力！朋友，权力是不允许自己被玩弄的。在权力游戏之中的人，最后的结局都是非生即死。做我禁止去做的事，去敲诈那个富翁，这就意味着对我的背叛。加洛他是只见树木不见森林啊，他有可能把我苦心经营的一切都毁掉，甚至让我本人万劫不复！你明白了吗？我也很痛苦，但是我不得不那么做。”

“不得不那样残忍地杀死他？”“扒皮女”含糊地说道，好像她的嗓子被什么东西堵住了似的，“不得不把他的脸砸烂？就因为他违抗了命令？”

“我不否认，这一点他们做得是有点儿过分了，我已经骂过他们了，也扣了他们的钱，”“博士”承认道，“但是干那些事的人跟你我不同，他们本来就是一些野蛮人，他们像野兽一样，就喜欢杀戮。可有时候我确实得借助他们的力量，在罗兰多的事情上就是如此。你相信我，我也很遗憾。”

“我不知道您为什么要告诉我这些，‘博士’，我很害怕，真的。”

“我给你讲这些是因为我信任你，你已经算是我最得力的助手了，‘扒皮女’。也正因为此，你现在赚的钱是你之前想都不敢想的，而且人们现在很尊重你，也很惧怕你，”“博士”的声音柔和了一些，“你还从你那五个街角那边的小房子里搬了出去，搬到了观花埠。你买了漂亮的衣服和家具。所以说你和我之间的关系是很清楚明白的，我们是朋友，也是同伙，是一条绳上的蚂蚱。如果我完了，你也不会有好下场。好了，现在继续工作吧。议员阿里埃塔·萨洛蒙的事办得怎么样？这可是你当前的首要任务。”

“卢西亚诺，把档案里的那些痕迹抹掉对我而言不费吹灰之力，”基克说道，“但是要我抚平肉体和精神上受到的创伤可就太难了，兄弟，我用我可怜的母亲起誓（愿她安息），我的兄弟们一直认为是我的丑闻让她羞愧致死，也就是说，是我亲手杀了我的老母亲。卢西亚诺，你觉得我能原谅自己吗？”

“就是那儿，就是那儿，”恰贝拉娇喘道，“我要来了，美国妞，要来了。”

过了一会儿，玛丽萨直起了身子，抱住了恰贝拉，又开始寻觅着她的嘴巴，她把自己嘴里含着的液体送到了恰贝拉的嘴里，命令道：“你也尝尝吧。”恰贝拉服从了，她把它们吞了下去。于是两个人又抱到了一起，再一次吻了起来。玛丽萨在恰贝拉耳边用她兴奋时特有的语气说道：“不要再吃醋了，亲爱的，因为每次我和基克做爱时，你都在旁边，就在我们两人中间。”

“胡说什么呐，傻瓜！”恰贝拉吓了一跳，用双手捧住玛丽萨的头，把她拉远了一点儿，“你不会已经告诉了基克……”

玛丽萨搂住了她的脖子，把嘴巴贴到了恰贝拉嘴边，说道：“嗯，我全都告诉他了。他兴奋得像个疯子，所以我说每次我俩做爱时你其实都在旁边，你每次都和我们一起在做。”

“我真想杀了你，我发誓我一定要杀了你，玛丽萨，”恰贝拉喊道。她不知道自己是不是该相信玛丽萨的话，她作势欲打，但是又把手放了下来。她不但没有用手打玛丽萨，反而又把手放到了对方的两腿之间，抚摸着。

“慢点儿，你弄疼我了。”玛丽萨抗议道。

“把这东西往下面和鼻子上抹一点儿，”考苏特先生说道，就好像医生在叮嘱自己的病人一样，“你就会重新坚挺起来的，然后就让这些姑娘们享受享受吧，先生。”

“两位女士要洗一上午蒸汽浴吗？”卢西亚诺看了看表，问道，“其实我都有点儿饿了。你不饿吗，老朋友？”

“让她们好好玩玩吧，”基克提议道，“要是人人都像她们一样就好了。发生不好的事情时，她们也会担心，但是很快就把注意力转移到衣服、购物、八卦还有其他那些乱七八糟的事情上去了。当个没心没肺的人也挺好。”

“别胡说了，老伙计，”卢西亚诺道，“那些恐怖主义的行径让恰贝拉每天晚上都失眠。她还老是会假想我被坏人抓走了，就像卡奇多一样，或者更糟，我们的女儿被抓走了。我那可怜的老婆为了能够睡着，必须每天晚上都吃几片安眠药。”

“你知道什么事让我睡不着觉吗，卢西亚诺？”基克说道。他压低了声音，好像害怕在这座空旷无人的花园中有谁会偷听他们讲话一样，补充道：“在那件事中还有很多细节无法解释。首先，那个可怜的家伙，就是叫胡安·佩内塔的那个有点儿痴呆的老人，他们说他是杀害罗兰多·加洛的真凶。你相信吗？反正我不信。”

“他不是自己都认罪了吗？”卢西亚诺犹豫了一下，答道，“他这辈子不是一直在写信威胁和恐吓罗兰多·加洛吗？法庭上出示了几十份类似的信件呢，不是吗？基克，别搞得自己比教皇还悲天悯人吧。”

“卢西亚诺，没人相信他的口供。谁会真的认为这么一个垂垂老矣的诗歌朗诵者能犯下那么可怕的杀人罪呢？”

“不管怎么说，咱们都得现实一点儿。重要的是结果。他们能找到真凶，对你而言是再好不过的事儿了，这样你就能安心过日子了啊，”卢西亚诺说道，“虽然我们不能排除这一切都是‘博士’安排好的。可能背地里有一些我们不知道的肮脏勾当。但那和你有什么关系呢，伙计？”

“先生们，我连你们所说的堂·罗兰多·加洛先生是谁都不记得了，”胡安·佩内塔肯定地说道，“虽然这名字我确实很耳熟。你们别以为殴打我就能让我恢复记忆。要是能记起事情来的话，我自己才是最开心的，对吧？我的脑袋从很久之前就开始消极怠工了，这你们是知道的。现在我求你们了，以上帝的名义，请让我安静一会儿吧，别再打我了。”

“老混蛋，法官的判决对你而言简直就像是中了大奖，”警长说道，“你承认人是你杀的，然后法官会下令给你做精神鉴定，之后专家们会诊断你患有老年痴呆，再然后你就可以不为你的罪行负责了。”

“老年痴呆，”检察官重复道，“你不仅不会被关进监狱，反而会被送到敬老院享福。你想想吧，里面有护士，有可口的饭菜，还有医疗看护。你可以自由地接受探视，每天都能看电视，每周还能看一次电影呐。”

“那里可跟你莫高隆酒店那间住满老鼠的小破房间不一样啊，而且那栋楼说不定哪天就塌了，会把你们这些租客统统压死，”警长继续解释道，“你要是拒绝这么好的提议，那可真是脑子进水了。”

“我能把塞拉芬也带进敬老院吗？”胡安突然感兴趣了起来，问了这么一句，然后又补充道，“就是我的那只猫，我给它起了这么个好听的名字。那只小可怜天天担惊受怕，就怕附近的黑人会把它抓走做成猫肉大餐。我很感谢你们不再打我了。头上被打了这么多下，我的眼睛都快看不清东西了。先生们，请对我仁慈点儿好吗？”

“胡安·佩内塔，因为打你的头不太会留下痕迹。”警长笑了。另外几个在场的人也笑了。胡安·佩内塔以为此时发笑是某种礼仪，所以也想试着笑笑。虽然被橡胶短棍打得后颈很痛，但胡安还是像折磨他的人那样笑了起来。

“你当然可以带上你那只叫塞拉芬的猫，带狗也行，甚至带个婊子进去也行，当然前提是你得有。”警长继续说道。

“在这里签名，字迹清楚点儿，”检察官拿出一张纸来，在纸的底部指了指，“签完名就再也别开口多说废话了，朗诵者。说真的，你真是个幸运儿，胡安·佩内塔。”

“只有一个小问题，检察官先生，”嫌疑人悲伤地说道，“那位先生，我已经记不起他的名字来了，他不是我杀的啊。我都不记得自己是不是认识他了。我不知道他是谁，也不知道他和我有什么关系。”

“咱们该走了，亲爱的恰贝拉，”玛丽萨说道，“他们肯定会觉得奇怪，咱们在这里待太久了。还有，你的耳朵被我咬成这样，还不知道基克和卢西亚诺会怎么想呢。”

“他们一看到你的耳朵，肯定就知道你道德败坏了，”恰贝拉笑道，“好吧，那咱们走吧。但是走之前我还是要再问你一遍，你是不是真的把咱们的事情都告诉基克了？你丈夫想着你和我做爱，真的会感到兴奋吗？”

“我当然全都告诉他了，”玛丽萨笑了，“但我没说事情真的发生了，只是当成一个幻想告诉了他，好让他兴奋起来，坚挺得更久一点儿。我发誓，没有什么比这个更能令他兴奋的了。”

“想象着我和恰贝拉做爱，真的会让你那么兴奋吗？”

“真的，真的，亲爱的，”基克承认道，他抱着自己的妻子，慌慌张张地抚摸着她，“给我多讲讲，告诉我你们之间真的做过，而且做过很多次了。告诉我你们现在正在做着，今天还会再做，明天也是。”

考苏特先生打了个哈欠，说道：“吃饱喝足就是容易犯困。你们不介意我去睡一小会儿吧？你们继续玩，暂时忘掉我的存在。”

“你知道吗？我那样想也会兴奋。”恰贝拉这是在开玩笑吗？“玛丽萨，如果我和你丈夫做一次的话，你会介意吗？”

“让我想想。”玛丽萨是在说笑吗？“那么你介意我在看着你们做爱时自慰吗？”

“基克日你的时候厉害吗？”恰贝拉问道。

“我求求你别用那个动词，恰贝拉，”玛丽萨抗议道，“我觉得那是世界上最粗俗的词，我有点受不了。你可以说做爱、干、操，随便什么，但别说日。这个词让我觉得和‘拉屎’一样脏，我实在接受不了。好吧，我来回答你：他床上功夫很强，尤其是最近。”

“你愿意的话，我可以把卢西亚诺借给你，让他和你做一次。”恰贝拉又开始开玩笑了？“不过我那可怜的老公太纯洁了，他可能压根儿就没想过还会有这种事情存在。”

“我很确定，胡安·佩内塔是被迫认罪的，他们可能给了他钱，也可能威胁了他，”基克肯定地说道，“但是，如果凶手既不是他也不是我，那么，卢西亚诺，杀死那个婊子养的罗兰多·加洛的人到底会是谁呢？”

“我不知道，也不想知道，”卢西亚诺答道，“你也不应该去探究这个问题的答案，基克。在这个可怕的权力王国中，掌权者永远都是藤森和‘博士’，你别想着去掺和他们处理过的事情。管他凶手是谁呢？总之加洛已经死了。他自找的，不是吗？”

“您没事儿吧，先生？”那个自称莉茜娅或是莉希雅的女人问道，“您看上去脸色很苍白。”

“工程师先生，您不舒服吗？”考苏特先生睁开了眼睛，把身子凑到基克躺着的沙发旁问道。

“我想我是喝多了。”卡尔德纳斯工程师恍恍惚惚地说道。他试着站起来，但是那个叫莉茜娅或是莉希雅的女人爬到了他的身上，压住了他。“你介意先让我起来吗？你叫莉茜娅还是莉希雅来着？我有点儿想吐，这附近有厕所吗？”

“我们会给你条新裤子，还会给你条新内裤，”几个人里看上去官阶更高的一个说道，“你只需要在这里签个字就行。”

“您让我在哪儿签我就在哪儿签，”胡安·佩内塔说着，举起了像是患有帕金森综合征一样抖动着的手，“但我还是想说我没有杀过任何人。我谁都不会杀的，更别说那位外号叫罗兰多·加洛的诗人了，他的绰号是这个吧？我连苍蝇都不会去打，又怎么会杀人呢？起码这事我还是记得的。但是说真的，最近我的记性确实大不如前了，我现在几乎什么事情和名字都记不清了。”

“我得走了。”卡尔德纳斯工程师说道，他用手撑着墙，好不让自己跪到地上，“时间有点晚了，而且我也觉得不太舒服。”

“是不是古柯嚼多了啊，小帅哥？”莉茜娅或是莉希雅笑道。

“帮我叫辆出租车吧，非常感谢，”卡尔德纳斯依旧倚在墙上，说道，“我想我自己开不了车了。”

“你的脸上和衣服上都是口红印啊，小可爱，”莉茜娅或是莉希雅摇着基克的上衣说道，“你回家前最好还是先洗把脸，不然你老婆肯定会把你轰出来的。”

“我来送您回家，工程师先生，”友善的考苏特先生说道，“我的车和司机就在大门口。您现在这样子，肯定不能自己开车啊。”

“我不知道你为什么还要继续留在杂志社，塞费里诺·阿奎略。”“扒皮女”恶狠狠地瞅了摄影师一眼，说道。她手里拿着照片，轻蔑地翻看了几下。“我当时给你说过，拍的照片要能‘拍出阿里埃塔·萨洛蒙的丑态’，可在你的这些照片里，他简直再正常不过了，甚至比他本人平时的样子还好。”

“但是能看出来他喝醉了，胡丽叶塔，”塞费里诺辩解道，“你看他那眼神，要是有必要的话，我还能在工作室里把照片再处理一下。”

“至少也得按你说的那样处理一下啊，要让他看上去像是马上就要吐在自己胸口上了。让他显得越丑越好，越粗俗越好。塞费里诺，你要充分运用你的想象力，总之要让民众对他产生巨大的反感。你能明白我的意思吗？”

“‘扒皮女’，我可不会什么魔法，”塞费里诺·阿奎略乞求道，他的声音有些微弱，“我已经很努力地去完成你的要求了。而你对我的态度却一天比一天差了，比加洛对我都差，咱俩都不像是朋友了。”

“在办公室里咱们不是朋友，”“扒皮女”却显得精力充沛，她回答道，“在这儿，在杂志社，我是主编而你是员工。我们下班后是朋友，可以一起喝杯咖啡什么的。但是在这里，我下命令，而你必须去完成命令。为了你好，塞费里诺，你最好早点儿把这一点想清楚。去吧，重新拍些照片回来，让那老东西万劫不复。这周我们就得把这期杂志的主要部分搞出来了，关于老家伙的部分可是重头戏，一定得让他倒大霉才行。命令就是命令，塞费里诺。”

“咱们应该再去一次迈阿密，”恰贝拉在淋浴房里说道，“你想去吗？”

“我当然想去，”玛丽萨边用毛巾擦着头发边答道，“再去过个轻松愉快的周末。没有爆炸，没有断电，也没有宵禁。咱们可以安安心心地上街购物，洗海澡。”

“还要做些疯狂的事情。”恰贝拉的这句话几乎完全被花洒的水声掩盖住了。

“事情进展得怎么样了？”“博士”问道。

“一切顺利，”胡丽叶塔·莱吉萨蒙答道，“阿里埃塔·萨洛蒙议员会被他的司机或女佣指控性骚扰。”

“为什么不让那俩人一起指控他呢？”“博士”提议道，“那就证明他是个彻头彻尾的性变态了，不是吗？”

“那也没什么难度，”《大曝光》的女主编同意道，“这样一来事情就更有趣了。他骚扰他的司机是为了让司机干他，而他骚扰女佣又是为了让自己干她。是这样吗？”

“我就喜欢像你这样一点就通的人，‘扒皮女’，我的话都不必重复第二遍。这事儿多久能办好？”

“像他们这种人只需要略微吓唬一下就会浑身发软了，”她说道，“然后咱们随便给他们点儿甜头尝尝，他们就会欣喜若狂了。”

“那就开始干吧，”“博士”说道，“让他同时成为同性恋和强奸犯。这主意真棒！比说他是肺结核患者的主意还棒。咱们看看他是不是个明白事儿的人，看看他还敢不敢继续跟我们做对。”

“我看您的脸色有点儿苍白，‘博士’，”“扒皮女”换了话题，“是没睡好吗？”

“我已经很久都不知道睡觉是什么滋味了，胡丽叶塔，”“博士”说道，“要是什么时候我不忙了，我一定会跑到一家能做催眠的医院里去，连续睡上一个礼拜。等我睡醒，可能我就会精力充沛了。好了，你该走了，‘扒皮女’，多保重吧。记得在这一期的《大曝光》里让阿里埃塔·萨洛蒙议员好好吃顿狗屎。”

“《夜鸟们会再次回到你家阳台筑巢的》，”胡安·佩内塔眼神里满是迷茫，他犹疑了一会儿，问道，“这首克里奥尔华尔兹的音乐是怎么样的来着？”

“这不是一首华尔兹吧？听着像是古斯塔沃·阿道夫·贝克尔的某一首诗。”长相丑陋的护士打断道。

“一首诗？”胡安·佩内塔好像明白了什么，“能和冰淇淋一起吃吗？”

“你要是又拉裤子了的话，我就让你把屎都吃掉，讨厌的老家伙。”护士生气地说道。

“配米饭更好。”另一位男护士哈哈大笑了起来，他转而假装自己是一名热情的服务员，说道：“先生，您是想吃诗歌加冰淇淋还是诗歌配米饭？”

“最好再加点儿番茄酱，那样味道更好。”胡安·佩内塔严肃地命令道。

“哎呀，终于回来啦，”卢西亚诺给两位女士道了欢迎，“到饭点儿了，夫人们。”

“我还以为你们在蒸汽房里被闷死了呢。”基克说道。

“那你可就开心啦，坏老公，”玛丽萨弄乱了基克的发型，开着玩笑，“成了鳏夫，你就又可以去做我们都知道的那种事儿啦，是吧？”

“你看看你把可怜的基克搞得脸都红啦，”恰贝拉笑了起来，理了理自己的头发，“你别那么坏，玛丽萨，不要再拿那些陈年往事折磨你老公了。还是说你觉得这没啥，嗯，基克？”

“基克喜欢被我时不时地折磨一下，”玛丽萨说道，“我要是一直对他和和气气的，他肯定会受不了，咱们走着瞧吧。”

“要是能再抹点儿芥末酱就更好了，”胡安·佩内塔说道，“但最重要的是：我要吃热的。”

“他不是老糊涂了，他是真的疯了，”男护士伸手往自己的脑门上指了指，总结道，“要么就是他正在耍咱们玩儿。”

“恰贝拉和我准备再去迈阿密过个周末，”玛丽萨用很自然的语气突然说道，“恰贝拉又要去处理布里克尔大道上的房子的事情，她让我陪她一起去。我能去吧，亲爱的？”

“我觉得这提议很棒，亲爱的，”基克答道，“在迈阿密过个周末，远离这里的一切！太棒了。为什么你们不带我一起去呢？我想到迈阿密去看看游艇，再考虑考虑要不要把咱们看好的那款买下来，玛丽萨。卢西亚诺，要不然你也一起来吧？咱们到那家说好的古巴餐馆尝尝那道有名的菜，菜名叫什么来着？‘旧衣服’，是吗？”

“那当然好，”恰贝拉没有表现出很高兴的样子，“那家餐馆叫凡尔赛，那道菜叫‘旧衣服’，我记得很清楚。”

“这是疯狂的玛丽萨安排好的吗？”恰贝拉心里想道，“从什么时候开始计划的呢？这么说玛丽萨真的已经把所有的事情都告诉基克了。我真想杀了她，真该死。一起去迈阿密肯定是这一对小坏蛋怀着那种邪恶的念头策划出来的，肯定是这样。”她有点儿严肃起来了，用她那双又大又黑的眼睛望了望基克，又看了看玛丽萨，然后又望了望基克，觉得自己的脸有些烫，“他肯定都知道了，”她又想道，“这次旅行的提议就是他们俩商量好的，真应该打玛丽萨这个疯女人几巴掌。”

“我每天早上一进办公室就会看到堆成山的文件在等着我处理，你们觉得我有那么幸运能和你们一起去吗？”卢西亚诺说道，“你们去吧，去好好放松放松。但是至少得给我从迈阿密带点儿小礼物回来。”

“给你带条有椰枣树和十八种颜色的鹦鹉图案的领带回来，”基克说道，“对了，恰贝拉，你那儿有地方给我住吗？没有的话，我就预订一家酒店。”

“当然有地方，”玛丽萨用一种邪恶的眼神看了看恰贝拉，说道，“有一张超级大的床，起码能睡下四个人，哈哈，是吧，恰贝拉？”

“确实如此。”恰贝拉答道。她随即又转向基克，说道：“那栋房子里还有一个单人间，有独立卫浴，墙上还挂着林飞龙的画呢。你不用担心没地方住。”

“要是没地方住，还可以让基克睡在狗窝里嘛，”卢西亚诺开着玩笑，“你要是想买游艇的话，就买一艘带寝舱的，这样的话，我可能就有机会学会钓鱼了。他们说钓鱼是这个世界上最好的消遣方式，能让人平静下来，比吃安定还管用。”

“她肯定都告诉他了，而且他也真的很兴奋。我现在很确定这次旅行就是他俩商量好的，”恰贝拉想了一遍又一遍，一直在微笑着，“他们肯定想好了到了迈阿密我们三个人就睡到一起。”她有点儿惊讶、好奇、愤怒，还有一点点害怕，当然也有些兴奋。“真是个疯子，玛丽萨你真是个疯子。”她心里想着，眼睛往玛丽萨身上瞅了过去，而玛丽萨此时也恰好正用略带挑衅的眼神看着她，“我一定要杀了她，一定要杀了她。她怎么敢做出这样的事来呢。”

“恭喜你，‘扒皮女’，”“博士”说道，“阿里埃塔·萨洛蒙议员的专刊反响很好，那个混蛋已经认怂了，开始摇尾乞怜了。”

“但是他把我们告了，‘博士’，”《大曝光》主编说道，“我们已经收到法院的传票了。”

“这事儿我来处理，”“博士”道，“你拿那张传票去擦狗屁股都行。告诉我具体情况，我来搞定，最后这又会是一场误会而已。”

“阿里埃塔·萨洛蒙议员会怎么样呢？”“扒皮女”问道。

“只过了一晚上他就怂了，”“博士”答道，“现在他没工夫攻击政府了，正像一只丧家犬一样忙着解释自己既没有性骚扰女佣也不是同性恋呢。提到狗，‘扒皮女’，你养狗吗？想不想养一只？我可以送给你一条腊肠犬的小崽，我的狗刚刚下崽了。”

“这是一次私人谈话，塞费里诺，只有你和我知道，”胡丽叶塔拉着摄影师的胳膊说道，“我请你吃午饭。不在苏尔基略区吃，咱们去更远一点儿的地方。到观花埠的七鱼餐厅吧，你爱吃海鲜吗？”

“我什么都爱吃，”塞费里诺有点心不在焉地说道，“你请我吃饭，胡丽叶塔？真是件稀罕事。咱们认识了上千年了吧，你好像还是第一次邀请我一起吃饭啊。”

“我不是要勾搭你，你不是我的菜，”“扒皮女”依然拉着塞费里诺的胳膊，开了个玩笑，“我想和你聊一些很严肃的事情。你听了我给你说的事情，肯定会被吓得嘴巴都闭不上。来吧，咱们叫辆出租车，我付钱，塞费里诺。”

“迈阿密真是太美了，”基克望着摩天大楼感叹道，“距我上次来这儿都有快十年了吧，当时还不觉得怎么样，现在这里却变得这么漂亮了。”

“我再给你倒一杯香槟，基克？”玛丽萨问道，“很好喝，冰冰的。”

“我更想喝加冰威士忌，要加很多冰。”基克边说边参观着房子里的摆设和墙上挂着的画，不得不承认恰贝拉的品位很好。为什么卢西亚诺的老婆看上去扭扭捏捏的呢？

“这才对嘛，咱们都喝醉了才好，”恰贝拉举起了酒杯，笑道，“至少今天晚上咱们要把利马忘干净。”

“胡丽叶塔，你看样子是发财了，”塞费里诺笑道，“你真的从五个街角搬走了吗？搬到观花埠了？我猜你的工资起码翻了两三倍吧。你还记得几个月前加洛死的时候吗？那时咱们觉得天都塌下来了，都认为自己要饿死了。”

“来，亲爱的，坐到这儿来，”玛丽萨对基克说道，“我俩旁边还有位子嘛，干吗坐得那么远啊。”

“别怕我们嘛，基克。”恰贝拉取笑道。

“有你们相陪，我真是欣喜若狂啊。”基克哈哈大笑了起来，然后坐到了恰贝拉和玛丽萨坐的沙发上，坐到了两人中间。窗外，傍晚最后的几缕阳光把大海照得闪耀着光芒，远处还静静地漂着一条帆船。“这里的视野真好，风景让人看着很舒坦。”

他们点了一瓶冰镇啤酒，两份辣鱼片，胡丽叶塔给自己要了一份土豆盖饭，塞费里诺则点了一份辣子鸡配米饭。

“为什么要喝酒呢，‘扒皮女’？”塞费里诺举起了杯子，微笑着问道，他看上去仍对胡丽叶塔请他吃饭感到很奇怪，“是因为新版《大曝光》销量喜人吗？”

“我们为《大曝光》的创办者罗兰多·加洛干杯，”胡丽叶塔·莱吉萨蒙和摄影师碰了下杯，说道，“塞费里诺，你老实跟我说，你觉得他咋样？你敬重他、欣赏他，还是说你跟其他很多人一样非常恨他？”

“我们现在都有点儿醉了，基克，我问你一个问题，”玛丽萨望着被阳台阴影笼罩着的基克，说道，“请你认真地回答我。你喜欢恰贝拉吗？”

“这算是个什么问题啊，玛丽萨！”恰贝拉笑了，“你真的疯了吗？”

“告诉我你是不是喜欢她，是不是想亲她，”玛丽萨继续望着脸已经红了的基克，坚持问道，“别那么胆小，老实回答我！”

在回答之前，塞费里诺先尝了一口辣鱼片，他仔细咀嚼了半天才把鱼片吞入肚中，脸上露出了满意的神情。七鱼餐厅里的人还不是很多，今早很潮湿，天空灰蒙蒙的，被某种悲伤的气氛笼罩着。

“谁不想吻像恰贝拉这么漂亮的女人呢？”基克嘟哝道，他的脸红得像一只虾。玛丽萨喝醉了吗？她怎么会问这种问题呢？

“谢谢你，基克，”恰贝拉道，“咱们的谈话好像开始变味儿了哦，赶快把你老婆的嘴堵上吧。”

“她当然漂亮啦，她的嘴巴是世界上最性感的，基克。”玛丽萨说道，她把先前搭在基克肩膀上的胳膊拿了下来，伸手捧住了恰贝拉的脸，把她的脸拉近了一些，“你看着，然后嫉妒死吧，我亲爱的老公。”

恰贝拉想把玛丽萨的手从自己的脸上拨开，却并没有真的这么做，最后任由玛丽萨的嘴从自己的脸颊处一直滑倒了自己的嘴唇上。

“虽然有时候，尤其当他心情不好时，对我的态度很差，但是我并不恨他，”塞费里诺·阿奎略最后说道，“加洛先生是第一个给了我机会让我实现自己理想的人，我一直想当一名专业摄影师，一名明星记者。我很敬佩作为记者的加洛先生，他很敬业，而且很有勇气。你为什么问我这个呢，‘扒皮女’？”

“放开我，疯子，你干什么呢？”恰贝拉满是迷惑地推开了玛丽萨，问道，“你想让基克说些什么啊！”

“他什么都不会说的，是吧，基克？”玛丽萨摸了摸基克的脸，张着嘴望着他，“他可是这方面的专家啊，你忘了吗？我保证他快要嫉妒死了。来吧，亲爱的，做你想做的事吧，亲她吧，我允许了。”

胡丽叶塔·莱吉萨蒙并没有回答他，也没有吃辣鱼片，而是提出了一个新的问题：“塞费里诺，他的死让你感到遗憾吗？有人那样残忍地杀害了他，让你觉得难受吗？”

基克不知道该做什么，也不知道该说什么。他老婆说那话是认真的吗？我没听错吧？他的笑容凝固在了脸上。他觉得自己现在的表情就像个傻子。

“你真怂，基克，”玛丽萨终于又开始说话了，“我知道你想亲她，你都快想死了。你不是跟我说过很多次你想亲她吗？现在机会来了，你又不敢了。你给他做个示范吧，亲爱的，换你来亲他。”

“你真的允许我亲他吗？”恰贝拉笑了，她终于放松下来了，“好吧，他不敢我敢！”

恰贝拉站起了身子，从玛丽萨身前走了过去，一屁股坐到了基克的腿上，冲他伸去了嘴巴。基克迅速看了她一眼，又斜着眼瞅了瞅自己的老婆，最后还是吻了上去。他闭着眼，有些茫然。他感到恰贝拉正在努力用舌头打开自己的嘴唇，她成功了。他们的舌头缠到了一起。他隐约听到一旁的玛丽萨笑了起来。

塞费里诺在吃第二口鱼片之前把叉子举在空中停了几秒钟，然后往自己盘子里的鱼片上加了圆葱、辣椒和鸡脯肉。他变得严肃了起来，答道：“我很震惊，‘扒皮女’，也很难受。能给我说说你为什么突然问这些吗？你今早真是神秘，妈的。能不能告诉我到底为什么请我吃饭？别拐弯抹角了，‘扒皮女’！”

“在这儿不舒服，咱们换个地方吧。”基克听到自己的老婆这样说道。恰贝拉把脸移开了，她的脸有点儿红，眼睛像是在放光。她厚厚的嘴唇上沾满了两人的口水。玛丽萨抓起了恰贝拉的手，两个人一起站了起来，朝卧室走去。“来啊，来啊，亲爱的，里面更舒服。”

基克没有跟着她们一起走。天完全黑了，阳台上只有一点儿从街上射进来的光亮。他有点儿愣神。刚才的事儿是真的吗？不是在做梦吧？玛丽萨和恰贝拉接吻了？玛丽萨说了那种话？恰贝拉，卢西亚诺的老婆，真的坐到了他的腿上？他和她还激吻了？他兴奋了，从头到脚都兴奋了，但是他却依然没有勇气站起身来，跟着她们进卧室去。

胡丽叶塔点了点头：“你说得对，塞费里诺。”她压低了声音，因为服务员刚刚领了一对恋人坐到了他们旁边的桌子上，她怕他们会听到自己说的话。旁边的两个人都很年轻，他们正在研究着手里的菜单，还时不时地交换一个暧昧的眼神。

但最后基克还是用双手撑着身子站了起来。他又惊又喜，实际上他幻想这一天已经很久了，却从来没想过真的会发生。他踮着脚沿着黑漆漆的走廊慢慢地走着，好像怕惊吓到她们似的。从卧室里透出一丝微暗的光亮，她们肯定打开了床头灯。

“好的，那么我就直言不讳了，塞费里诺，”“扒皮女”同意道，“一切都是从你拍了乔西卡的那些照片开始的，要不是因为那些照片，加洛可能现在还活着，而咱俩的这次谈话可能也就不会有了。也有可能我这辈子都不会请你吃午饭，更不会对你说我接下来要对你说的话。”

基克看到了微暗灯光中的两人：她们赤裸着躺在床上，腿缠在一起，拥抱着，亲吻着。“一个黑发一个金发，”他想着，“哪个更美呢？”在灯光中，她们的身体就像抹了层油一样闪着光芒。她们没人看他，好像已经享受得忘记了他的存在似的。他的手有点儿不受自己控制了，竟不自觉地脱下了自己的衬衫、裤子、鞋和袜子。

“好了，好了，‘扒皮女’，事情越来越诡异了，”摄影师边吃边说着，他吃得很快，好像有人要把他眼前的饭菜撤走一样，“你继续讲吧，请原谅我打断了你。”

现在基克也光着身子了，他朝前走了几步，依然是踮着脚走的，最后坐到了宽大的床的一个床角上。他离她们很近，却没去碰她们。

“她们这样真是太美了，这是我这辈子见过的最美的画面了，”他机械地嘟哝着，连自己都没发现自己说出了声，“谢谢你们让我觉得此时的自己是世界上最幸福的男人。”

他硬了，他觉得自己快撑不住了，可能要早泄了。

“雇你拍照的那个外国人应该是黑帮，”“扒皮女”睁大了眼睛，她觉得塞费里诺的吃相让她有点恶心：嚼东西时张着嘴，发出很大的声音，掉了很多食物到桌布上。“他的突然失踪很可能是因为他逃走了，或者已经被他的对头杀了。他让你拍那些照片自然是为了敲诈那个富翁，这一点毫无疑问。”

基克看到玛丽萨的脸从恰贝拉的脸前挪开了，正盯着他看。但是玛丽萨并没有跟他说话，而是用含糊的声音对恰贝拉说了句话，音量很小，但是刚好能让基克听到：“让我舔你吧，亲爱的。我想吮吸你。”他看到两个身体分开了，因为玛丽萨把身子往下挪动了几下，而恰贝拉用一只胳膊挡住了眼睛，开始娇喘起来了。基克小心翼翼地爬上了床，慢慢地向两人挪去。

“这些我一直都知道，‘扒皮女’，”塞费里诺打断了她，“我从来都没觉得考苏特先生让我拍那些照片是因为好玩。”

“我让你拿着照片去找加洛时，心里想的就是用它们来做一期杂志。我犯了个很严重的错误，塞费里诺，”“扒皮女”继续说道，“虽然我不想承认，但确实是因为我，才最终导致了加洛的死亡。”

基克把恰贝拉遮在眼上的胳膊挪开了，他终于战胜了自己的羞怯，狂烈地吻了上去，从头到脚都在颤抖着，完全被欲望占据了，感受着前所未有的幸福。

塞费里诺吃完了自己的那份鱼片，用纸巾擦了擦嘴。旁边的情侣已经点好了饭，男孩正在吻着女孩的手，同时含情脉脉地望着她。

“这话是什么意思，胡丽叶塔？”塞费里诺问道，“你到底想说什么？”

“罗兰多一直在为‘博士’工作，而且他去找过‘博士’，问过他应该怎么处理那些照片。”“扒皮女”解释道。

“为‘博士’工作？”塞费里诺一脸惊讶，“我听人这么说过，但我从来都不敢相信这是真的。他真的在为‘博士’工作吗？”

“你、我和《大曝光》所有的员工现在也都是在为他工作，塞费里诺，”胡丽叶塔轻轻地说道，“你很清楚这一点，别装模作样了。你也知道，要不是因为‘博士’，你和我都不可能拿到现在这么高的工资，而杂志也肯定不会复刊。现在重要的是，你和我都别再继续装傻了。然后我们聊聊真正有价值的东西，塞费里诺。”

他感觉自己射了。他依然闭着眼睛，觉得很羞愧。他恨自己没能再多持久一会儿，来和恰贝拉做一场。他此时正一只手搂着恰贝拉的腰，另一只手抚摸着她的胸部。玛丽萨从身后抱着他，把脸凑到他的耳边说道："基克，这就是你一直想要的吧，看我和恰贝拉做爱，你心满意足了吗？"他依旧闭着眼睛，转过头，寻找着玛丽萨的嘴。他吻了她几口，说道："谢谢你，亲爱的，我爱你。"他听到恰贝拉笑着说："真是感人的场景啊，我是不是应该把你们单独留在这儿一会儿啊？""不，不，"基克道，"我没忍住，我射了。但是你别走，恰贝拉，再稍微等一会儿，我得和你做一次。"他听到玛丽萨也笑了："你看吧，我跟你说过他很大男子主义的。他兴奋了，爽了，然后再说让你等等，等着他再次雄起。""你别担心，"恰贝拉答道，"我会负责让那只小鸟儿再次抬头高歌的。"

"扒皮女"不得不暂时停了下来，因为服务员过来取走了塞费里诺面前的空盘子。服务员问胡丽叶塔是不是不喜欢辣鱼片，她回答说她喜欢，只不过自己不是很饿。把它们端走吧，谢谢。

她继续说道："但是'博士'不让他把那个富翁的照片在杂志上登出来，也不允许他用这些照片敲诈对方。你别问我为什么，我觉得你自己能想通这是为什么。'博士'不想和秘鲁最有钱的人之一成为敌人，像卡尔德纳斯那种人，你把他惹急了可没什么好处。不过也有可能'博士'已经收了卡尔德纳斯的好处了。罗兰多一定是疯了才没有遵守'博士'的命令。他去敲诈卡尔德纳斯，让他给《大曝光》投资。他是想让杂志好起来，发展成秘鲁最大的杂志。也有可能他想借此脱离'博士'的控制。他有他自己的打算，他肯定不想继续当藤森政府的爪牙了。他就是政府的一个屎盆子，不停地把自己往别人头上扣。"

"我们现在也是那种人了吗，'扒皮女'？"塞费里诺问道。他的语气变了，之前吃东西时的那种愉悦消失了。他没有吃服务员刚刚端上来的辣子鸡。“我们现在也成了政府用来抹黑它的敌人们的一坨屎了吗？”

“没错，我们甚至是更糟糕的东西，塞费里诺，这一点我想你也很清楚，”“扒皮女”继续说道，“我们是政府的呕吐物、排泄物、垃圾堆。我们的作用就是去堵住政府的批评者们，尤其是‘博士’的敌人们的嘴。然后把他们也变成‘垃圾人’，至少‘博士’是这么称呼他们的。”

“胡丽叶塔，在让我更加失落之前，咱们最好还是换个话题吧，”塞费里诺阻止了她，他突然感觉有点害怕了，“这样说来，难道罗兰多·加洛……”

“是‘博士’下令杀掉的。”“扒皮女”低声答道，摄影师发现她那双圆圆的大眼睛里闪烁着一股可怕的光芒，“他可能是怕了那个富翁；也可能是因为有人违背了自己的命令而感到自尊心受到了伤害，毕竟之前从来都没有人能违背命令还安然无恙的；还有可能他是怕了罗兰多·加洛，怕加洛告诉所有人说《大曝光》实际是为他做事的，是政府抹黑反对者、掠夺和敲诈秘鲁人民的工具。你现在明白了吧，塞费里诺？”

基克觉得自己不会再勃起了，但是玛丽萨骑到了他的脸上，恰贝拉则跪在他的身下。这个姿势持续了一会儿之后，他突然又感觉自己硬了，睾丸痒痒的，又兴奋了。在又一次射精之前，他不禁想到，有了这段愉快的经历，这几个月来吃的所有苦头都值了。敲诈也好，丑闻也好，进监狱也好，甚至还有自己受到的侮辱、花在诉讼上的钱都算不上什么了。他从头到脚都热辣辣的，他感觉自己体内燃烧着一股幸福的火焰。

“我能想清楚，除了一件最重要的，”塞费里诺·阿奎略咽了口唾沫，说道，“我知道我的声音又开始抖了，没错，我又吓得要死了，‘扒皮女’。我没有你那么大的胆量。我是个懦夫，我从来都不否认这一点。我不想当什么英雄，只想安安稳稳地活着，对，和我的老婆和三个孩子一起活着，我不想让谁把我杀了。你为什么要告诉我这些事呢？只是想吓唬我吗？我这才刚刚感到有了点安全感，你就给我来这么一出。你到底想让我做什么呢，‘扒皮女’？”

“把你的辣子鸡吃了吧，吃之前先喝点啤酒，塞费里诺，”“扒皮女”的语气柔和了起来，甚至她的眼神中此时也已经满是怜悯和疼惜了，“你刚才听到的，和我想求你做的事比起来简直不值一提。”

“很抱歉，我快吓死了，胡丽叶塔，”塞费里诺的声音颤抖得更厉害了，“我现在没胃口吃东西了，也不想喝啤酒。”

“那好吧，”胡丽叶塔说道，“那我们就继续说吧，塞费里诺。我想让你仔细听我接下来的话。在我说完前都别打断我。我说完之后，你可以向我提任何问题，或是对我说的话作任何评论，拿酒瓶敲我的头也成，甚至到警察那里举报我都行。但在那之前，我要你好好听清楚我要对你说的话，明白吗？”

“明白了。”塞费里诺点了点头，嘟哝道。

“这可就有点儿过分了啊，亲爱的，”玛丽萨没有挪动身体，笑道，“好啊，基克，谁允许你当着我的面跟我最好的朋友做这种事的？”

“你默许的，”基克道，“而现在我更爱你了，因为你，我才能度过了这么美妙的一段时光，玛丽萨。”

“我就没功劳吗，负心汉？”恰贝拉也没动，同样笑着说道。

“当然有，恰贝拉！”基克赶忙说道，“我也同样要感谢你。你们两个一起圆了我的毕生的梦想。许多年前我就开始幻想今天这样的场景了，但是我从来都没想过，这一切竟然能变成现实。”

“咱们睡一会儿吧，恢复一点儿体力，”玛丽萨道，“然后明天一早咱们就去体验真正的迈阿密生活。”

“看看床被咱们这位先生弄成什么样了，”恰贝拉说道，“你们想不想换张床单？”

“你别担心，恰贝拉，”基克道，“至少我不在乎床单是湿的，一会儿就干了。其实我还挺喜欢这股味道的。”

“我就跟你说我的老公是个堕落分子，你看对吧，恰贝拉？”玛丽萨笑道。

“这次迈阿密之旅如何啊？”卢西亚诺问道。他亲自来到机场迎接三人的归来：“好玩吗？买了不少东西吧？到凡尔赛餐厅品尝‘旧衣服’了吗？”

“还给你带回来椰枣树和鹦鹉图案的领带了呢。”基克说道。

胡丽叶塔·莱吉萨蒙开始说话了，一开始声音很低，因为她依旧担心旁边的那对情侣会听到他们的谈话，但当她发现那俩人只顾着相互抚摸、趴在对方耳边说些愚蠢的情话时，她慢慢把声音提高了一点儿。她说了很久，一点儿都没有停顿，她那双冰冷的大眼睛紧紧地盯着塞费里诺的脸。她看到他脸红了，眼睛因为受惊而睁得大大的，他好像压根儿就不相信胡丽叶塔竟然会对他说那些话似的。有时他张开了嘴，好像是要打断胡丽叶塔，但每次都立刻把嘴巴闭上了，应该是突然想起了两人之间的约定。“扒皮女”一共说了多久？很久，因为在他们聊的时候，七鱼餐厅里来过很多客人，他们品尝完了克里奥尔美食和海鲜之后纷纷离开了餐厅，餐厅又慢慢空了起来。一个有点儿惊讶的服务员过来收走了两人面前压根儿就没有动过的饭菜，还特意问了问两人是否对饭菜有哪里不满，然后问他们要不要来点儿饭后甜点，两人都用摇头给出了答案。

当“扒皮女”终于讲完了要说的话、准备付账之前，她问塞费里诺有没有什么想问的问题。但是塞费里诺垂着头，跟她说暂时没有。他说他现在浑身无力，就像是跑了一场马拉松快到终点时的那种感觉。他的腿在颤抖，好像马上要瘫倒在地了。他说他晚一点儿再问她些问题，可能是明天，因为他得先消化一下她刚才说的话，然后再整理一下思路，此时他的脑袋好像已经变成了一座迷宫、一口热锅、一座火山。“扒皮女”付了钱，两人一起走出餐厅叫了辆出租车，车子把他们带回了杂志社。他们两人心里都很清楚，从那一刻开始，他们的生活再也不能回到之前的样子了。

21.《大曝光》特刊

揭露政治罪行

本周刊本期将首次放弃娱乐题材，报道政治题材。我们将揭露残忍杀害本刊创始人、杰出记者罗兰多·加洛先生的真凶，并披露该案的诸多细节。

——《大曝光》杂志社

特刊

我们知道风险，但是我们要做

撰稿人：《大曝光》主编，胡丽叶塔·莱吉萨蒙

我们很清楚，这很有可能是我们亲爱的杂志的最终一期。我们

知道推出本期《大曝光》特刊要冒多大的风险，因为将被我们指控为杀人凶手、操纵舆论自由的人，恰恰是我们国家最有权势的人，他使我们国家的腐败日益严重，还犯下了众多骇人听闻的罪行。这个人就是国家情报局主管，更是以“博士”这个绰号为人所知的那位先生。

我们知道，我本人有可能因此丢掉性命，就像我们的前任主编、优秀的记者罗兰多·加洛一样。同我一样，《大曝光》的所有员工、撰稿人、摄影师都有失去工作和薪水、成为受害者的危险，不仅是他们，他们的家人也同样如此。因为我们要面对的敌人是野蛮残暴、嗜杀成性的“博士”和他的主子及同谋：藤森总统。

这些我们都知道，但我们还是要这么做，而且没有一丝犹豫：我们义无反顾地推出了本期的《大曝光》，我们将用充足的证据来向您揭露我们的政府是如何操纵杀害罗兰多·加洛的。我们相信像加洛这样的人不计其数，这无疑是秘鲁历史上（乃至全世界历史上）对自由最大的践踏之一。罗兰多·加洛当然是一位有争议的人物，但是哪怕是他最大的敌人们，都不得不承认他才华横溢，一身是胆，也都不得不钦佩他对记者这一职业的热爱以及对我们这个国家的忠诚。

为什么我们要这么做，赌上我们所有人的性命和家当也要做呢？

首先，也是最重要的，是我们对自由的热爱。如果没有言论自由或批评自由的话，权力就会肆无忌惮地掠夺我们，犯下种种罪行，回顾一下我们国家的近代历史就能明白这一点了。其次，是出于我们对公平正义的追求。为了正义，我们作为记者，就算失去所有，甚至失去生命也在所不惜。

另外，这样一桩案件：先是残忍且肮脏地杀害了罗兰多·加洛，然后再同样肮脏地伪造法律文件，把罪行强加到一位可怜的老人——受人尊敬的诗歌朗诵者胡安·佩内塔身上。如果此案的真凶继续逍遥法外，我们的祖国秘鲁将永远深陷在这个由专制的、剥削人民的、视犯罪为平常事的政府所统治的地狱般的泥潭中难以自拔。

除此之外，我们试图通过揭露这桩罪行来阻止"博士"以及他的主子藤森总统把我们的祖国变成他们的私人财产，这种罪行是我们美洲所面临的最大问题之一。哪怕我们的力量微不足道，也决心把它贡献出来。更多的资料请继续阅读本期的其他文章。**木已成舟**①。

一切的开始

一位堕落的外国人，一位大富翁和一场在乔西卡的纵欲

（对塞费里诺·阿奎略的访谈，他是本周刊勇敢的明星摄影师）

撰稿人：艾斯特莱伊妲·桑迪瓦涅斯

由藤森政府最有权势的人、绰号为"博士"的那位先生下令、

① 凯撒名言，原文为拉丁语：*Alea jacta est*。

针对记者罗兰多·加洛的暗杀事件，其根源要追溯到两年多前。当时，一名自称考苏特（毫无疑问是假名）的神秘外国人来到了利马，移民局并没有此人入境和出境的记录，他很有可能是国际黑手党成员。此人雇用了《大曝光》杂志优秀的摄影师、我的同事塞费里诺·阿奎略，让他拍摄在乔西卡的一栋房子里进行的一场纵欲狂欢。

“我肯定是被那个人骗了，他看上去是一名受人尊敬的商人，但实际上就是个骗子，还有可能是诈骗犯，也有可能像你们说的是国际罪犯。”塞费里诺这样对我们说道，“他说他雇我去给一场社交宴会拍照，实际上却是一场有很多妓女参加的纵欲狂欢。”

你还记得现场有多少妓女吗，塞费里诺？

我记得起码有四个，也有可能是五个。从我拍照的地方看得不是很清楚，因为我是藏在角落里拍那些照片的。我的视野其实不佳，但是从那些角度拍照，却又恰到好处。

能给我们描述一下那场纵欲吗？

好吧，他们都光着身子性交，有时候用正常体位，有时候用一些很罕见的姿势，就像我拍的照片里显示的那样。

塞费里诺，你是说那些妓女、那位堕落的外国人和工程师堂·恩里克·卡尔德纳斯先生当场就脱光了衣服，干起了那种事？就像动物一样，跟一个做完了又跟另一个做？

不只是干那种事，如果你用这个词是想说做爱的话，艾斯特莱伊妲。因为他们还玩了很多别的花样，吹箫啊，撸管啊之类的。我记得考苏特先生甚至要性虐其中一位妓女，请原谅我说得这么直白。但是后来没有完成，因为才开始没多久，那个妓女就尖叫着喊疼了，考苏特先生看上去有点儿害怕，就放弃了。这些我都拍了照，当然那个妓女尖叫的样子我没拍下来，不过我是亲耳听到的。

那么在这场纵欲刚开始时，工程师恩里克·卡尔德纳斯先生是什么反应呢？

他有点儿惊讶，他应该也是被骗去的。他压根就不知道考苏特组织了这么一次纵欲狂欢，很明显他一开始以为这只是一次正常的社交活动，到了现场却发现根本不是那么回事。但是最后他也失去了理智，参与了进去。可能是因为喝多了，也可能是考苏特先生给他下了药。不过卡尔德纳斯先生一看就是个生手。最后考苏特先生不得不让他的司机开车把卡尔德纳斯送回了利马，因为卡尔德纳斯那时的状况根本无法自己开车了。哦，对了，那个司机也是考苏特先生现雇的。

你刚才为什么把考苏特先生叫成骗子呢，塞费里诺？

因为他答应付给我五百索尔的工钱，可事实上那天之后我就再也没见过他。我去他住的喜来登酒店找他，那里的人说他已经不在了，他们也不知道他去哪儿了。

那你后来又是怎么处置那些照片的呢，塞费里诺？

我把它们保存起来了，因为我想着说不定哪天那个骗子还会再次现身的，也说不定到时候他会出钱把这些照片拿走。

那么，塞费里诺，你又为什么在两年多之后决定告诉《大曝光》的主编，称你有那些照片呢？

完全是出于经济原因。我结婚了，还有三个孩子，我们的日子过得紧巴巴的。我最小的儿子当时得了猩红热，我需要一笔钱来给他治病，但是当时我的存折上连一分钱都没有了。你没听错，确实是一分钱都没有了。所以我把照片拿去给周刊主编罗兰多·加洛看了，还给他讲了事情的前因后果。加洛先生跟我说，他会研究一下这件事，然后我们再谈该怎么利用那些照片。一个半月后他就决定把那些照片刊登在《大曝光》上了，还出了一期“乔西卡的纵欲照”特刊，而且销量很好。但是这对他和对我们而言都不是什么好事，对我们国家的媒体事业也不是什么好事。我们现在都知道了，就因为加洛刊登的那些照片让卡尔德纳斯先生陷入了尴尬的境地，“博士”就下令把加洛残忍地杀害了。

（接下来是本杂志主编胡丽叶塔·莱吉萨蒙针对此次谋杀事件撰写的文章，为您解读谋杀案的幕后黑手以及《大曝光》创始人的英勇就义，请见下页。）

对一位记者的谋杀和对秘鲁言论自由的威胁

撰稿人：胡丽叶塔·莱吉萨蒙

（《大曝光》主编）

有些真相让人心痛，每当这时，我们都宁愿相信那是谎言。但是这一次，面对如此严重的事件，我们选择把纯粹的、令人难受的真相公之于众。真相必须被讲出来，哪怕咬紧牙关，握紧拳头，我们也选择把它说出来。

之前，无论是我还是我在杂志社的任何一位同事，都不知道《大曝光》的创始人，同时也是我的良师益友罗兰多·加洛，一直在为“博士”和国家情报局工作。因此，杂志上的许多解密和爆料实际上并非诞生于记者的直觉或是我们这些撰稿人的天赋，而仅仅是“博士”向罗兰多·加洛下达的命令的产物。相关的录像证据我们已经提交给国家司法部门了，同时我们也已经正式起诉“博士”雇凶杀害了罗兰多·加洛。

为什么罗兰多·加洛和其他许多记者同仁一样，愿意按照藤森政府中那位双手沾满鲜血的当权者的指令行事呢？道理很明显，也很令人心痛：为了生存。失去了政府通过国家情报局对我们的资金支持，像《大曝光》这样的小众刊物很快就会因为缺乏广告而垮掉，就算有一些广告，也有可能因销量不佳而停刊。生存的需求、存活下去的愿望以及一名记者对传媒事业的热爱迫使罗兰多不得不向藤森政府最有权势的那位先生低头，然而他可能从来都没有想过，这次低头能换回来本周刊的生存，却最终让他本人丢掉了性命。

这一切是怎么发生的？当我们的同事、摄影师塞费里诺·阿奎略向我坦陈（并展示）他在乔西卡拍摄的照片的时候，我自然建议他把照片带给我们的老板即主编看一看，并把考苏特的事情也一道跟他讲讲。塞费里诺听从了我的建议。我们后来才得知，罗兰多·加洛拿着照片去见了“博士”，并听取了他的意见（关于这件事情的相关录像证据我也已呈交给了司法部门）。“博士”禁止他在《大曝光》上刊登那些照片，也不允许他用那些照片去敲诈工程师堂·恩里克·卡尔德纳斯，即乔西卡纵欲丑闻的主角。后来“博士”用生动的语气（参见我交给司法部门的录像）对我解释了他阻止罗兰多使用那些照片的原因，因为他不想和秘鲁最有钱的富人为敌，他认为那些人的能力可能比他还要大，而恩里克·卡尔德纳斯无疑是那群富人中的一员。

但是罗兰多·加洛并没有服从“博士”的命令，他还是试图用照片来迫使卡尔德纳斯先生投资《大曝光》（也算是一种敲诈），好让杂志改善生存状况、充实杂志内容、吸引广告。然而卡尔德纳斯先生拒绝了投资的提议，甚至还用粗暴的方式将杂志创始人罗兰多赶出了他的办公室。对这种羞辱的愤怒使得罗兰多丧失了理智，他最终选择将那些照片刊登在了《大曝光》上。于是“博士”决定惩罚他，并派人把他杀害了。

（在本文作者秘密录制的录像中，“博士”本人对本文作者亲口承认了上述罪行，并以此威胁本文作者，试图让其清楚不服从他的命令的后果。）

以上就是关于罗兰多·加洛死亡悲剧的介绍，同时也是我们向尊敬的读者们推出本期《大曝光》特刊的主要目的。与此同时，我们也已经正式起诉“博士”雇凶杀人。我们相信公正的法官将严格依法办事，将杀害罗兰多·加洛的真凶依法治罪。

（我们同时想说明一下，本文作者如何利用她的勇敢和智慧在她与国家情报局主管会面时进行了录像。当他决定在其办公室或位于南部海滩的某秘密地点会见本文作者并向她下达指示，告知她需要抹黑的批评政府者或异见者名单，并以此换取政府对杂志提供资金支持的交换条件时，本文作者用隐秘摄像设备记录下了两人之间的对话。）

接下来的事情，我们可以推测：为了掩盖其杀人罪行，谋杀案的真凶“博士”和他的杀手们，找到了一位患有静脉曲张的可怜老人、前诗歌朗诵艺人胡安·佩内塔作为替罪羊，因为胡安对罗兰多·加洛的仇恨人所共知，他还曾给报刊、电台、电视台写过大量的信件、打过大量的电话来反对罗兰多·加洛，因为他认为罗兰多·加洛是造成他从美洲电视台著名喜剧节目《三个滑稽人》离职的始作俑者。“博士”通过诬陷的手段，将杀人罪扣在了诗歌朗诵艺人胡安·佩内塔身上，以此掩盖自己的罪行。以上就是罗兰多·加洛之死的真相。

秘密录像

（为了查寻真相并使真凶受到严惩而冒险进行录像）

撰稿人：艾斯特莱伊妲·桑迪瓦涅斯

在开始本次访谈之前，我曾提醒本周刊主编胡丽叶塔·莱吉萨蒙小姐，在接下来的访谈中，她的身份不是我任职的周刊的主编，而是为本周刊提供重要证物的陌生人，所以她可以自由发言，不受任何约束。而她回答我说："理应如此，艾斯特莱伊妲，你考虑得很周到，现在开始履行你记者的职责吧。"之后，我们直入主题，我向她提出了第一个问题。

您是从何时起产生了在衣服里夹带摄像设备来录制您和"博士"这样一位大人物的对话的想法的？

从我们第二次见面开始。第一次见面时我很震惊，因为他向我坦陈了罗兰多·加洛一直在为他工作的事实，而且他表示希望《大曝光》在其创始人去世之后继续运营，希望由我继任主编一职。从那时起，我就决定冒险把我们之间的对话录下来。

您知道这个决定可能意味着什么吗？

我知道。我很清楚，如果他发现我在前胸衣服的花边处夹带了微型摄像机的话，他肯定会杀了我，就像杀死罗兰多·加洛那样。但我还是决定冒一次险，因为我从来都没有真正地信任过他。幸亏我这样做了，所以我才能发现后来我所知道的、现在全秘鲁都知道的这些事情。我还要感谢杂志社全体员工在我作出公开这些信息、起诉"博士"谋杀了不服从其命令的罗兰多·加洛的决定时给予我的支持。我也要感谢上苍让他主动在我面前承认是他杀害了《大曝光》创始人，我的益友良师罗兰多·加洛。

您认为，为什么国家情报局主管会如此愚蠢地向您承认是他亲自犯下了那件足以把他投入监狱关押许多年的罪行？“博士”有很多恶名，但从来没有人会把愚蠢这个词和他联系起来，不是吗？

这个问题我也曾问过自己很多遍，艾斯特莱伊妲。我想可能有许多因素共同造成了这样的结果：当时我已经开始为他工作了，而且办事很得力，我按他的命令编造丑闻，抹黑他的政敌，这让他对我产生了信任；但更重要的可能是，他想让我永远老老实实地为他卖命，所以他用这种方式警告我：背叛他的人是不会有好下场的；我觉得还有另一个可能，那就是他想满足自己的虚荣心，他想向我展示他至高无上的地位和强大的权力，他能轻易地夺走一个人的性命，却不需要付出任何代价。人们不是常说权力会蒙蔽人的双眼吗？

您听到“博士”亲口承认是他下令杀死您敬爱的罗兰多·加洛时，心里是什么感觉呢？

我非常害怕。他言辞轻松，我却怕得快尿裤子了，艾斯特莱伊妲，请原谅我说话有点儿粗鲁。我当时双腿不停地在颤抖，心跳加速。但同时，可能你并不相信，我又觉得很开心，因为我终于找到杀害罗兰多·加洛的真凶了。他就在那儿，就在我眼前。我向上帝祈祷，向圣母祈祷，向所有的圣徒祈祷，祈祷摄像机运转正常。因为有时候出于各种各样的原因，它可能会运转不灵，画面效果会非常差，还有时候压根就没录上音。但是上帝听到了我的祷告，那一天的录像效果非常棒。

您交给法庭的录像资料一共有多少呢？

三十七个录像文件。全都是我录制的，有的音效比较差，听不太清，但我全都上交了。当然在上交之前我先把它们进行了拷贝，以防止我上交的那些录像文件出什么岔子。

您认为法官会采信那些录像文件吗？或者说您不怕您偷偷录制的，或者说违法录制的那些录像文件不被法庭承认吗？

这的确会成为"博士"在法庭上的辩护说辞之一，他肯定会竭力避免自己因谋杀罗兰多·加洛而被判刑。但是对这一点穷追猛打是没有任何意义的。我已经咨询了多位知名律师，他们都对我说，并没有任何一条法律禁止以何种方式取得证据。如果法官不采信那些录像文件，必然会在公众舆论里引起轩然大波，我想国家是不希望这种事情发生的。换句话说，如果法庭不承认我递交的录像证据，那就说明在秘鲁司法公正是不存在的，而那些法官也都和我们这些记者一样，是被藤森和"博士"用来摧毁秘鲁人民肉体和精神的工具。

"博士"会见你的时候，卫兵和警察没有对你搜身吗？

他们只是在我们第一次会面时对我搜了身。但即使那一次，他们也没有触碰我的胸部，而我就是把录像设备藏在那儿的。之后他们就没对我进行过任何检查，都是直接放行的。可能因为每次只能由他提出见面，而我不能主动去见他。除了第一次我们是在他位于南部海滩的地堡里见面的之外，其余几次我都是到国家情报局他的办公室里和他见面的。

您不怕在您身上发生什么意外吗？例如被一辆轿车或卡车撞死啊，被饭菜里的毒药毒死啊，被人在街上捅死啊之类的。

我把所有可能出现的意外情况都想过了。但我们也不应该忘记，如今并不是全秘鲁都臣服在藤森和“博士”的脚下，反抗独裁的力量日益壮大，几乎每天都有群众集会，抗议藤森第三次参加总统选举，因为很明显，他是通过暗箱操作才连任总统的。人权捍卫者们每天都带着秘鲁国旗聚集在总统府门前。大多数正直的媒体都不甘心屈服于暴政，很多都对藤森政府提出公开批评。我们希望反抗藤森以及善于制造谋杀、钳制思想的走狗的力量越来越壮大，然后把“博士”投到监狱里去。我现在最担心的是“博士”会畏罪潜逃到国外，因为他和藤森早就把他们掠夺的巨额财富转移到国外去了。

您认为在揭露“博士”的丑闻之后，《大曝光》杂志还会继续存在下去吗？或者说，它会被当权者查封吗？

我希望我们的杂志能继续办下去。当然是独立地办下去，不再拿政府一分钱。我会和我们杂志社的同事们一起尽我们最大的努力，努力使杀死罗兰多·加洛的凶手们不把我们的杂志消灭掉。我们选择把真相讲出来也是为了保护我们自己，我们想借助公众舆论、司法公正和自由的力量完成这一点。我们相信我们的读者。

（请读者翻看杂志内页中的照片，这些照片是由《大曝光》摄影师塞费里诺·阿奎略调试的摄影设备拍摄的，本刊主编胡丽叶塔·莱吉萨蒙小姐将摄像机隐藏在了自己的前胸衣服上，并使用它将其与国家情报局主管的会面进行了录制。）

（也请读者翻看本刊内附录的参考书目，此书目由本刊前任主编、知名记者罗兰多·加洛整理，涉及使秘鲁蒙羞的独裁政府国家情报局主管“博士”充满冒险和罪行的一生。）

（也请读者阅读附录文章“乔西卡纵欲照片丑闻始末”和对诗歌朗诵艺人胡安·佩内塔的悲惨经历的介绍。杀害罗兰多·加洛的真凶强迫胡安·佩内塔认罪，然后将他关到了敬老院里。由于已经患上了老年痴呆，他可能压根都不知道在自己身上发生了什么，不知道自己已经变成了无辜的受害者。最后，还附录一份由本周刊进行的问卷调查。在调查中，90%的受访者都认为胡安·佩内塔应该被无罪释放，因为考虑到他的身体和精神状况，认定他是杀害罗兰多·加洛的凶手显然是不合情理的。）

22. 圆满结局？

“我总是害怕卢西亚诺会知晓那件事情，亲爱的。”基克突然对玛丽萨说道。玛丽萨此时正躺在他旁边翻看着最新一期的《假面具》杂志。玛丽萨无奈地瞅了基克一眼。

“他不会知道的，基克，”她整理了一下枕头，转过身来面对着自己的丈夫，说道，“拜托你把那奇怪的想法从你的脑子里抹掉吧。”

基克正在读一本安东尼·比佛的关于二战的书，他把厚厚的书放到了床头柜上，满脸忧虑地看了玛丽萨一眼。玛丽萨从没见过他这副表情。

那是一个阳光明媚的周日早晨，利马看上去终于真正地迎来了夏天。基克和玛丽萨醒得很早，他们想去他们位于宏达海滩的别墅里休息一天，再在那里和朋友们吃个午饭。但是吃过早餐后，他们又决定重新钻回到床上去读书，然后安静地度过一个上午。可能临近中午时，他们会挑一家好一点儿的餐厅吃饭。

“玛丽萨，这个世界上没有不透风的墙，”基克坚持道，“我观察他好一阵子了。他变了，我很确定。他的外表没有变化，仍是一副绅士派头，因为他就是那种风格的人，但他确实变了。你自己算算咱们有多久没在一起吃饭了。两个月！咱们四个人以前曾经有过整整两个月都没有一起吃饭的经历吗？”

“要是卢西亚诺知道了，他压根儿就不会再理咱们了，基克，”玛丽萨说道，“而且他会和恰贝拉离婚。你觉得他要是知道了自己的女人跟你我一起做爱的话，他还能和她过下去吗？”

玛丽萨突然像小姑娘那样大笑了起来，蜷缩起了身子，往她丈夫的身旁靠了靠。基克把手从玛丽萨的丝质睡衣下面伸了进去，抚摸着她的身体。

“嗯，我也是这么想的，这样想能安慰一下我自己，亲爱的，”基克轻轻咬了咬玛丽萨的耳朵，然后在她耳边说道，“以他的为人，卢西亚诺会把咱们打死的，而且肯定会和恰贝拉离婚，还会把女儿们的抚养权也夺走。”

基克突然感觉玛丽萨把手放到了他的裆部，粗暴地抓住了他的下体，好像想要伤害他似的。

“喂，喂，你把我弄疼了，亲爱的。”

“要是被我发现你单独和恰贝拉约会的话，我发誓我会像罗莱娜·鲍比特阉她丈夫那样把你阉掉，”玛丽萨装作生气的样子，蓝色的大眼睛一眨一眨的，“你还记得罗莱娜·鲍比特的故事吧？那个厄瓜多尔女人拿着刀子把他的美国老公给阉了，这让她迅速成为拉美裔族群的英雄。”

“你真的那样想吗？”基克抓住了玛丽萨的手，把它从自己下体挪开，笑道，“真的认为我会背着你和恰贝拉约会？你真是疯了，亲爱的。我喜欢的是咱们三个一起做。我得先看着你俩做，那让我觉得很兴奋，然后我再像倾盆大雨般落到你们身上。”

“你的‘雨水’上次可只给了恰贝拉哦，坏蛋，轮到我的时候你的‘雨’只落在了我的腰上。”

基克向玛丽萨靠了靠，紧紧地抱住了她，给了她一个长长的吻。

“你是吃我和恰贝拉的醋了吗？”基克感到很幸福，他边脱玛丽萨的衣服边问道，“你又让我兴奋了，美国妞。”

她推开了他，也笑了。她金色的头发散开着，基克觉得她的脖子比脸颊和额头的皮肤更白，更柔软。

“我不知道我是不是在吃醋，基克，”玛丽萨又一次把身体蜷缩了起来，“那种感觉很奇怪。我看着你俩搂抱在一起，看着你俩做爱，看到你那么兴奋，那么爽，而她也一样。我看到这些时，其实感觉有点儿愤怒，但同时我也很兴奋，我也湿了。你没有过这种感觉吗？”

“有，有，和你一样，”基克用胳膊搂住了玛丽萨的肩膀，“尤其是看到你们缠在一起互相吮吸着的时候，我感觉自己好像被你俩抛弃了，我也有点儿愤怒。但是不得不承认，玛丽萨，那次的经历让我们的生活变得更有滋有味了。你不这么认为吗？”

“千真万确，”玛丽萨同意道，“从我们三个第一次在迈阿密约会到现在已经过去三年了吧？咱们得纪念一下。前几天我也跟恰贝拉提到这事儿了，她坚持说咱们应该再回到布里克尔大道的房子里去庆祝一下。”

“都三年了，”基克有点儿激动，回忆了一会儿，“三年前真的发生太多事了，不是吗，亲爱的？你知道三年前的经历中，哪件事对我而言最重要吗？那就是：从那时起，我对你的爱更深了，我们的夫妻关系更牢不可破了。感谢我们一起度过的那些难关，它们让我觉得能娶到你这样的女人真是我这辈子最大的幸运。”

他靠向玛丽萨，又吻了吻她。

“真是难以置信，”她说道，“谁能想到恐怖主义已经在秘鲁消失了呢，谁能想到藤森和‘博士’都已经进了监狱，还有阿维马埃尔·古斯曼①和另一位，哎呀，就是另一个恐怖组织的头目，叫啥来着？”

“维克托·波拉伊，图帕克·阿马鲁革命运动组织的领导人，”基克道，“就是他们绑架并杀害了可怜的卡奇多。希望那些犯下如此野蛮罪行的恶徒在监狱里慢慢腐烂吧。对了，你也不要太乐观了，恐怖主义并没有完全在秘鲁消失，起码还有一些零散的组织存在，大多在丛林里活动，军方很难把他们连根拔起。”

“要是恰贝拉已经把咱们的事跟卢西亚诺说了，而他也很兴奋，怎么办呢？”玛丽萨看到自己的话把基克吓得脸色发白、眼神中充满恐惧，不由得笑了起来，“我是开玩笑呐，你别害怕。”

“有时我的脑子里也会闪过这个念头，”基克道，“但那是不可能的，不是吗？那可是卢西亚诺啊，绝对不可能。但我总感觉有点儿不太对劲，有时候他看我的眼神都能把我看得发抖，玛丽萨。那时候我就会对自己说：‘他知道了，他都知道了。’”

“恰贝拉跟我发过誓，她说卢西亚诺一点儿都没有起疑心，”玛丽萨道，“卢西亚诺太正直了，是个十足的绅士，他肯定连咱们三个做的那种事居然存在都不知道。”

---

① “光辉道路”前领导人。

这时，玛丽萨放在床头柜上的电话震动了起来，打断了他们。她接起了电话："喂，你好？"基克看到她咧大了嘴巴笑了起来，"你好啊，卢西亚诺！真没想到你竟然会打电话来。我们俩都很好，但是有点儿想你，咱们很长时间没见了，卢西亚尼托[①]。对，当然啦，你是个大忙人嘛，基克也一样。但是生活中可不能只有工作啊，卢西亚诺，偶尔也得找找乐子嘛，对吧？一起吃午饭？今天？（基克冲她点了点头。）咱们四个？这可是个好主意，卢西亚诺。基克就在我旁边，他说他能去。真是太好了。那我们就约在你那儿吧，两点钟，你觉得怎么样？太棒了。吃完饭我们还能去你家的私人影院看场电影呢，你同意吗？再好不过了！代问恰贝拉好，回头见。"

玛丽萨挂了电话，转身冲她的丈夫做了个胜利的表情，大眼睛里闪烁着光芒。

"你看吧，全都是你自己在瞎想，基克，"她叫道，"卢西亚诺态度很好。他提议咱们一起吃午饭，说有人给他带了几条很新鲜的鱼，他们准备做点儿辣鱼片。而且咱们很久没见了……"

"很好，很好，"基克显得很高兴，"是我多虑了。可能是我疑心生暗鬼吧，只能这么解释了。真是个好消息，亲爱的。我太重视我和卢西亚诺之间的友情了。他是我最好的朋友，而且我也很敬佩他，这你是知道的。和恰贝拉之间的事，一点儿都没有减少我对他的这份感情。"

"你知道自己是什么吗，基克？"玛丽萨笑道，"一个十足的厚颜无耻之徒，你的世界里只有你自己。嘴上说什么你珍视你们之间的友情，什么他是你最好的朋友，然而实际上你毫不犹豫地跟他的

---

① 卢西亚诺的昵称。

老婆上了床。”

“这是你的错，不是我的。”他边说边压到了玛丽萨身上，抱住了她。他抚摸着、摩擦着她的身体，在她耳边说道：“是你把我带坏了，亲爱的，这些事情不都是你安排的吗？”

“我从来没有和两个人同时做过，但是你在乔西卡做过，”她也在他耳边答道，“所以你现在知道是谁带坏谁了吧。”

“我求过你很多次不要再提乔西卡的事情了，”基克变了语气，从玛丽萨身边挪开，还把身子背了过去，“你看吧，我刚才都硬了，马上要和你做了，你一开乔西卡那事儿的玩笑我就软了。你真会在背后捅刀子，玛丽萨。”

“我是在开玩笑呐，傻瓜，别那么难过了，你今早的心情不是很不错嘛。”

“我求你了，玛丽萨，”他很严肃，坚持说道，“我现在再求你一次：咱们再也别提那件操蛋的事情了，我求你。”

“好吧，亲爱的，对不起。我发誓再也不提了。”玛丽萨把脸凑过去亲了基克一下，用头发逗着他，“你知道自己是这个世界上最矛盾的人吧，基克？”

“为什么这么说？”基克问道，“我哪里矛盾了？”

“你不允许我提乔西卡的事，连开玩笑都不行，却每天晚上都看那个女人的无聊节目。”

基克突然笑了起来：“你是指《‘扒皮女’时刻》吗？你可别告诉我，你吃胡丽叶塔·莱吉萨蒙的醋了。”

“吃那个可怕的矮个子女人的醋？当然没有，”玛丽萨抗议道，“但是应该恨她的人是你啊。当时不是她指控你是杀害罗兰多·加洛的凶手吗？要不是她，你怎么会在监狱里和那群流氓土匪一起过了好几个可怕的夜晚呢？现在你却每天晚上都看她在电视上讲那些无聊的八卦。你应该感到羞耻，基克。”

“《‘扒皮女’时刻》是现在秘鲁最流行的电视节目，”基克耸了耸肩，“对，对，我知道，她说的都是些低俗八卦，你说的在理。我不知道该怎么跟你解释，连我自己都说不清楚。虽然她曾经让我吃尽苦头，但我不得不承认，那个小女人身上有着某些吸引我的东西。”

“那个长得像妖怪一样的矮个子丑女人身上有吸引你的东西？”玛丽萨嘲笑道。

“对，吸引我的东西，美国妞，”基克说道，“她指控我，是因为她真的认为是我因为丑闻而杀了罗兰多·加洛，实际上，当时几乎所有人都是那么想的。但是后来，当她知道杀死加洛的真凶是藤森的左膀右臂之后，她就不顾危险地指控了他。你别忘了，她的那次指控是让独裁政府垮台的关键所在。藤森、‘博士’和他们的爪牙们如今只能在监狱里慢慢腐烂了，你知道他们因为那个女人被判了多少年监禁吗？他们没能杀死她，虽然我们很多人都认为他们一定会把她杀掉，现在她依然活着，而且变成了秘鲁传媒界的大咖。虽然正像你说的，她又矮又丑，但是她通过自己的努力赢得了现在所拥有的一切。你不觉得这是一个很美的故事吗？”

“她的那种无聊节目我连五分钟都看不下去，”玛丽萨做了个呕吐的表情，“她总是在拿可怜的人开玩笑。她如果知道了咱们的事情会怎么做呢？你想过吗？她肯定会用整整一期节目来调侃我们，可能那一期的主题就叫‘幸福又邪恶的大叔’，肯定如此。想到这些，我的寒毛都要竖起来了。好了，咱们要迟到了。我得洗澡换衣服去了。”

基克看着她跳下了床，钻进了浴室里。他看了看墙上挂着的西斯罗的画：画里的那个房间、那个看上去快要着起火来的图腾到底是什么意思呢？他欣赏这幅画时突然感觉有些害怕。而另一幅画中的荒漠蛇女却能让他平静下来。那幅画里没有什么秘密，也许有，也许就藏在那双蛇眼之中。他思考着。确实很奇怪，胡丽叶塔·莱吉萨蒙曾经让自己吃尽苦头，但现在他每晚都收看《“扒皮女”时刻》。毫无疑问，那个女人创造了历史，或者说，她用她的智慧改变了整个秘鲁的命运。一个像她那样出身卑微的普通女人，竟然单凭勇气就掀翻了不可一世的“博士”，这难道还不够惊世骇俗吗？基克很想见见她本人，和她说说话，想知道她在银幕之下不再扮演揭秘者的角色时到底是怎样说话的。啊，太傻了。他觉得自己该起床了，还得刮胡子，快速冲个澡。卢西亚诺能请他们吃饭真是太好了，而且还能在他家的私人影院看场电影。卢西亚诺还什么都不知道，他们仍将是最好的朋友。真是让人长出一口气啊。

基克刷了牙，刮了胡子，洗了澡。他抹了沐浴液、站在龙头下冲洗时，忽然发现自己在哼约翰·列侬的一首歌。他记得他在马萨诸塞州剑桥市的麻省理工学院上学时这首歌还很流行。“你在边洗澡边唱歌？”他自问道，“你什么时候有了这个习惯，恩里克·卡尔德纳斯？”他乐了起来。卢西亚诺打来的电话和发出的吃饭邀请让恩里克心情大好。他确实很珍惜这份友谊。这三年里，每当想起玛丽萨、恰贝拉和他的疯狂举动，他的内心就会很不安。但是他没有勇气去斩断三人之间的这层关系。他很享受三个人一起做爱的感觉。“太疯狂了！”他一边想着，一边从衣柜里寻找穿起来舒适的衣服。他决定去卢西亚诺家时穿得随便点儿：皮便鞋、麻质裤子、玛丽萨上次从美国给他带回来的红白格衬衫，加一件外套。

事实上，在那个可恶的罗兰多·加洛对他进行无耻敲诈那会儿，他和玛丽萨的性生活正陷入低谷，每次都像是为了完成例行公事似的。但很快，在他们因为《大曝光》上刊登的丑闻照片而分居，直到后来和解时，他感觉自己和玛丽萨的性生活好像又重新恢复了活力，就像过了第二次蜜月，她也是这样感觉的。而后来当他知道恰贝拉和玛丽萨之间的事情时，一切就变得更和谐了。离他们第一次建立起三角关系已经过去三年了，这种关系给他们三个人都带来了新的活力。卢西亚诺还不知道这件事真是太好了。他绝对不想失去和卢西亚诺的友谊。

他从卧室出来时，玛丽萨已经收拾好了在等他了。她打扮得太美了：她穿了一件露肩上衣，把雪白的双肩都露在了外面，还穿了条橙色紧身裤，显得她的腰很细，臀很翘。他倾身吻了吻玛丽萨的脖子："你今早真美，亲爱的。"

当他们上了车、由基克开车一起往卢西亚诺家驶去的时候，玛丽萨说道："在卢西亚诺和恰贝拉的私人影院里看场电影的主意真是太棒了。你不觉得家里有个影院很酷吗？可以坐在舒适的沙发上，在任何时间和任何人一起看电影。"

"咱们的房子里没有空间搞家庭影院了，"基克道，"但是如果你想要，咱们可以把房子卖了，再买一栋更大的，带花园和泳池的那种，就像卢西亚诺家一样。要是咱们买下那样一套房子的话，我就能给你建一个全秘鲁最豪华的私人影院了，亲爱的。"

"你真会说话，"玛丽萨笑了，"不过答案是不，谢谢。我可不想去收拾那么大的房子，也不想像卢西亚诺他们那样住得那么远。现在住在高尔夫俱乐部这边的房子里就很好啊，干什么都方便。哎哟，我看你心情不错嘛，基克。”

“卢西亚诺不知道那件事，这让我轻松不少，”基克道，“我可不想跟一起穿开裆裤长大的兄弟打架。”

卢西亚诺和恰贝拉穿着浴衣迎接了两人。他们正和两个女孩一起在泳池里游泳，因为天实在太热了，这天早上一点儿云都没有，太阳火辣辣的。基克和玛丽萨不想游泳，于是他们坐到了泳池旁树荫下的椅子上，喝着金巴利开胃酒，还吃了点儿蘸酱炸土豆。厨师知道这是玛丽萨最喜欢的小吃，所以提前准备好了。

卢西亚诺看上去心情很好，比以前更开朗了。他夸赞着玛丽萨，说她最近更漂亮了。“没背着基克找情人吧？”他开着玩笑。他也祝贺了基克，因为他知道后者刚刚和一家加拿大企业合作，获得了万卡韦利卡的新矿开采权。“看来你还想赚更多的钱啊，你真想像迈达斯国王一样把手指碰到的东西都变成金子吗？”他们谈论了政治，两人一致认为新总统托莱多①虽然受到了不少严厉的批评，但实际上干得很不赖。事情正在朝好的方向发展，经济状况良好，社会局势稳定，而且，感谢上帝，恐怖分子终于不再搞绑架和袭击了。

卢西亚诺高兴地对他们说，他的律师事务所成为了秘鲁最大的影视联播平台的法律顾问，也因此，他和恰贝拉总能在花园里的家庭影院中一起观看最新的电影。他们还经常在周五和周六看许多电影的首映。他还说如果基克和玛丽萨愿意的话可以一起出席电影首映礼。

他们一直聊到下午接近三点钟。辣鱼片和烤鱼确实都很新鲜，

---

① 指亚历杭德罗·托莱多，2001 年至 2006 年任秘鲁总统。

尤其是配上冰镇法国夏布利白葡萄酒，就显得更美味了。

整个下午都很轻松愉快，女孩子们已经离开泳池，开始和狗一起玩耍了。厨师又给他们端上来了柠檬饼和冰镇可可。突然，卢西亚诺用他已经用了一整个下午来说笑的漫不经心的语气说道：“现在我要给你们一个大惊喜了：我决定陪你们一起去迈阿密庆祝三周年纪念日！”

他停了一会儿，微笑着补充道：“刚好我也准备给自己放个假了。”

基克留意到恰贝拉微黑的面庞上泛起了一丝红晕。他感到一道火辣辣的阳光晒到了自己的脑门上。我不会是听错了吧？他看了看玛丽萨，她的脸也红了，眼神中流露出了恐惧。此时，恰贝拉低下了头，再也掩饰不住自己内心的慌乱了。她仍然往自己的嘴边机械地送着冰淇淋，却连尝也没尝就把勺子又放回了碗里。气氛有些凝重。基克不知道该说些什么，玛丽萨也不知道。此时饭桌上唯一轻松平静、不动声色的可能就是卢西亚诺了。

“我还以为我陪你们一起去，你们会很高兴呢，没想到你们的表情就像是在参加葬礼似的，”他举起手中的酒杯，大笑着开起了玩笑，“你们别担心。如果你们不欢迎我去，那我就伤心地留在利马好了。”

他又哈哈大笑了一声，把酒杯放到嘴边，尝了口葡萄酒，脸上露出了满意的表情。

基克的双手和双腿都在颤抖，他看了看坐在自己对面的恰贝拉，却只能看到她的一头黑发，因为她仍然低着头。就在这时，他听到玛丽萨用很自然的语气开了口，慢吞吞地把每个字都讲得很清楚：“你能和我们一起去迈阿密真是太好了，这简直是世界上最好的主意了，卢西亚尼托。你说得对，你早就该给自己放个假了，所有人都需要放松。”

“太好了，起码你们几个当中还是有人欢迎我的，”卢西亚诺握住了玛丽萨的手，吻了一下，感谢道，“我确信咱们一定能在迈阿密度过许多愉快的日子。”